Entre sem Bater

Marcos Rey

Entre sem Bater

São Paulo
2010

© Palma B. Donato, 2008

1ª Edição, Autores Reunidos, 1961
2ª Edição, Global Editora, São Paulo 2010

Diretor-Editorial
Jefferson L. Alves

Gerente de Produção
Flávio Samuel

Coordenadora-Editorial
Dida Bessana

Assistentes-Editoriais
Alessandra Biral
João Reynaldo de Paiva

Revisão
Denise Dognini
Ana Carolina G. Ribeiro

Projeto de Capa
Vitor Burton

Foto de Capa
Romulo Fialdini

Editoração Eletrônica
Neili Dal Rovere

Dados Internacionais de Catalogação na Publicação (CIP)
(Câmara Brasileira do Livro, SP, Brasil)

Rey, Marcos, 1925-1999.
    Entre sem bater / Marcos Rey. – 2. ed. – São Paulo : Global, 2010.

    Bibliografia
    ISBN 978-85-260-1475-6

    1. Romance brasileiro. I. Título.

10-03227   CDD-869.93

Índices para catálogo sistemático:
1. Romances : Literatura brasileira   869.93

Direitos Reservados

 Global Editora e Distribuidora Ltda.

Rua Pirapitingui, 111 – Liberdade
CEP 01508-020 – São Paulo – SP
Tel.: (11) 3277-7999 – Fax: (11) 3277-8141
e-mail: global@globaleditora.com.br
www.globaleditora.com.br

Obra atualizada conforme o **Novo Acordo Ortográfico da Língua Portuguesa**

 Colabore com a produção científica e cultural.
Proibida a reprodução total ou parcial desta obra
sem a autorização do editor.

Nº de Catálogo: **3056**

Entre sem Bater

Primeira Parte

Meu reino por um *slogan*!

I

Ângelo Santini, o gordo, corado e próspero fabricante de esponjas de aço Limpex, uma das marcas de maior consumo doméstico no país, despediu com visível prazer os encarregados da decoração do escritório. Depois de uma remodelação completa no seu gabinete, agora com extensão para reuniões de vendedores, e na sala de espera, que também ganhara espaço, o trabalho chegara ao fim. Quinze dias de aborrecimento. Nesse tempo sentira-se como um peixe fora d'água, para repetir sua vulgar comparação. Pela primeira vez ficara tantos dias de braços cruzados desde que iniciara seu grande voo. Mas há, evidentemente, algum exagero nisso: não lhe era possível ficar sem fazer nada. Aparecia no escritório ao menos uma vez em cada tarde, pondo brasa no serviço dos operários. No terceiro dia, fixou com o máximo rigor a data em que tudo deveria estar concluído. Mas não tratava somente de apressar o ritmo do trabalho, vigiava-o também. Isto é importante: ele mesmo, sim, Ângelo Santini, planejara a decoração e a levara a cabo após ter brigado e rompido com o senhor Fernandez, o decorador contratado.

O "espanholito", como Santini o chamava, com acentuado desprezo, tinha orgulho furioso do seu bom gosto. Diplomara-se em decoração na Espanha e por isso não aceitava palpite de qualquer um. Muito menos de um bestalhão rico. Devia ser comunista o gringo. As sugestões que Ângelo fizera foram a princípio tímidas. Mas quando, já aborrecido, com voz de dono, decidiu que a cor predominante das paredes seria a vermelha, em completo desacordo com a dos móveis encomendados, o decorador, como se atingido por uma flecha, quase caiu para trás.

– Meu senhor, *es* um atentado. A *color non puede* ser esta! Santini não gostava de questionar com os homens que pagava. Insistiu na cor vermelha, pouco ligando aos protestos magoados do espanhol. E argumentava:

– O senhor conhece o rótulo do meu produto? Ele também é vermelho. Combina, entendeu?

Fernandez riu, nervosamente:

– Combina com o rótulo? Mas, meu senhor...

O decorador não se inclinava a ceder facilmente. Para ele, algo muito sério estava em jogo: toda uma formação cultural e estética. Resistia em nome da arte espanhola, a maior de todas desde as cavernas. Queria mostrar que o dinheiro não o comprava. Depois do primeiro choque, voltou com dois belos álbuns debaixo do braço: um espanhol e outro francês. Tudo o que a decoração moderna possuía de bom estava ali. Pôs-se a folhear os álbuns junto de Santini, desligado do mundo, encantado.

– *Esso sim es arte* – dizia o decorador olhando melosamente para as fotografias. Parecia ter uma meiga ovelha entre as mãos. – Observe *la* delicadeza. *Las* tonalidades diáfanas. *La* sobriedade de lo conjunto...

Santini não se deixou envolver. Gostava das cores fortes e afirmativas. E começava a achar o decorador um tanto afeminado. Agora que não cedia mesmo.

– Pode levar seus álbuns. O que eu disse está dito.

O decorador fechou os álbuns em um gesto rápido.

– *Adios*, meu senhor.

O dono do escritório, tomando uma decisão, tirou um talão de cheques do bolso.

– Eu lhe pago como se tivesse feito o serviço. Leve o cheque já. Só quero que me deixe os operários. As cores e o resto ficam por minha conta.

O espanhol ficou um instante imóvel e só soltou um terrível sorriso de ironia quando já tinha o cheque no bolso. Ganhara sem trabalhar. Melhor assim. Segurando carinhosamente os seus álbuns, saiu da sala sem se despedir.

Quando o Sr. Fernandez se foi, Ângelo, por um momento, pensou em chamar outro decorador. Mas não estava ali mais uma oportunidade de dar provas de sua capacidade? Também não entendia muito de esponjinhas ao montar a fábrica. O que ele sabia de vendas ao organizar o escritório? E tivera pleno sucesso em ambas atividades. Um homem é capaz de fazer qualquer coisa quando está realmente empenhado. Não chamaria decorador nenhum. Afinal, já dera o cheque ao "espanholito". Ele se encarregaria de tudo. A melhor parte de sua vida, a mais vitoriosa, estaria simbolizada naquelas salas. A personalidade da decoração devia, portanto, ser um reflexo da sua e não a de um estranho. Deu um soco em uma das mesas como se selando um compromisso.

Enquanto os homens de Fernandez trabalhavam, agora sob sua direção, Santini, desalojado do escritório, fez algumas visitas à fábrica. Lá sempre se enfadava. A fábrica lembrava seus maus tempos de operário. Detestava ver aquela gente comer de marmita, como ele próprio fizera durante anos. Por outro lado, seus problemas de fabricação já estavam superados. Podia fabricar até quinhentas mil caixas de esponjas de aço por mês, se fosse necessário! O importante era abrir mercados, descobrir novas utilidades para seu produto e cuidar da propaganda, que em poucos anos multiplicara em progressão geométrica as possibilidades do lucrativo negócio. A fábrica não o atraía: sempre as mesmas queixas dos operários, reivindicando aumento de salário, expondo misérias, ameaçando greves e queixas à justiça do trabalho. Preferia o escritório, onde os vendedores muito limpos e barbeados resolviam problemas ao invés de criá-los. Na terceira visita à fábrica aborreceu-se tanto que resolveu afastar-se dela por algum tempo.

Aproveitando aquelas férias forçadas, foi consultar um médico. Há anos não entrava em um consultório. Procurou um dos mais caros lembrando-se da hérnia supurada que tivera de operar em um pavilhão de indigentes logo após seu casamento com Carolina. Doze dias atirado em um salão com mais vinte enfermos que não paravam de gemer. A comida que lhe davam tinha gosto de vela. O chá e o café eram uma água suja. O cheiro das instalações sanitárias, onde faltava água, embrulhava o estômago. As enfermeiras, feias e grosseiras. Dois companheiros de enfermaria morreram naqueles dias, certamente por falta de assistência. Recordava-se nitidamente do médico que o tratava, tão insensível como se tivesse assistido a vinte guerras mundiais. Parecia médico de campo de concentração, incapaz de um sorriso ou de uma palavra de ânimo ao doente. Santini odiara esse médico com todas as suas forças e com ele odiara também a miséria da qual jurou se livrar.

A porta do consultório abriu-se. Uma graciosa enfermeira fez sinal para que Santini entrasse. Ele levantou-se e mal deu um passo pensou em recuar. Lembrava-se do maldito pavilhão de indigentes. Mas o médico que apareceu à porta, logo em seguida, era bem diferente do outro. Sorria amigavelmente, pondo logo o enfermo à vontade. Nenhuma doença deveria ser muito grave para ele. E o consultório, amplo e iluminado, agradava a vista. Santini não teve medo do médico; foi dizendo, alegre:

– Vim aqui porque quero viver mais trinta anos no mínimo.

O exame foi minucioso, mas tranquilizado pelo ar sereno do médico. Como era limpa a toalha que lhe pôs sobre o peito! Auscultava e balançava a cabeça, aprovando o funcionamento dos pulmões e do coração de Santini. Mandou que se vestisse.

– Seu Santini, o senhor vende saúde – disse o médico.

– E o coração?

– Um tanto cansado, o que é natural em sua idade. Vai levar uma receita minha. Passe aqui de seis em seis meses. Sempre é bom.

"Bom homem", disse Santini a si mesmo, "se não esquecer lhe mando uma cesta no Natal". Apertou com firmeza a mão do médico. A força dos que vendem saúde. À saída, endereçou um sorriso simpático à enfermeira. Ficaria mal dar-lhe uma gorjeta? Ao chegar à rua, respirou fundo, feliz. Durante seis meses não pensaria na saúde e fecharia os ouvidos aos que lhe advertiam do excesso de trabalho. Aos quarenta e oito anos não perdia em vigor para muitos jovens. Tinha disposição para qualquer serviço, comia como um porco, sem se sentir mal, jamais fora levado para casa pelos amigos quando bebera demais e não lhe faltaria vitalidade para as mulheres, caso os afazeres lhe permitissem entreter-se com elas.

Em uma das tardes mais atarefadas da decoração, ocorreu-lhe ir ao cinema, o que raramente fazia. À tarde, não ia ao cinema desde que se tornara adulto. Comprou a entrada com estranho pudor. Só os desocupados desperdiçavam assim as melhores horas de trabalho. Sabia que era ao cinema que iam alguns dos seus vendedores quando já haviam ganho o suficiente para o dia. Jamais entendera isso: existia, então, um limite tão definido na ambição de certas pessoas? O que teria sido dele se pensasse assim? "São uns imbecis", pensou com pena e revolta. "E o pior é que, contentando-se com o pouco, me impedem de ganhar mais. Ainda bem que Ricardo exige o máximo deles e conhece todas as suas manhas".

Na sala escura do cinema, vendo um filme de Ava Gardner, desenrolado na África, Santini não conseguia interessar-se. Era como se estivesse cabulando uma aula, ludibriando a mãe, o mestre ou o patrão. Teria vergonha se algum conhecido o visse ali. Se o seu escritório não passasse no momento por aquela reforma, deixaria o cinema antes do término da sessão. Estava por demais preso ao trabalho e à ideia do aproveitamento integral do tempo.

Santini deu graças a Deus quando o filme terminou. Não cometeria outro erro igual. Quando não tivesse o que fazer, lucraria mais tirando uma soneca. Levantou-se e foi andando na aglomeração dos espectadores que se retiravam. Na pressa de chegar à rua, seu corpo encostou em uma mulata clara e elegante que ia à frente. O industrial empalideceu àquele contato. Nada mais imprevisto e agradável. A mulata olhou para trás, mostrando um par enorme de olhos, mas não estrilou. Até pelo contrário, retardou o passo: não tinha pressa nenhuma. Ângelo percebeu que bastaria forçar o corpo mais uma vez contra o dela, protegido pela massa humana, e a conquista estaria feita. Que tal uma aventurazinha àquela hora do dia? Mas, vendo nela uma profissional, obedeceu a uma reação imediata e forçou a saída pelas portas laterais. Foi um impulso quase todo instantâneo e desajeitado. A mesma vergonha que sentira ao comprar a entrada do cinema. Ao chegar à rua, porém, tratou de ver a mulata novamente. Postou-se à porta da frente do cinema, um tanto afobado. Equilibrava-se na ponta dos pés para ver melhor. Centenas de pessoas saíam da sala de espetáculos. A mulata estava de verde e não via vestido verde nenhum. Fizera bobagem em sair pela porta lateral. Já não era um pobretão, tinha dinheiro no bolso. Ah, devia ter sido impulsionado pela vaidade dos pobres que se orgulham de desfrutar suas aventuras amorosas gratuitamente. Ainda não se habituara à fortuna. Mas não era aquela a mulata de verde? Olhou bem: não era. A sua tinha melhor aspecto e guardava o formato de seus olhos imensos. Continuou em seu posto alguns minutos. O cinema já devia estar vazio. Seguiu até à esquina na esperança de reencontrar a mulata. Que perfume forte ela usava! Perda de tempo: desaparecera.

II

Santini pouco fez aquela semana, mas viveu intensamente gozando a expectativa de estrear o novo escritório. Bem, ia entrar em outra fase da vida. Até então escondera o leite, como se costuma dizer dos que choram miséria com os bolsos cheios. Fizera o possível para não revelar a excelente situação de sua firma, com medo da concorrência e do olho gordo dos invejosos. Agora, já não havia mais motivo para isso. Seu produto vencera em todo país, graças à eficiente propaganda orientada por Ricardo. Seu principal concorrente já pusera a língua de fora. Sabia que tinha um belo título em protesto. Quanto aos outros, não passavam de sonhadores. Haviam chegado tarde demais no mercado. No mundo dos negócios começar primeiro é importante. Não temendo mais a concorrência, podia instalar-se com certo luxo e conforto. Vivia mais no escritório do que em casa. Que delícia pisar aqueles tapetões que mandara comprar na Barão de Itapetininga. Abrir e fechar as cortinas enormes e pesadas. Largar-se em sua poltrona giratória. Falar em dois telefones ao mesmo tempo, como já vira nos filmes americanos. Talvez passasse a fumar charutos. Era uma ideia! Qual seria a melhor marca de charutos? Ricardo provavelmente sabia. Estava bem consciente de que a remodelação do escritório significava para ele algo muito especial, um passo à frente, a vitória definitiva.

Quando os operários de Fernandez terminaram tudo, Santini suspirou, aliviado. Ia voltar para a casca, casca nova. Felizmente naquele momento não havia ninguém ali e podia dar franca vazão a sua alegria. Sapateou sobre os tapetões. Foi até a janela e correu a cortina: viu a cidade lá embaixo. A sua cidade. Fez meia-volta e dirigiu-se à sala de espera, onde também predominava o vermelho. Em tudo um cheiro de coisa nova. Na parede, um quadro que Fernandez chamara de su... su... Diabo, não se lembrava. Para ele era futurista. A única concessão feita ao espanholito. Voltou ao escritório com os olhos fixos na comprida mesa de reuniões. Nela pontificaria como ditador absoluto, pois raramente dava a devida atenção às sugestões dos seus comandados. Com exceção de Ricardo, é claro. O moço fora o primeiro a abandonar seu antigo concorrente, o pioneiro naquele ramo de indústria, para dar-lhe assistência. Devia a Ricardo um pouco do seu sucesso, não negava. Mas sabia brecá-lo quando avançava o sinal.

– O trono do papa – balbuciou, vendo sua poltrona, atrás da ampla escrivaninha.

Sentou-se na giratória e forçou-a à direita e à esquerda; as molas funcionavam bem. Sobre a mesa, que rescendia a verniz, um telefone branco. Podia haver melhor sinal de prosperidade? Era aquela a primeira vez, em muitos anos, que se detinha para gozar sua importância. E a sensação era boa.

Nesse instante a porta abriu e Ricardo entrou. Foi logo examinando o escritório com ar caricato. Não assistira à parte final da reforma; estivera no Guarujá em uma semana de descanso. Era um homem de uns trinta e oito anos, alto e um tanto magro, bem barbeado e limpo. Um amigo das boas roupas. Andava com firmeza, medindo o escritório, observando os detalhes da decoração, sempre com ar de crítica. Gostava de ser visto como um ser de gosto refinado.

– O que me diz? – perguntou o patrão. – Uma beleza, não acha?

Ricardo sorriu; tinha a liberdade de dirigir-se com sinceridade a Santini, e, se não a tinha, tomava-a. A melhor forma de conquistar definitivamente a confiança do dono era a franqueza. Uma franqueza premeditada, falsa no fundo, para os mais argutos.

– Oh, você gosta de cores muito berrantes. Isso me choca um pouco. Depois, está tudo muito empetecado. Há coisas em excesso.

Santini não se surpreendeu: conhecia bem seu lugar-tenente. Jamais concordava totalmente com nada. Gostava de dar sobre qualquer assunto a última palavra. Era o que tinha um olho na terra dos cegos. No íntimo, devia envergonhar-se de ser vendedor de esponjinhas, embora chefe de uma equipe numerosa que lhe proporcionava excelente renda mensal.

– Então, não gostou?

– Se me permite, digo que não.

– E o que achou do quadro da sala de espera? – arriscou Santini, para certificar-se de que o gosto artístico de Ricardo era exatamente oposto ao seu.

– É o que há de melhor aqui – disse Ricardo, certo de que não fora Ângelo quem o escolhera.

– Aprecia o futurismo?

Ricardo sorriu, enquanto pisava forte sobre os tapetões.

– Puxa, isto dá para abafar os passos de um elefante! Não é um quadro futurista, Santini. Surrealista. O seu tem certa autenticidade, não procura efeitos fáceis. Parabéns pela escolha – concluiu com evidente ironia.

Santini mostrou-se magoado. Gastara um dinheirão na reforma e vinha um empregado seu dizer que nada estava bem. Dera o dedo a Ricardo e ele apanhara a mão.

– Gosto disto como está! – retrucou, ferido.

Ricardo percebeu que acertara muitas setas no alvo. Exagerara na pontaria. Era aquele o momento de melindrar o patrão? Bobagem. Às vezes, sacrificava-se demais pelo desejo de fazer piadas. Devia corrigir a situação o mais depressa possível. Ele também andara fazendo modificações em seu apartamento e precisava de dinheiro. Um por cento a mais no volume de vendas resolveria tudo.

– O que não há dúvida é que isto agora é um lugar decente – começou. – Não é lá muito do meu gosto, mas isso é coisa pessoal. As pessoas dinâmicas como você gostam do vermelho vivo. É a cor dos vitoriosos.

Como uma sombra Plínio entrou no escritório. Mesmo antes de colocarem aqueles tapetões não costumava fazer barulho: deslizava sobre rodas. Era uma espécie de secretário do chefe, e uma de suas pessoas de confiança. Santini sempre lamentara que Plínio não fosse mais eficiente; do contrário, o lugar de Ricardo seria seu.

– Esteve no Guarujá, Ricardo? – perguntou. – Como está queimado!

Santini estava necessitando de um aliado:

– E precisa ver como veio exigente de lá. Não gostou da reforma que eu fiz. E você, Plínio, o que diz?

O secretário não perderia a oportunidade para a bajulação:

– Para mim esta ótima. Acho-a uma beleza.

Ricardo percebeu a manobra: agora eram dois contra um. E a briga não interessava. Tinha que voltar atrás, cuidadosamente. O empregão lhe dava cento e oitenta por mês. Mamata dessas não se arranja todos os dias.

– Foi uma primeira impressão. – Sentou-se em uma das poltronas. – Já começo a me acostumar. Você fez bem em mandar rasgar aquela janela. Este conjunto de poltronas está muito bom. Gosto das cortinas.

– Ele acha que empetequei demais – disse Santini a Plínio. Queria ver o vendedor afundar no terreno falso em que pisara. Fazia-o por esporte, mas na verdade seu amor-próprio estava ofendido.

– Um pouco cheio de coisas – replicou Ricardo. – Mas não se preocupe. O dono sempre sabe o que é melhor. Eu talvez pudesse decorar isto com mais arte, mas de uma forma menos objetiva, entendeu?

Santini sacudiu morosamente a cabeça, querendo dizer que não estava compreendendo. Gozava o embaraço de Ricardo. O outro tinha o gosto artístico. Ele, o dinheiro. Se criasse paixão pela decoração, talvez resolvesse fazer de Ricardo uma figura decorativa no escritório. Ou então mandá-lo embora para que o escritório ficasse menos empetecado. Sorriu.

– Mas a gente deve comemorar isso. – Parecia ter tido uma ideia-mãe, dessas que sempre o salvavam nos momentos difíceis. – Que tal se bebêssemos alguma coisa?

– Quer que mande um boy comprar uma garrafa de vinho?

– Não é isso, digo, à noite.

– Ir aonde?

O plano de Ricardo estava feito:

– Você nunca foi à minha casa. É o cúmulo, isto. Vá lá hoje à noite. Tomaremos uns uísques. E, se você estiver disposto, daremos um pulo a uma boate.

Santini resistiu um pouco:

– Hoje estou um tanto cansado...

– Vá, Ângelo, vá, quero que conheça meu apartamento. Irene adora receber visitas.

O patrão viu que tudo aquilo não passava de um reparo, o rapaz arrependera-se de ter criticado a decoração. Mas não tinha o que fazer à noite e estava curioso por saber como vivia o seu lugar-tenente, o que fazia com o dinheiro que ganhava, e se em seu apartamento denotava o bom gosto que a todos dizia ter.

– Hoje à noite, você disse?

– Hoje à noite.

– Deixe o endereço aí. Passo lá às nove.

III

Ricardo entrou no banheiro com o melhor estado de espírito. Na passagem pelo corredor, dissera apenas a Irene: "O homem vem aí". Já sob o chuveiro, quando entoava os primeiros compassos de um moderníssimo samba, ela invadiu o recinto: há muito tempo que não havia a menor cerimônia entre os dois.

– Quem, o casca-grossa?

– Você vai ter o prazer de conhecê-lo – disse Ricardo. – Tem uns salgadinhos?

– Acho que sim.

O chefe de vendas curvou-se para rir. Parecia que alguém lhe tinha contado uma anedota.

– Tive uma cena hoje com o carcamano... A decoração do escritório ficou pronta. Que tal a combinação: vermelho com cor de abóbora? Boa, não? Quis saber a minha opinião. Pensava que eu ficaria deslumbrado com seu bom gosto. Pus água na fervura.

Irene, encostada à parede, para que os pingos d'água não a atingissem, mostrava um ar de censura.

– Você fez mal. Estamos precisando dele. Lembra-se do um por cento a mais.

– Calma, eu corrigi tudo. Depois de uns instantes, banquei o cínico e garanti que já me acostumava com a nova decoração. Disse: o vermelho é a cor dos vitoriosos!

Aí ela sorriu, mais tranquilizada:

– Hipócrita.

– É a vida, minha filha, a vida.

Irene passou-lhe a toalha de banho, que o envolveu todo. Enquanto enxugava-se, ele ainda sorria. Não podia conformar-se: vermelho com cor de abóbora. A turma do bar do Museu de Arte ia estourar de rir. E aqueles tapetões que afundavam tanto a ponto de tornar todos os homens baixinhos. Causavam complexos de inferioridade!

– Sabe por que o vermelho? – perguntou a Irene. – Veja se advinha. Por causa do rótulo.

– Que rótulo?

– Quis combinar com o rótulo do produto!

Desta vez, Irene riu com mais franqueza. Mas interrompeu-se em meio para perguntar:

– Alguém ouviu a sua gozação?

– Plínio ouviu uma parte.

– Você nunca me falou dele.

– É o *yes-man* de Ângelo. A tudo responde: sim, senhor. Ganha para isso, para concordar. Cinquenta mil cruzeiros para dizer sempre sim. Não é um belo emprego?

Irene afligia-se um pouco com o comportamento de Ricardo frente ao patrão. Tais liberalidades podiam resultar mal. Afinal ele não era sócio da firma, do que parecia esquecer. Se algum dia o aborrecesse muito, receberia o bilhete azul, sem ter um tostão guardado no banco.

– Nós vamos ficar aqui em casa?

– Não – respondeu Ricardo. – Preferia que saíssemos. Acho que ele nunca pôs os pés em uma boate. Proporcionando-lhe uma coisa nova, talvez o casca-grossa caia mais para o meu lado, e acabe reconhecendo que necessito de mais um por cento. Quero que ele sinta que a vida é mais cara do que pensa. Vai ver que não sabe o preço de uma dose de uísque.

– Neste caso, preciso me arrumar. A que horas ele prometeu vir?

– Às nove.

– Já são quase nove. Por que não veio para casa antes? Assim me avisava.

– Passei no Pileque. Tinha um encontro lá.

– Já bebeu muito?

– O que são três doses para mim, boneca?

– Vou tomar banho também.

– Enquanto isso me arrumo. Não perca muito tempo. Ele não sabe que é chique chegar tarde.

IV

Quando se dirigia ao apartamento de Ricardo, guiando o seu Buick, comprado novo há dez anos, e que já devia ter trocado, reconhecia, Santini fazia um retrospecto de sua vida naqueles últimos anos. Do passado mais remoto, não lembrava. Por que lembrar-se de misérias? Por que recordar a sala onde morara durante sete anos logo após seu casamento? O único fato desagradável, que não podia esquecer, era a morte da esposa logo no primeiro ano de prosperidade. Ela passeara poucas vezes naquele Buick. Só fizera uma viagem a Santos com seu vestido todo estampado, anelão novo no dedo e um colar de muitas voltas. Haviam se hospedado no Balneário. Carolina, tão acostumada com a penúria, varria o apartamento do hotel, para não dar trabalho à faxineira do andar. Tinha vergonha de ficar no bar, antes do almoço. Fazia crochê na praia e não concordou em vestir maiô. Só no último dia da curta temporada consentiu em entrar no mar, mas o fez de vestido, como as velhas italianas do José Menino. Esteve apreensiva durante toda a temporada e apenas ostentou um ar de matrona endinheirada na volta, já no carro, com o vento entrando forte pelas janelas. Dois meses depois, morria. Ângelo deu-lhe um enterro de primeira e um túmulo que lhe custara os olhos da cara:

o mais belo da quadra. Gratificara um jardineiro para que cuidasse bem dele e mandara colocar um enorme retrato de Carolina, com moldura dourada. Há seis anos estava viúvo. Desde então morava em um velho casarão da Rebouças, com a mãe e a irmã solteirona, das quais só se separara nos primeiros anos de casamento. Proporcionara às duas várias estações de água em Lindoia, e em Poços de Caldas; ele mesmo, já fizera a sua. Mas suas únicas férias que planejara para quinze dias, após anos de trabalho exaustivo, duraram apenas cinco. Não podia se apartar de suas obrigações. O escritório era o seu mundo, como fora a fábrica, a princípio. Longe dele, tinha a impressão de que toda a sua organização viria abaixo. Sabia, porém, que exagerava esse receio. Ricardo conhecia a firma tão bem como ele. Jamais tivera um funcionário tão vivo e cheio de ideias boas. Não o apreciava, mas erraria se procurasse ignorar suas virtudes. Mesmo assim, preferia estar no seu posto. Reconhecia que era um ciumento. Outro sentado em sua giratória, passando por dono de tudo? Isto não.

Fixou seu pensamento em Ricardo. O rapaz trabalhara com o seu antigo concorrente, já liquidado. Certo dia, sempre com seu jeito atrevido, aparecera na fábrica. Dizia conhecer o ramo melhor que qualquer outra pessoa. E que possuía algumas ideias que o seu patrão não lhe permitia pôr em prática. Eram ideias publicitárias, ligadas a concursos e grandes promoções. Usariam a televisão. O impacto publicitário seria mais forte. Santini não foi logo lhe dando ouvidos. Temia empregar dinheiro em anúncios. O jovem falava-lhe que uma campanha custaria três milhões. Era uma fortuna! Ricardo corrigira com um sorriso pouco simpático: três milhões só na TV, mas não poderiam dispensar a campanha pela imprensa. Aí mais três milhões. Ângelo sacudiu a cabeça: não. Mas Ricardo insistiu, mostrando-lhe que a campanha publicitária deveria coincidir com a ampliação do departamento de vendas. Por outro lado, o produto passaria a custar dois cruzeiros mais caro. Ou até cinco cruzeiros mais. A inflação estava aí: quem sabe dez cruzeiros mais caro. Santini entregou os pontos. Arriscaria seis milhões. Mais outras despesas, quase oito. Carolina não estava viva para impedi-lo. Foi sua grande cartada. Passou meses de angústia; chegou a ver sua caixa vazia. Mas os lucros chegaram. Que maravilha! Vinham da capital, do interior e também de outros estados. Um ano depois, já precisava de um contador vivaço para burlar o fisco. No segundo ano, repetiu a campanha em maiores proporções. Vivia colado a Ricardo dez horas por dia para impedir que um excesso de entusiasmo pusesse tudo a perder. Nisto era um comerciante perfeito: procurava equilibrar as emoções. E também não esbanjava nada. Evitava gastos pessoais e fazia questão de um tostão. No terceiro ano houve uma chuva de dinheiro no escritório. Mais de trinta milhões de lucro. Naqueles três anos, quase sessenta! Foi então que Ricardo, que já recebia ordenado apreciável, e que tivera boas gratificações de Natal, pôs-lhe a faca no peito: queria além do ordenado uma comissão. Santini não pôde dizer que não: o homem estava com os *layouts* da próxima campanha debaixo do braço. Redigira os textos. E se os levasse ao antigo patrão? Cedeu: dois por cento do líquido mais uma gratificação fixa de fim de ano. Combinado.

O rapaz fora de grande valia, pensava Santini, em seu Buick, mas nada o obrigava a simpatizar com ele. Como podia suportar seus ares de dono de todas as verdades? Qualquer que fosse a discussão, o fecho lhe pertencia. Interrompia qualquer pessoa, em meio a uma conversa, para dizer: "O senhor não está bem a par, o negócio é o seguinte...". E vinha com seus argumentos irrefutáveis. Gostava de confundir os outros com jogos de ideias nem sempre muito claras. Mas lançava-as de uma forma brilhante, pondo em xeque o raciocínio dos opositores. Suas prédicas não se limitavam aos negócios. Pelo contrário, tinha por eles algum desprezo, como se não lhes devesse o pão. Preferia discutir arte e política. No terreno artístico, julgava-se insuplantável: dava aulas sobre arte moderna e falava de Picasso e Portinari com uma intimidade que traumatizaria os seus parentes. Tinha pontos de vista pessoais sobre pintura, escultura e cerâmica. Às vezes gastava um dinheirão na compra de um esboço rapidamente desenhado ou de um pequeno vaso, aos quais Santini não daria um cruzeiro, a não ser que o artista estivesse passando fome. A poesia e a literatura não lhe eram estranhas. Falava sobre Carlos Drummond de Andrade com desembaraço, fazia cortes nos versos de Vinicius e considerava Manuel Bandeira um pobre-diabo. Quando lhe falavam de Érico Veríssimo fingia, com um ar distante, nunca ter ouvido o seu nome. Mas perdoava, com rara benevolência, os excessos de Jorge Amado. De Graciliano Ramos, dizia que não considerava sua obra totalmente perdida. Mas era evidente que preferia os estrangeiros, principalmente aqueles que ninguém em sua roda sabia o nome.

– Que vontade de lhe dar um pé no traseiro – disse Santini, fazendo uma curva para entrar na elegante alameda em que seu empregado morava.

Tentando localizar o edifício de Ricardo, Santini ainda fixava nele o pensamento. Que pedante! Em tudo esforçava-se por ser diferente. Até mesmo em matéria de política. Com o dinheiro que ganhava, dizia-se homem de esquerda. Fora membro da antiga Esquerda Democrática e agora andava de namoro franco com o comunismo. Ângelo riu, dobrando o canto dos lábios: comunista um tipo como aquele! Ah, lá estava o prédio! Era uma construção recente, de linhas modernas, a mais bela do bairro. "Talvez seja um apartamento de uma peça só", imaginou o patrão, encostando o carro. "Jamais moraria em um deles. Mas Ricardo só se preocupa com as aparências". Saiu do Buick e entrou no edifício, cuja entrada era de um luxo digno de nota.

– Falar com quem? – perguntou um porteiro, interpondo-se entre ele e a porta do elevador.

Santini sentiu que o porteiro estava desconfiado: podia ser algum ladrão. Será que o imbecil não vira o seu carro na porta?

– Não mora aqui seu Ricardo? No quinto andar?

O porteiro fez uma mesura.

– Mora, sim. E está em casa. Vi quando o doutor Ricardo chegou.

Ângelo teve ímpeto de dizer ao porteiro que Ricardo era seu empregado e que não tinha nenhum diploma de doutor. Entrou no elevador com a cara amarrada. Quando apertou o quinto botão, lembrou-se de que não comprara nada para levar à esposa do chefe de vendas. Mas não fazia mal. Nunca fora dado a esse tipo de delicadeza. O elevador abriu-se quase sem ruídos. Um corredor atapetado surgiu diante dele. Só dois apartamentos por andar! O homem devia pagar um alto aluguel.

Somente depois de uns três toques é que a porta do apartamento abriu-se e Ricardo surgiu diante dela. Estava sem paletó e com os cabelos em desalinho, úmidos do banho. Parecia não querer dar a impressão de que "estava esperando visita".

– Vá entrando, Ângelo. Puxa, como você foi pontual! São nove em ponto. Sabe que não vim direto pra casa? Parei no Pileque, na galeria.

Santini ingressou no vasto *living* com indisfarçável deslumbramento. Quando Ricardo falava "dos seus móveis", supunha que estivesse blefando. Eram de fato atraentes. Lá no fundo havia um conjunto de divãs e poltronas bastante acolhedor. Do lado esquerdo, duas cadeiras soltas, quebrando, propositadamente, e de uma forma boêmia, a unidade do ambiente. À direita, um balcão, com banquetas coloridas. Muitas garrafas de bebidas refletidas em um espelho. Pufes das mais diversas cores agrupavam-se diante de um enorme aparelho de televisão. Porém, o toque mais fascinante era o jogo de luzes, todas baixas e indiretas. Que sortimento de abajures estranhos! O dono da casa devia ter aderido francamente às bienais. Ângelo parou diante de um quadro discretamente iluminado.

– É de um pintor novo: Grüber. Você não conhece.

Apesar de tantos divãs e poltronas, Santini não sabia onde sentar-se. Foi preciso que Ricardo o conduzisse até o ponto extremo do *living*. Apontou-lhe uma poltrona.

– Então esteve no Pileque – disse Santini, sem encontrar assunto.

– Já esteve lá?

– Ainda não.

– Iremos algum dia.

Ângelo lançou um longo olhar para o *living*.

– Seu apartamento é uma beleza.

– É o que costumo dizer a Irene, mas ela quer mudar. Você sabe como são as mulheres.

– Por quê? Ela não gosta dele?

– As mulheres nunca estão satisfeitas. Agora quer uma casa. Adora bichos. Quer gatos, cachorros, marrecos e não sei mais o quê. Mas, em matéria de apartamento, não arranjaremos outro melhor. Precisa ver os quartos: são enormes.

Santini, acomodado, examinava os móveis um a um. Sobre uma mesinha via uma peça de cerâmica extravagantemente decorada. Um vaso quase do tamanho de um homem estava junto à parede. A própria pintura dos batentes das portas devia ser invenção de Ricardo. Fixou os olhos nas cortinas, que se alongavam para além dos limites da janela, envolvendo parte do *living*. Criavam a ilusão de que o apartamento flutuava no ar. Nenhum ruído da rua chegava até eles.

– Que cabeça! Não lhe servi nada. Uísque, não?

Ângelo teve pudor de preferir vinho.

– Aceito.

– Quer que lhe traga aqui ou vai até o bar?

Santini acompanhou Ricardo até o bar e acomodou-se, com alguma dificuldade, em uma das banquetas. Um perfeito bar de hotel de luxo ou de um transatlântico. O homem tinha gosto mesmo.

– Pra mim é esta a parte mais simpática da casa. Quer com muito gelo?

"Estou me tornando tão reparador como Carolina era", pensou Ângelo ao notar que havia um moderníssimo refrigerador sob o balcão. Não faltava nada naquele apartamento.

– Que descuido! – lamentou Ricardo. – Servi White Label sem perguntar se gosta mais de outro.

– Oh, qualquer um serve.

– Irene deu a ideia de sairmos um pouco. Você não se incomodaria?

– Você quem manda.

Ricardo bateu-lhe amigavelmente no ombro:

– Fique só um instante. Vou pôr uma gravata. Se quiser mais gelo, tem aqui no balde,

Foi com algum prazer que Santini viu o outro afastar-se. Devido à luz morta dos abajures, não fizera o devido reconhecimento do ambiente. Que sujeito caprichoso, esse Ricardo! Instalara-se como um príncipe. Menos de quinhentos mil cruzeiros não gastara na compra dos móveis. Nem ele, que era o dono da firma, não gozava de conforto igual. Teria comprado tudo com o dinheiro de suas comissões? Ou se casara com uma mulher rica? Podia ser isso. Ele era moço e seu aspecto devia agradar às mulheres. Depois, com sua conversa fácil, a boca pronta para qualquer assunto, não encontraria dificuldade para seduzir uma ricaça de miolo mole. Ricardo pouco falava de sua esposa, talvez para ocultar aos outros o bom golpe que dera ao casar-se. Um malandro.

– Meu Deus, gente aqui...

O copo por um triz não escorregava da mão de Ângelo. Uma moça surgira no *living* de imprevisto, mal embrulhada em um roupão de banho. Entre as cores embaralhadas do roupão, percebeu as de suas pernas, de alto a baixo. Um abajur, sobre um suporte na parede, avançava a luz até os seus seios. Em um gesto rápido, ela procurou cobrir-se, atrapalhando-se toda, enquanto sorria para encobrir o extremo embaraço. Correu enfim, até uma das portas.

Santini repousou o copo no balcão. Tudo acontecera em um segundo como um choque de veículos, como o corpo de um suicida que se projeta no espaço, como o estouro de uma lâmpada superaquecida. Procurou fazer que a cena voltasse para trás, em um cinematográfico *flashback*. Estava ali, sentado na banqueta do bar, diante do balcão, pensando no espertalhão do Ricardo, que devia ter casado com uma moça endinheirada, quando uma porta se abriu e ela surgiu, molhada do banho, quase nua... Sim, o pudor do momento fizera que sua visão limitasse a verdade: o roupão estava todo aberto, pois tinha o cinto, muito fino, caído do lado. A surpresa fizera que virasse o rosto um pouco para esquerda, mas se tivesse fixado os olhos... Percebeu que suas mãos tremiam. Ainda bem que o copo não fora ao chão, do contrário sua confusão seria ainda maior aquele momento. Fez um novo *flashback* agora em câmara lenta: a tonalidade do corpo da moça era morena, porém não muito escura. Uma morena dourada. Os cabelos deviam ser oxigenados. Lembrava-se de um detalhe: apenas um seio saltava fora do roupão. Para melhor materializar o instante passado, aspirou forte o perfume dela, que ainda permanecia no *living*. No final da filmagem pôde perceber suas sandálias egípcias, correndo em direção à porta.

Um bom gole de uísque, já bastante gelado, deixou Ângelo mais calmo. Devia portar-se de uma forma que não aumentasse o seu vexame, quando ela reaparecesse. Faria cara de quem nada tinha visto ou de um médico de senhoras exaustivamente acostumado à nudez de suas clientes. Cara de médico parteiro. Precisava ajudá-la a livrar-se da vergonha que estaria sentindo. Mas tudo não deixava de ter seu aspecto cômico: chegara há dez minutos e já vira a esposa do dono da casa despida. A noite começava a entusiasmá-lo.

Uma forte risada soou no corredor. Ricardo, já engravatado e com o paletó debaixo do braço apareceu no *living*. Dobrava-se de tanto rir. Que grande anedota lhe tinham contado?

– Irene não sabia que você estava aqui e levou um susto – disse rindo.

– Estava bebendo o meu uísque.

– Nunca a vi tão corada!

Santini agradecia a penumbra que escondia parte de seu embaraço. Ainda não se refizera totalmente do choque.

– A culpa é dos tapetes. Se eu tivesse ouvido passos, tossiria. Mas o que é que tem? Ela estava de roupão.

Ricardo aproximou-se do bar, escandalizado:

– Você ainda está bebendo aquele?

– Nem cheguei à metade.

– Vou tomar um, enquanto Irene se arruma. Vamos para o jardim de inverno. Lá está mais fresco.

V

A demora de Irene foi muito longa. Permitiu tempo suficiente a que Ângelo tomasse dois uísques e Ricardo, que parecia um beduíno sedento, tomasse três. A conversa girou em torno de negócios. O chefe de vendas estava em uma noite inspirada; sugeriu a Ângelo, mais do que isso, insistia no sentido de criar uma nova indústria. As esponjinhas eram vitoriosas. Com uma simples campanha de manutenção existiriam enquanto não faltassem talheres sujos. O certo era partirem para outro negócio, um detergente qualquer, uma fábrica de saca-rolhas ou de quebra--nozes. Ricardo fazia *blague*, mas sua intenção era séria.

27

– A máquina está montada, não está? É só ampliar um pouco a fábrica e a gente envereda por outro setor. Não há necessidade de investirmos milhões, a princípio. Façamos uma experiência em São Paulo. Se der certo aqui, dará em todo o país.

Ângelo percebeu que Ricardo repisava a primeira pessoa do plural: nós. Queria, em um segundo empreendimento, figurar como sócio, não como simples gerente de vendas. Sua manobra estava bem delineada. Se a experiência falhasse, nada tinha a perder e continuaria como chefe de vendas e de publicidade. Muito claro.

– Vou pensar nisso – respondeu.

– Pense sem perda de tempo – quase implorou Ricardo. – Dormir sobre os louros nunca deu bom resultado a ninguém. Lance outro produto. Mas não o faremos no escuro. Partiremos de uma pesquisa de mercado. Só para citar um exemplo, se há falta de pente-fino, fabricaremos pente-fino.

Ambos riram, mas o sorriso de Ângelo foi mais curto porque estava na defensiva. O espírito de Carolina postava-se no jardim de inverno, atrás da cadeira de Ricardo, sacudindo a cabeça ao marido: não. Ela costumava dizer que ninguém tem sorte duas vezes.

Ricardo, que não via espírito, argumentava com paixão:

– Vai mais dinheiro na publicidade que no produto. E quanto a isso, deixe por minha conta. Arranjaremos um bom nome e um belo invólucro.

– Para o pente-fino?

Novas risadas.

– Diremos que há uma praga de piolhos!

Ângelo quase pedia outro uísque, muito bem-humorado, quando Irene chegou.

– Também quero ouvir as anedotas.

O patrão levantou-se para apertar-lhe a mão. Não havia a menor folga em seu colado vestido escuro. Tinha olhos verdes, o que não pudera notar no escuro. Os lábios demasiadamente cheios. O rosto, saudável e alegre. Os olhos brilhantes e maliciosos. Parecia que a vida não lhe gastara a menor parcela da carne. Era de uma beleza intacta e compacta. Nem sombras mostrava do vexame de há pouco. Santini pôs-se a olhá-la quase em êxtase. O mesmo olhar que o rei Davi teria endereçado a Batsabá, mulher de Urias, quando a vira banhar-se. Por coincidência, Ângelo a vira logo após o banho, e como Davi, não era ateu.

– Eu já o conhecia de vista – disse Irene a Ângelo, sorridente. – Mas não me lembro onde foi.

Santini custou a perceber que ela brincava. Sorriu, com atraso.

– Mas do que se riem tanto? Se eram piadas obscenas queiram repetir, por favor.

– Nada disso querida. Falávamos de negócios.

– Já sei: vocês vão lançar uma dessas revistinhas de anedotas. Acertei ou não? Você sempre sonhou ser homem de letras, Ricardo.

– Vamos fabricar pentes-finos – explicou o chefe de vendas. – Vem aí uma praga de piolhos.

Irene sentou-se em uma poltrona entre os dois. Queria, sem demonstrar, pôr Ângelo bem à vontade. Este fazia o possível para não ficar em segundo plano na conversa, mas não ia além dos sorrisos. Não era homem de muitos assuntos e estava um tanto atordoado pelos encantos da moça. Ela irradiava luz; parecia que uma lâmpada, dentro do seu corpo, iluminava-lhe todos os olhares e sorrisos. Devia ser inteiramente visível, mesmo na escuridão. Santini, em um esforço arrojado de imaginação, comparou-a mentalmente à lua e às estrelas. Embora perturbado, por nada deixaria aquele jardim de inverno enquanto ela estivesse lá.

– Desejo que façam bons negócios, mas o lugar indicado para tratar disso é uma boate.

– Santini deve detestar as boates.

– Podemos ir – disse o patrão. – Não quero estragar o programa de ninguém.

– Hoje você é que é o programa, Ângelo.

– Em que boate querem ir?

– Quitandinha – respondeu Ricardo. – Não conhece? É onde se reúnem as mulatas mais irresponsáveis do Brasil. Há lá um simulacro de *striptease* que honra um país subdesenvolvido como o nosso.

Ângelo procurou nos olhos de Irene um sinal de censura, mas não encontrou.

– Então é lá que devemos ir.

Os três levantaram-se, Irene feliz porque ia sair. Explicava a Ângelo, talvez para corrigir qualquer má impressão, que não costumava sair todas as noites. Uma ou duas vezes por semana, quando muito. Nessa boate, por exemplo, nunca fora. Ricardo devia ter ido lá com outras pessoas. Seu divertimento predileto consistia em promover pequenas reuniões em seu apartamento: meia dúzia de amigos selecionados e um ou outro cantor. Citou os nomes de alguns cantores famosos do rádio e da televisão que já haviam frequentado suas reuniões. Na próxima, não esqueceria de convidar Santini.

– Saiba que alguns sambas conhecidos foram feitos aqui. Ricardo, depois do sexto uísque, não se sai mal nas letras. Por falar nisso, quantos você já bebeu?

– Segundo sua observação, estou justamente no ponto de fazer versos: tomei seis.

– Não vá muito além disso.

No elevador, Santini pôde observar Irene bem de frente: intacta e compacta, quem poderia ignorar-lhe a presença? Olhá-la como quem olha qualquer mulher? Vê-la e esquecê-la imediatamente? Ricardo era um rapaz de sorte.

– Meu carro está logo aí – disse Santini.

– Vamos no meu – pediu Ricardo. – Também está aí ao lado.

Ângelo supôs que Ricardo brincava quando se dirigiu a um moderníssimo Oldsmobile, em frente ao prédio. Imaginava que ele tivesse um Volks ou um Citroën. Na melhor das hipóteses, um Studbaker muito usado. Onde arranjara dinheiro para tal compra?

A resposta veio quando os três já haviam se abancado no carro:

– O crediário é a maior invenção do mundo – declarou Ricardo, em tom sério. – Uma parte à vista e o resto a perder de vista.

– Não exagere – retrucou Irene. – Doze prestações só.

Ângelo começou a fazer cálculos de quanto seu chefe de vendas teria de dar por mês pelo carro. De qualquer forma, considerava a compra uma loucura. A não ser que a moça... Já tinha quase a certeza de que era rica. Carro caro, apartamento de luxo;

o dinheiro de Ricardo não daria para tudo. Mas, na primeira curva, quando o corpo de Irene tombou suavemente sobre o seu, como um saco de seda aquecido ao fogo, deixou os cálculos de lado. Em pouco tempo de convívio com o casal, já tinha uma ligeira noção das coisas da vida que estava perdendo. Ricardo também muitas vezes suava a camisa, porém gozava de um volume maior de compensações: um apartamento que parecia um oásis de beleza e sossego, um carro algo semelhante a um avião, e uma esposa que só podia ser comparada em aspecto às mais lindas atrizes do cinema. Por que merecia tanto?

— Estamos chegando — anunciou Ricardo, algo excitado. Queria ver de perto as tais mulatas irresponsáveis.

Ângelo não sentia curiosidade nenhuma e não entendia porque o outro estava tão aflito por ver mulheres bonitas. Chegaram.

VI

— Meu vestido!

Ricardo estava aquela noite com uma boa mão para derrubar copos. Era o segundo que fazia cair; desta vez, o vestido de Irene fora atingido pela bebida. Felizmente a garrafa estava sobre a mesa; não precisava dar-se ao trabalho de chamar o garçom para tomar outra dose. Como se sentia eufórico! Se convencesse Ângelo a lançar o novo produto, seria ótimo para ambos. Só por burrice ele persistiria em um único ramo industrial. Já tinha seus vendedores, toda uma grande máquina de vendas montada e azeitada. A ordem era partir para outra.

— Como é, Ângelo? Vamos fabricar os pentes?

Os pentes continuavam como brincadeira, mas Santini deu o primeiro contra:

— Estou um pouco velho para isso. Nosso negócio vai indo tão bem...

— Mas não quer ganhar ainda mais?

— Eu não gasto tanto dinheiro como você, Ricardo.

— No que faz mal. Pra que então ele foi feito?

Santini não arredaria o pé: o problema de ganhar mais era de Ricardo, não seu. A ambição do outro podia levá-lo à ruína. Não se deixaria envolver por mais atraentes que fossem os argumentos que ouvisse. Além disso, não estava inclinado a discutir negócios: prendia a atenção em Irene. Pena que não soubesse encontrar assunto capaz de interessá-la.

– Só com um novo lançamento poderemos ir à Europa – disse Ricardo a Irene.

– Vocês precisam disso? Por que não vão? – indagou Santini.

– Nenhum de nós tem pai rico – respondeu a moça. – Depois, com essas prestações pesando!

Agora tudo se esclarecia para Ângelo: a moça não era rica. Devia ter vindo de um meio pobre como Ricardo. Ela blefava como o marido; diante de outras pessoas talvez dissessem que sua firma lhes pertencia.

– Se não nos lançarmos noutra – disse Ricardo, como se fizesse uma velada ameaça –, você terá de aumentar minha porcentagem. Do contrário não posso aguentar.

O patrão bebia lentamente o seu uísque. Irene, à sua frente, lhe sorria. Chegou a pensar que os dois lhe haviam arrastado à boate para amolecê-lo, a fim de arrancar-lhe dinheiro. Primeiro, a ideia da nova indústria. Agora, a sugestão de um aumento na porcentagem. Mas era injusto fazer esse juízo de Irene, reconhecia. Ela mostrava-se completamente desinteressada dos negócios.

– Acho que este lugar o aborrece – lamentou a moça. – Devíamos ter ficado em casa.

– Oh, não. Para mim é uma novidade.

– Reparou nas mulatas? – perguntou Ricardo, já com a voz pastosa. Bebia fora da medida.

– Ainda não...

– Este lugar, embora não pareça, é um dos únicos pontos de turismo da cidade. Grã-finos e gente de fora estão sempre aqui. Roberto Rosselini, quando passou por São Paulo, sentou-se àquela mesa.

Santini não se sentia atraído pelo lugar. Se Irene não estivesse ali, com aquele sorriso vistoso, a noite não teria nenhum sentido. Depois, não admitia beber em excesso uma bebida que não fosse o vinho. Estava longe de gostar de uísque.

Um foco de luz iluminou o centro do salão.

– O *show* vai começar – anunciou Irene, excitada.

Meia dúzia de bailarinos deram início a um bailado. Santini percebeu aos poucos que vestiam eles macacões: eram candangos. Tratava-se de uma alegoria à construção de Brasília. Enquanto dançavam, iam armando as peças de um edifício: o Palácio da Alvorada.

– O ideia é bem bolada – comentou Ricardo. – Geralmente os *shows* de boate não prestam.

– O Night and Day apresenta boa coisa – discordou Irene.

– Isso é verdade. Por falar nisso, em uma noite destas daremos um pulo ao Rio. Estou com saudades de Copacabana.

Ângelo se pôs a pensar na boa vida que levavam aqueles dois. Ele jamais tirara um fim de semana para gozá-lo em Copacabana e nunca estivera em uma boate carioca. "Com o dinheiro que lhe dou", disse a si mesmo, "esse rapaz aproveita o que há de melhor". Mas a sua mulher era o que mais invejava. Mesmo no escuro, olhava-a como se fosse Davi e ela Batsabá.

Os bailarinos prosseguiam em sua tarefa de montar as peças do Palácio da Alvorada. As arcadas de Niemeyer uniam-se umas às outras. O serviço, porém, não pararia aí. O Palácio do Congresso também seria montado, dentro do ritmo de um samba patriótico. Um figurante, imitando o presidente da República, em mangas de camisa, conduzia os trabalhos.

Já embriagado, pois não parara de beber, Ricardo louvava o espetáculo: era um entusiasta da mudança da capital. E mais ainda naquela alegoria em que os candangos eram representados por brejeiras e sorridentes mulatinhas.

– Se fizeram essa mudança – disse Santini –, aí é que a vida vai ficar mais cara.

– Por isso – replicou Ricardo, pegando o pião na unha – é que você não deve ficar com um só produto. Abra novas perspectivas. Lance outra coisa. Você precisa se integrar no espírito progressista do momento. Quem parar será destruído.

Irene protestou:

– Fique quieto, Ricardo.

– Os quatrocentos anos, sim, esses não gostam de mudanças. Não têm iniciativa. Mas você, Ângelo, você é italiano, é de uma raça que não sabe ficar parada. Lance outros produtos na praça. Alargue os horizontes do seu negócio. Em ritmo de Brasília.

O grande prato do Palácio do Congresso já estava quase armado. A praça dos Três Poderes surgia na boate sob jatos de luzes coloridas. A pequena orquestra punha brasas no compasso do samba triunfal. Os bailarinos iam e vinham com as peças de papelão, já ultimando a montagem.

Ricardo teria preferido o *striptease*, mas, apesar do álcool que ingerira, achava que o sentido do *show* poderia atuar nas disposições de Ângelo. Se era possível construir uma cidade ultramoderna em plena floresta, o que custaria a ele ampliar sua fábrica e fabricar novas utilidades domésticas? A relação entre as duas coisas era um tanto forçada, mas Ricardo prosseguia:

— Quem ficar de braços cruzados, arrebentará. A ordem é produzir. Inventar novas coisas. O Brasil será dos mais audazes, dos mais arrojados. Voltamos à era do bandeirismo, Ângelo. A época dos presidentes pagadores de dívidas já passou. O que o país precisa é de novos caminhos.

Santini fechava-se sobre seus muros. A prudente Carolina punha os pés na pecaminosa boate para dizer ao marido que repelisse as tentações daquele perdulário. O melhor era parar onde estava. Consolidar seus êxitos comerciais. Nada de aventuras.

— Uma beleza! — exclamou Irene, vendo a praça dos Três Poderes completar-se.

Duas lindas mulatas, de cabelos compridos, sentavam-se no chão, diante de um chafariz improvisado. Como duas estátuas de bronze, na mesma atitude, puxavam a extremidade das vastas cabeleiras e quedavam-se imobilizadas. Era o ponto final do bailado; fecho apoteótico que os espectadores aplaudiram, frenéticos. Santini foi o único que não bateu palmas.

— Ângelo, nunca foi tão errado guardar dinheiro no colchão — declarou Ricardo. — A inflação acabará com os ricos inúteis, os que não produzem. As fortunas pertencerão aos que têm crânio, visão e iniciativa.

Não teve tempo de dizer mais nada, porque ao *show* seguiam-se as danças. De todas as mesas, pares se levantavam para dançar. Algumas bailarinas que haviam participado do espetáculo sentavam-se às mesas ou dançavam com os fregueses da boate. A noite tomava um caráter mais íntimo.

– Vamos dançar – disse Irene ao marido.

Com alguma dificuldade, Ricardo ergue-se. Devia dançar bem, mas as doses de uísque que já ingerira dificultavam-lhe a tarefa. Movia as pernas com muita lentidão e segurava com força a cintura de Irene para manter o equilíbrio.

Em sua mesa, Santini observava-os. Aquele malandro tinha uma sorte infernal. Onde teria encontrado aquela mulher? Mesmo entre tantas que ali dançavam, ela se distinguia. As outras pareciam umas pobres coitadas, inclusive aquelas que Ricardo apontara como grã-finas. Irene tinha mais presença, mais impacto pessoal. Notou que outros homens, ao lado da pista, também a observavam. Teve ciúme, ao contrário do marido que nada notava. Mesmo se notasse, não se importaria. Mantinha em relação a ela um ar de proprietário seguro de seu domínio. Devia achar impossível que outro qualquer, por mais rico que fosse, pudesse roubá-la. Era ele o dono.

Alguns minutos depois, Irene e Ricardo voltavam à mesa.

– Ele está confundido samba com valsa de Strauss – disse Irene. – Devia receber um prêmio como o inventor do passo único, que serve para todos os ritmos.

– Estou um tanto balão – confessou Ricardo. – Dance você, Santini.

– O quê?

– Dance você. Irene quer dançar. Dance.

Santini estremeceu. Há quanto tempo não dançava? Há uns quinze anos talvez. Mas jamais chegara a dançar com correção. As pequenas do "Danúbio Azul", em sua mocidade, muito tinham se rido do seu desajeitamento.

– Ora, Ricardo, nem sei mover as pernas.

– Você não sabe, mas pode. Eu sei, mas não posso.

Irene insistiu:

– Não pense que todos esses sabem dançar.

– Posso pisar no pé da senhora.

– Será engraçado.

Ângelo ergueu-se, nervoso. A experiência intimidava-o. Mas aquela era uma oportunidade de dançar com Irene. Por pior que se saísse, não deixaria de ser um prazer. Segurou-lhe a mão, enlaçou quase sem tocar a sua cintura e mexeu os pés. Não ia tão mal como pensara. Por que tanto receio? Apertou-a mais um pouco.

— Ricardo disse que o escritório ficou belíssimo.

— Ele disse isso? Parece que não gostou!

— Gostou, sim. O senhor sabe que ele gosta de brincar.

— Olhe, acho que está bonito, sim. Por que não aparece lá algum dia?

Irene tinha a virtude de nunca deixar uma conversa morrer. Aproveitava todas as deixas que Ângelo lhe dava. Seu espírito era afirmativo como os movimentos do seu corpo, como as expressões do seu rosto. Sobre qualquer tema de uma conversa, jamais revelava incerteza, jamais optava pela dúvida. Era agradável sem evidenciar a intenção de agradar. Em nenhum momento mostrava estar falando com o patrão do marido. Insistia em tratá-lo como um amigo do casal, com quem simpatizava. Se não gostasse dele, já teria torcido o nariz. O fato de o dinheiro de Ricardo sair dos seus bolsos não passava de mera casualidade.

Os cotovelos de Ricardo, fincados na mesa, escorregavam. Só levantava a cabeça para sorrir a uma ou outra mulata que passasse. Deixara de pensar nos negócios. Santini, um imbecil. Seria capaz de não ampliar sua indústria apenas para que seu chefe de vendas não ganhasse mais dinheiro. Olhou o litro de uísque: puxa, quem fora que bebera mais da metade?

Ângelo já movia os pés com maior desenvoltura. Ora, ninguém reparava se dançava bem ou mal. Por que pensar nos outros? O importante era que dançava com Irene. Que corpo uno e concentrado o seu! Que força estranha ele irradiava!

— A senhora já deve estar cansada.

— Cansada não estou, mas me preocupo com Ricardo. Parece que ele já está se apagando.

— Ele sempre bebe assim?

— Quase sempre.

Os dois voltaram à mesa. Ricardo bebia.

— Vamos embora, Ricardo. Sabe que horas são?

A um sinal de Ricardo, um garçom aproximou-se da mesa.

– A nota!

Ângelo ficou a pensar no preço da noite. Levou a mão ao bolso para pagar a conta, mas Ricardo, apesar da embriaguez, foi mais ligeiro.

– Vamos dividir – sugeriu Ângelo.

O outro achou graça e atirou sobre a mesa algumas cédulas de mil. Estava incluída uma generosíssima gorjeta.

Na rua, Santini perguntou:

– Quer que eu guie o carro?

Ricardo não permitiu. Foram os três no banco da frente, bem apertados.

– Posso subir em uma ou outra calçada, e nada mais.

Ângelo ficaria preocupado com a velocidade que Ricardo imprimia ao volante, se não fosse estar tão junto de Irene. Esse contato fazia-o esquecer de tudo. Foi com alguma tristeza que percebeu que chegavam a seu destino.

Quando saíram do carro, ficou patente que Ricardo estava mais embriagado do que parecera. Quis lembrar:

– Como é mesmo aquele samba, o do Vinicius?

– Não tenho memória para música – respondeu Irene, tentando fazer que ele entrasse logo no prédio.

– Lembra, Ângelo?

– Não.

– Claro que não lembra. Você parou no Carlo Buti.

Entraram no edifício. O elevador estava à espera.

– "Se todas fossem iguais a você..." – cantarolou Ricardo. – Como é mesmo o resto? Ângelo, você é um ignorante.

– Ricardo! – censurou-o Irene.

– Você só entende de livros de cheque – prosseguiu Ricardo. – Notas, só de papel. Um ignorante. – Quando o elevador parou, acrescentou: – Sabe de uma coisa? Você não sabe viver.

Irene temia que Ângelo se ofendesse. Mas ele sorria.

– Você tem razão, eu não vivo.

– Concorda, então?

– Concordo.

Chegaram à porta do apartamento. Irene tirou a chave da mão de Ricardo e abriu-a.

Ângelo não entrou:

– Daqui eu volto.

A mão sedosa de Irene segurou a sua:

– Não repare. Ricardo quando bebe não diz coisa com coisa...

Santini quis reter-lhe a mão por mais tempo.

– Claro que não reparo.

– Vou aprontar um café amargo para ele.

– Nos veremos um dia desses, não?

– Por que não?

Ângelo soltou-lhe a mão. A porta fechou-se diante do seu rosto. Não fora má a noite.

VII

Aquele ruído agudo, metálico e insistente parecia vir do outro mundo. Transpunha nuvens escuras e espessas. Era como se viesse de muito alto ou do fundo do mar. Mas, aos poucos, ia se aproximando. Irene abriu os olhos: era o telefone. Com os músculos adormecidos e um sono incrível estendeu a mão para pegar o aparelho sobre o criado-mudo. Dormira pesadamente durante muitas horas. Olhou o relógio: onze e meia. Ouviu a criada empurrando os móveis do *living*. A seu lado, Ricardo dormia, com a boca aberta. Sempre dormia assim, principalmente quando bebia demais. Vendo-o, tinha a impressão de que os vapores do álcool evadiam-se entre seus lábios.

– Quem está falando?

Quem era aquela pessoa que vinha lhe cortar o sono? Quanto daria para ficar mais algum tempo dormindo! Seus cabelos soltos cobriam-lhe o rosto e o telefone.

– Sou eu, Ângelo.

Irene não respondeu logo: tinha a boca seca e o corpo entorpecido pela noitada. Mas aquele nome acordou-a. O patrão de Ricardo! Lembrou-se do mundo de coisas que o ligava ao marido. Pigarreou para melhorar a qualidade da voz.

– Como passou de ontem, bem?

Santini lamentava importuná-la. Apenas queria saber se Ricardo passava bem. Ele se excedera na noite anterior. Precisava de alguma coisa? Estava lá para ajudá-los, se fosse o caso. Mas se o porre passara, por que não iam almoçar juntos? Era sábado. Já tinham algum programa?

– Oh, não... Nenhum.

Santini tinha uma sugestão a fazer: almoçarem nas Carpas, em Jundiaí. O dia estava muito agradável. Já vira o céu? Nenhuma nuvem. Ótimo para um passeio de automóvel, com o vento soprando de leve. Antes que ela pudesse pensar, foi dizendo:

– Passarei em sua casa a uma hora? Está bem assim?

Irene concordou, pois acreditava que Ricardo quisesse o novo encontro. Sempre dissera que precisava atrair Santini para fora da órbita do escritório. Somente assim teria tempo e calma para conseguir dele o que queria. Assim que desligou o aparelho, cutucou o marido. A tarefa de acordá-lo foi árdua.

– Vamos, acorde logo. Não ouviu o telefone?

Resmungos foram a resposta.

– Acorde! Olhe que abro as janelas!

A ameaça era terrível: Ricardo abriu os olhos.

– Não ouviu o telefone?

– Quem era?

– Seu chefe.

Ricardo teve ânimo para uma piada:

– Quem tem chefe é índio!

Era esse orgulho que muitas vezes não tolerava nele. Por que insistir em mostrar-se tão independente, se não tinha dinheiro para iniciar um negócio seu, verdadeiramente seu? Ela enxergava melhor a realidade.

– Vai passar aqui a uma hora.

– Pra quê?

– Quer nos levar às carpas. Disse que podia. Fiz mal?

Ele mexeu-se na cama, pensativo:

– É uma péssima companhia. Mas fez bem.

– Então levante.

Ricardo começou a se levantar vagarosamente. Respirou fundo e sorriu.

– Estou em perfeito estado. Nada como a gente ter um bom fígado.

– Nenhuma ressaca?

– Nem sei o que é isso.

Dirigiu-se ao banheiro, seguido de Irene. Pela primeira vez, depois de tanto tempo de convivência, puxara Ângelo para seu mundo. As consequências disso seriam excelentes. Um diálogo mais franco e sem truques se estabeleceria entre os dois. Mais cedo ou mais tarde, o carcamano entregaria os pontos: "Ricardo, você tem de ser meu sócio. Ficará com vinte por cento do líquido referente ao lançamento do novo produto".

– Vou malhar outra vez o negócio da fábrica – disse, já no banheiro.

– Acho que é tempo perdido.

– Você com seu pessimismo!

– Ontem ele não levou a coisa a sério. Vocês fizeram piadas demais sobre o assunto. Penso que não vai topar.

Ricardo já estava debaixo do chuveiro.

– Vai ver que já refletiu. Não acha sintomático que tenha marcado esse almoço.

Irene tinha ideia própria a respeito, mas preferiu não dizê-la já. Com toda a sua esperteza, Ricardo às vezes bancava o ingênuo. Estava certa de que Ângelo nem se lembrara das sugestões feitas por Ricardo.

Este continuava crente:

– Ele é meio durão, mas acaba cedendo. O que lhe proponho é bom. Estive pensando em uma coisa: na compra de alguma patente de um inventor sem dinheiro. Preciso levar-lhe algo de positivo.

– Para mim – retrucou Irene –, ele não quer arriscar dinheiro em nada. E tem suas razões. O que ganhou já dá para o resto da vida. É um viúvo sem filhos, não é?

Já enxugando-se em uma toalha felpuda, Ricardo sorria:

– Viu que matutão ele é? Não aproveita o dinheiro que tem. É a primeira vez que vai a uma boate. Chama automóvel de máquina! – arrematou em uma gargalhada.

Irene continuava pensativa:

– É uma grande jogada para você, esta.

– Se a gente quiser ter apartamento próprio, ou uma casa, viajar para a Europa, e garantir o futuro, o caminho é eu entrar para a sociedade.

Ela via-o como uma criança. Por que se entusiasmava com tanta facilidade por uma ideia?

– Vamos ver – disse.

Ricardo estava confiante. Afinal, Ângelo devia a ele o desenvolvimento de sua firma. Abandonara seu mais forte concorrente para ajudá-lo. Incutira-lhe a crença na propaganda quando se gabava com seu sotaque italiano de nunca ter feito um reclame. Ainda hoje não aprendera a dizer anúncio; dizia reclame. Conseguira, à força de seu entusiasmo, mudar-lhe as convicções mais profundas e estreitas. Lançara-o na trilha da fortuna. Arrancara-lhe a catarata dos olhos. Fizera-o ganhar milhões, traçando suas campanhas publicitárias e organizando-lhe o departamento de vendas. Ângelo precisava continuar confiando nele. Assim, ambos ganhariam milhões.

– Sem eu, ele não teria chegado ao ponto que chegou.

– Mas Ângelo reconhece isso? – perguntou Irene, sempre com os pés na realidade.

– Se não reconhece, azar dele. Posso abandoná-lo a qualquer momento.

– Vamos, arrume-se depressa. Logo ele estará aí.

VIII

Um passeio de carro em uma estrada faz muito bem para quem tomou um pifão na noite anterior. Ricardo sorria, com o rosto espancado pelo vento. A brasa de seu cigarro americano, atiçado, caminhava rapidamente de encontro ao filtro. A seu lado, entre os dois homens, Irene parecia ainda mais jovial. Levava um lenço estampado nos cabelos e vestia calças compridas. Preocupava-se em encontrar no rádio uma música que lhe agradasse. Santini, dos três, era o mais sério. Levantara-se tarde e não pudera ir ao escritório. Mesmo aos sábados sempre encontrava lá o que fazer, ao contrário de Ricardo, que fechava sua gaveta às sextas-feiras à noitinha e não queria saber mais de vendas. Com isso Santini uma vez ou outra se aborrecia: não era suficiente que seus funcionários descansassem no sábado à tarde? Mas Ricardo não se enquadrava no horário dos outros. Horário não fora feito para ele. Nos dias de semana era sempre o último a chegar. Comumente faltava ao serviço algumas vezes por mês. Se fazia muito calor, dizia francamente "vou beber algo", e abandonava o escritório. Apesar de tudo isso, seu departamento rendia: era o mais ativo da firma. No entanto, Santini não lhe perdoava os atrasos, as faltas e a ausência nos sábados.

– Um dia destes lhe obrigo a marcar o relógio de ponto – dissera-lhe certa vez Santini.

Ricardo sorriu como se isso fosse uma pilhéria tão absurda, que o outro ficou desarmado. Era difícil toureá-lo, colocá-lo nos eixos. Por essa razão, Ângelo arrependia-se um tanto de tê-lo convidado para o almoço. Por que permitir-lhe excesso de liberdade? Mas fora por ele que tomara a iniciativa do convite?

– Costuma frequentar as Carpas, seu Santini? – perguntou a moça.

Ele disse que sim, mentindo. Lá estivera uma vez só, com Carolina, há muito tempo. Gastar tanta gasolina para comer peixes não tinha sentido. Mas havia a necessidade de prolongar aquele passeio e de mostrar ao casal, particularmente a Irene, que não era nenhum sovina. Vai ver que o marido já lhe dissera que seu patrão não gostava de pôr a mão na carteira. Conhecia a facilidade com que Ricardo rebaixava as outras pessoas. Reduzia a zero qualquer indivíduo no qual encontrasse o menor defeito.

– Este passeio veio a calhar – comentou a moça. – Meus pulmões devem estar pretos de tanto respirar o fumo das boates. – E voltando-se para Ricardo: – Precisamos fazer uns programas mais saudáveis.

Ricardo concordou:

– Beber na praia também é bom. O que me diz de uma nova temporada no Guarujá?

– Só reformando meu guarda-roupa.

– Você nunca será uma mulher shangai. Bem sabe disso. Santini não entendia perfeitamente a linguagem dos dois. Desconfiava que poderiam zombar dele sem que percebesse. Por outro lado, notava que às vezes procuravam ser simples demais para que pudesse acompanhar a conversa. Estava claro que não pertenciam ao mesmo mundo; o mais certo era afastar-se do casal. Aquela rotina deliquescente em que viviam enfastiava-o.

Estiveram mudos a maior parte do trajeto. Ela, caçando sambas-canção no rádio; Ricardo, estudando o momento para nova investida comercial, e Ângelo em fase de depressão. Se continuasse tão íntimo do seu chefe de vendas, logo viria o pedido de aumento de ordenado. Cortaria o mal pela raiz. No lugar de levar a mãe e a irmã a passeio, gastava gasolina com aqueles dois vivedores.

A beleza da tarde acabou por arrebatar os três, tirando-os da trilha de seu pensamento.

– Só vi um céu assim em Bariloche – exclamou a moça.

Ângelo procurou lembrar-se: Ricardo já lhe dissera ter estado em Bariloche? Notou que, pela primeira vez desde que o conhecia, o impulsivo vendedor ficara algo desajeitado. Dir-se-ia que a palavra Bariloche provocava nele recordações desagradáveis.

Ruborizada, Irene quis corrigir alguma coisa:

– No Rio as tardes também são bonitas! – Apressou-se em segurar a mão de Ricardo, como se pretendesse acalmá-lo.

– Vamos ver as carpas.

Santini seguiu atrás. Vista por qualquer ângulo Irene era encantadora. Andava aos saltos, infantilmente. O ar fresco rejuvenecia-a mais ainda. E aquele estúpido obrigando-a a respirar o ar doente dos inferninhos! Mas por que ficara tão contrafeito quando ela falara em Bariloche? Julgava que não existisse nada capaz de sensibilizá-lo. Perto do tanque das carpas, Ângelo alcançou-os.

– Vamos atirar miolo de pão aos peixes – disse ela.

Era o que faziam as pessoas que rodeavam o tanque. Sobre uma mesa, Irene encontrou restos de pães. Apanhou-os e distribuiu-os ao marido e a Ângelo. Dirigiram-se à murada do tanque. Ela chegou primeiro, muito interessada na diversão.

– É capaz de atirar-se à água para que os peixes não morram de fome – comentou Ricardo.

– Veja quantos são!

Santini recostou-se à murada. Atirou um pedaço de miolo. Uma carpa apanhou-o no mesmo instante que tocava a água. Foi engolido quase seco. Jogou um pedaço maior: duas carpas disputaram-no em uma fração de segundos. Continuou a brincadeira, ouvindo as exclamações cascateantes de Irene quando as carpas surgiam.

– Que voracidade! – exclamou Ricardo. – Parecem "traças" de inferninho quando surge um fazendeiro bêbado.

Mais adiante, um garoto atirou no tanque meio pão filão.

– Vamos ver agora! – bradou a moça.

Aquela parte do tanque onde caíra o pão se tornou sólida e seca: não se via a água, só peixes, com suas bocarras vermelhas abertas. Ouviam-se os estalidos das carpas que se chocavam no desespero de morder o pão.

– Como a vida é uma coisa brutal – disse Ricardo. – Todas essas carpas são aparentadas. Mas na hora da comida não se lembram disso. Cada um quer levar o seu bocado. Pensam que morrerão se não apanharem o miolo.

O enorme naco de pão em poucos segundos já estava triturado, mas, enquanto exista a luta das carpas prosseguia feroz. O elemento líquido voltou a dominar onde surgira a massa de peixes: nada mais restava da casca e do miolo do pão.

– A fome desses bichos é impressionante! – exclamou Irene. – Eu também fiquei com fome.

– Eu fiquei com sede – disse Ricardo.

Santini, que não tirava os olhos de Irene, também sentira alguma alteração na química de seu organismo.

– Vamos sentar – sugeriu.

Dirigiram-se a um caramanchão. Um garçom se aproximou. Pediram carpas, molho tártaro e vinho. Enquanto almoçavam e bebiam olhavam o tanque onde uma ou outra carpa saltava para a superfície da água, sempre bombardeada de fragmentos de pão.

Ricardo tomou um gole de vinho e preparou-se para novo assalto:

– Pensou nos pentes-finos, Ângelo?

O patrão sorriu para os dois. Irene estava séria: queria que o assunto fosse considerado. Não era um "bibelô" do marido; participava de sua vida.

– Não é o momento de a gente iniciar novos empreendimentos – objetou Santini.

Ricardo sorriu com superioridade:

– Quando ofereceram um terreno a meu avô, na rua Quinze, ele não comprou porque lhe disseram que o momento não era oportuno. Ele esperou por tempos melhores até morrer. Meu pai também sempre achou todo momento impróprio, para qualquer negócio.

– Ninguém pode me acusar de falta de visão – replicou Santini, vendo as carpas atacarem outro naco de pão. – Acreditei em um gênero comercial com uma fé que provocava o riso dos outros. Meus parentes me julgaram louco. Procuravam salvar-me com deboches. Apenas Carolina, minha esposa, confiava em mim. Apesar disso, não saía das igrejas.

Ricardo viu uma carpa chegar até à margem do tanque, à procura de alimento. Um grosseirão lhe jogou um cigarro.

– Que você tem visão e peito, eu sei. Sabia disso quando abandonei a outra firma. – Com esse lance, Ricardo pretendia lembrá-lo que devia a ele a expansão de sua indústria.

– Você também se arriscou – concordou Ângelo. – Mas não estava arriscando nenhum capital.

Aí a discussão se bifurcava: o trabalho não era um capital? Abandonar uma firma para tentar a sorte em outra não representava a Santini grande perigo. É verdade que Ricardo trouxera suas ideias e planos de ação. Mas quem é que entrara com o dinheiro?

Ricardo sentiu que não devia insistir nesse caminho: não adiantava demonstrar a Santini que sozinho, sem a sua ajuda, não teria feito grande coisa. A ordem era animá-lo a partir para novo investimento.

– Santini, se eu não reconhecesse em você um comerciante de verdade, não estaria aqui a propor-lhe negócios.

O patrão sorriu, aceitando, aparentemente, o elogio.

– Mais um gole de vinho, Ricardo?

– Pode ser.

– A senhora também aceita?

Irene, com seu copo cheio, voltou os olhos para o tanque. As águas estavam tranquilas; quem diria, vendo aquela superfície lisa, que milhares e milhares de carpas morassem ali? E todas famintas.

– Esse é o momento de a gente ganhar mais, muito mais – disse Ricardo.

Santini deixou-o falar, defendendo-se em seu alheamento. Procurava tornar-se completamente impermeável ao entusiasmo de Ricardo, que julgava falso. Como poderia ele empolgar-se pelo lançamento de um produto que nem sabia qual era? O que falava no rapaz era a necessidade de ganhar mais.

– Vamos esperar, Ricardo. Já pensou no que nos aconteceria se os americanos entrassem no ramo?

– Mais razões para a gente diversificar a produção. Olha que você tocou em um ponto muito sério!

– Eu penso nisso, sim. O perigo existe.

– E o que você fará, se os americanos entrarem na concorrência?

– Vendo tudo pra eles, pego o dinheiro que já tenho e vou passar o resto da vida em Nápoles – respondeu Santini, reduzindo tudo a termos bem simples. – Entrei no negócio para ganhar dinheiro, não para me tornar um mártir. Beba mais vinho, Ricardo.

Ricardo forçou um sorriso. Ângelo não queria sócio nem novas complicações comerciais. Teria de começar a batalha do aumento de ordenado e porcentagem. O fato é que não podia viver com cento e oitenta mil, com tantas prestações a pagar.

A viagem de volta, no fim da tarde, foi feita quase em silêncio. Ricardo, um pouco cansado da véspera e já certo de que o patrão não se deixaria empolgar pelas suas novas ideias, cerrara a boca. Irene afastara-se do problema, com os olhos na paisagem. Ângelo permanecia em câmbio morto. Analisando superficialmente seu procedimento das últimas horas, desde que fizera o convite do almoço, lamentava a sua leviandade. Descera a tantas intimidades com um funcionário só para gozar a companhia de sua esposa. Não faria mais isso.

Quando se despediram, na porta do edifício onde o casal morava, Ângelo resistiu ao convite que lhe faziam para um último drinque. Queria descanso. Fora de sua rotina, esgotava-se. Ricardo despediu-se. Irene estendeu-lhe a mão:

– Foi uma grande tarde. Que não fique só nesta.

Ao entrar em seu carro, Ângelo sentiu uma esquisita sensação de solidão. Diabo, devia ter aceito o drinque! Que faria em casa, tão cedo? Pensou em visitar alguém, mas lembrava-se: não tinha amigos. Ir para casa seria da mesma forma tedioso; a mãe e a irmã eram duas freiras, recolhidas nas celas do enorme casarão. Pisou no acelerador, rumo à estrada do Rio. Estava tão absorvido em seus pensamentos, algo confusos, que somente se lembrou de voltar quando acabou a gasolina do tanque.

IX

– Não é para ficar com essa cara – disse Irene, muito seca, assim que entraram no apartamento.

Ele foi tirando o paletó, que jogou sobre uma poltrona. Estava aborrecido. Felizmente tinha um bom bar.

– Quer um uísque?

– Prefiro um finalô.

– A ideia é boa: vou preparar dois.

Ela largou-se em um pufe.

– Parece que não será desta vez que ficará rico. Paciência.

– É um cretino – murmurou Ricardo, pondo gelo nos copos.

– Mas não é fácil influenciá-lo.

– Por isso mesmo: os cretinos são mais duros. Não têm imaginação.

Irene procurava colocar-se em uma posição neutra:

– O homem tem suas razões. Já ganhou muito dinheiro e não quer amofinar-se mais. Quem sabe, em seu lugar faríamos o mesmo.

Ricardo entregou-lhe o copo:

– É um cretino – repetiu. – No fundo, foge do negócio porque supõe que pretendo ludibriá-lo. Não tem medo de perder dinheiro, tem, sim, de que eu o passe para trás como sócio.

– Isso é desculpável em um homem como ele, burro como ele.

– Não sabe que, se fizesse o que sugiro, enriqueceria ainda mais. Aliás, sabe disso, mas não quer que seu funcionário, que tanto dinheiro já lhe deu, enriqueça também.

– Não adianta estrilar – lamentou Irene. – O dinheiro é dele, e com ele faz o que quiser.

– Irene, eu não brinquei quando lhe disse que devia movimentar o seu capital. Dinheiro parado hoje em dia é prejuízo. Não é preciso ser nenhum financista para saber isso.

Ricardo engoliu um enorme trago de finalô, zangado. Se antes não apreciava o patrão, começava a detestá-lo. Pensou, vagamente, em oferecer seus préstimos à outra firma comercial. Mas a situação não se alteraria, substancialmente: continuaria como empregado. A hora de chegar a patrão ainda não soara.

– Creio que você viveria melhor se fosse menos ambicioso – comentou Irene.

Ele largou o copo sobre o balcão:

– Quem me diz isso!

– Por quê? – admirou-se Irene, magoada. – Nunca lhe pedi para ser patrão de coisa nenhuma. Pedi?

– Com a vida cara que levamos, não se pode ser empregado.

– Você diz isso como se eu gastasse todo o seu dinheiro. O que você ganha daria muito bem se não fossem certos gastos. Não lhe exigi que comprasse um carro tão caro. Nem que alugasse um apartamento em um bairro tão luxuoso.

Ricardo calou-se; havia alguma verdade nisso. Ela não lhe pedira nada, a não ser algumas joias e vestidos. Mas estaria ao seu lado se lhe desse uma vidinha modesta em apartamento de uma só peça, sem teatro, sem boates e sem passeios? Ainda aquela tarde ela se lembrara de Bariloche. Ninguém esquece as coisas boas. E Irene sabia exatamente o que era bom e o que não era. Levou o copo à boca. Havia um retrato guardado no fundo de uma gaveta; ela, de calças compridas, segurando um par de esquis, sobre um fundo branco. Não podia esquecer esse retrato, principalmente quando sua situação financeira corria perigo. Não era, porém, o momento de discutir com ela. Assim se mostraria fraco demais. Fora mostrando-se forte que a conquistara; tinha a funda impressão de que, se a perdesse, sua vida retrocederia. E isso apavorava-o, apesar do seu aspecto exterior de homem seguro de si, irônico e divertido.

– Fiz apenas uma tentativa – disse Ricardo, tentando retomar o seu bom humor. – Quem sabe, dê frutos mais tarde. Por enquanto, me limitarei a arrancar do carcamano mais um por cento nas comissões. Penso que conseguirei isso.

Irene, sempre tão decidida quando se dispunha a alguma coisa, em seu apartamento passava horas sem saber como encher o tempo. Apanhara um figurino e largara. Levantou-se para examinar traço por traço um desenho de Clóvis Graciano que Ricardo arrebatara em um leilão de caridade. Era uma menina travessa de um mundo íntimo de tapetes macios, cortinas quase imateriais e poltronas acolhedoras. Trocou a contemplação do desenho pelo polimento de um cinzeiro de metal, servindo-se de um trapo de flanela. Cansou-se logo. Descobriu, com um estremecimento, que um vaso estava na ponta da cantoneira: podia cair. Correu para puxá-lo mais ao centro.

— Mais um finalô?

— Para mim chega — ela respondeu.

— Vou tomar outro — disse Ricardo, como se necessitasse do seu consentimento. — Se quiser sair, fale.

Entrando atrás do balcão e vendo seu elegante apartamento mergulhado na penumbra, com seus móveis de estilo, com seus quadros e cerâmicas e com Irene, o seu mais belo adorno, Ricardo sentiu mudar seu estado de espírito. Tudo fora muito bem até ali. Viera de vitória em vitória até aquele ponto. Muitas vezes surpreendia-se com seu próprio êxito. Se não podia ser sócio de Ângelo, por enquanto, paciência. Tudo tem seu tempo; saberia esperar.

— Que tal se você tocasse alguma coisa no violão? — ela perguntou, com um sorriso. — Quero uma serenata.

Ricardo ficou a olhá-la por um instante, encantado com a sua beleza. Pobre Ângelo!

X

O duplo encontro de Ângelo com Ricardo e sua mulher abalou-o de uma forma estranha. Não deixava um só momento de pensar neles. A figura de seu chefe de vendas desagradava-o e atraía-o ao mesmo tempo. Que capacidade Ricardo possuía de extrair da vida seus melhores prazeres! Vivia à caça deles. Parecia ignorar qualquer forma de sofrimento. Privações não devia ter passado. Ângelo era incapaz de imaginá-lo malvestido ou com a barba por fazer. Ou, ainda, usando uma peça da indumentária que descombinasse do conjunto, feita com material de segunda ordem. Mesmo sacudindo a cabeça ou expondo-se ao vento forte, seus cabelos não se desalinhariam. Não sujaria os sapatos por mais que pisasse o barro pegajoso. Se alguém o apresentasse inesperadamente ao presidente da República, não ficaria atrapalhado ou sem assunto. Sua presença dava uma ideia de ação contínua; nunca parava, sempre expedito, em movimento. "Preciso ter cuidado com ele", disse Ângelo a si mesmo. Jamais notara em seu serviço o menor sinal de desonestidade, mas julgava acertado acautelar-se.

Ao chegar no escritório, na segunda-feira, a primeira coisa que Ângelo fez foi chamar Plínio.

– Como é que vão as coisas?

– Tudo em ordem, patrão – respondeu aquele que Ricardo apelidara de "Yes-Man".

Ângelo queria dar uma ordem qualquer, mas vacilava. Acabou por decidir-se:

– Você podia ver quanto o Ricardo retirou no mês passado? Veja no caixa.

Plínio retirou-se por um momento e voltou com a resposta:

– Cento e trinta e seis. Isso, de comissões.

– Cento e trinta e seis?

– Por que, patrão?

Ângelo levantou-se apenas para passear pela sala. Era uma fortuna! Afinal, o escritório estava em condições de funcionar até sem chefe. Plínio, com um bom empurrão, faria o serviço de Ricardo. Cento e trinta e seis fora o ordenado. Para que pagasse as prestações do Oldmosbile, os aluguéis do seu apartamento e comprasse os vestidos caros de Irene. Seguiu até a janela a fim de que Plínio não observasse a indignação que se espelhava em seu rosto. Tudo que Ricardo tinha era ele quem pagava. Estava certo, era um empregado seu, mas retirava dinheiro demais. Não se tratava de pagar a uma pessoa o que ela merecesse e sim de proporcionar a um funcionário um nível de vida que nem ele, o dono de tudo, desfrutava. Depois, como se pode saber exatamente o que um empregado deve ganhar? No caso de Ricardo não sabia nem se ele estava merecendo ou exigindo.

– O senhor quer saber quanto ele tem retirado nos últimos meses? – sugeriu Plínio como se também estivesse surpreendido com o volume das comissões de Ricardo: – De janeiro para cá?

– Não é preciso – respondeu Ângelo.

– Em fevereiro ele retirou cento e noventa mil – provocou Plínio. – E como não houvesse comentário, exclamou: – Um dinheirão! Com esse dinheiro eu faria uma festa.

Ângelo sentiu que poderia ter em Plínio um aliado, embora fosse absoluto ali. Alguém que dissesse: "O senhor não estará cometendo nenhuma injustiça em cortar-lhe a comissão".

– Como vai o departamento de vendas? – indagou Ângelo, para ver até que ponto Plínio lhe era solidário.

– Vai sozinho. Não temos o problema da renovação de quadros. Todos os vendedores ganham bem e estão satisfeitos.

– Ricardo não precisa orientá-los?

– Por quê? São profissionais e o serviço é uma sopa.

Podia haver malícia no que Plínio dizia, mas a venda do produto de fato não apresentava problemas. Nesse setor não havia mais necessidade de um chefe com qualidades raras. Qualquer um tocaria o barco. A presença de Ricardo justificava-se mais na propaganda, que planificava, todos os anos, e entregava a uma agência para sua execução.

– Mas na publicidade ele é útil – disse Ângelo, pondo Ricardo sempre em foco.

– Isto é verdade – concordou, apressadamente, o secretário.

Ângelo quis brincar um pouco com ele; conhecer todo o funcionamento de seu boneco de mola.

– Ele entende do riscado, mas não pense que publicidade é um bicho de sete cabeças.

– Eu sei que não – replicou Plínio mal o patrão concluíra a sua frase.

Ficaram os dois, olhando-se, a refletir sobre uma especialidade que tinha, para ambos, um grande número de mistérios. Ângelo retomou a palavra, com seriedade.

– Mesmo aí, na publicidade, os problemas agora são de menor monta. O difícil foi a primeira arrancada, quando não éramos conhecidos. Mas, no dia de hoje, quem não conhece o nosso produto? O seu nome sozinho já é um anúncio. Os concursos não diferem muito de ano a ano. Tudo se tornou uma rotina.

– O senhor disse bem... uma rotina.

Santini ouviu o seu eco com certo prazer. Aquelas coisas que dizia, ditas em voz alta, davam um realce nítido aos fatos. Quando apenas pensadas não tinham a força dos argumentos. Delineada da forma que fez, a posição de Ricardo na firma surgia meramente decorativa. Talvez houvesse algum exagero nisso. Santini reconhecia que o estava julgando com muita severidade. Mas, por outro lado, achava que estivera enganado quando lhe dera tanto valor. O que tinha ele de excepcional? Sua atividade era mais aparente e o que sabia fazer muitos outros também sabiam. Precisava estudar esse caso.

Ângelo sentou-se diante de sua nova escrivaninha. O aparato da decoração impregnava-lhe uma sensação agradável de segurança. Até ali estivera, reconhecia, um tanto preso ao seu funcionário mais categorizado. Agora se libertava. Começava a dominar a técnica de venda tanto como dominava a fabricação do produto. Em cima da mesa viu alguns cigarros americanos, certamente deixados por Ricardo. Apanhou um e acendeu. Fumar cigarros americanos ficava bem para um industrial vitorioso.

Aquele dia e mais outros da semana, Santini passou-os terrivelmente inquieto. A própria mãe notou a transformação enquanto almoçavam.

– O que há, Ângelo? – perguntou-lhe, preocupada. – Alguma coisa não vai bem?

– O que podia não ir bem?

– Você anda nervoso, eu vejo isso.

A observação irritou-o. Não gostava que outros lhe penetrassem no íntimo. Queria ser dono absoluto de sua vida e dos seus pensamentos.

– Mamãe, a senhora sempre vendo coisas.

Alguém notara que andava preocupado; se isso chegava a transparecer então era realidade. Fazendo a barba, diante do espelho do banheiro, Santini procurava chegar à raiz daquela inquietação. Estaria necessitando de férias? Oh, sempre se aborrecera nas férias. Quem sabe, tudo passaria se comprasse um carro novo. A ideia era infantil. Não podia ser algo tão simples. Se os seus negócios corressem mal tudo estaria explicado. Resolveu encarar a questão com coragem: movendo ligeiramente os lábios disse em voz muito baixa e pausada: "Estou embeiçado pela mulher de Ricardo". Ali estava; era melhor ser honesto consigo mesmo: estava embeiçado pela mulher de Ricardo. O que devia fazer? Santini preferia ser sensato; resolveu deixar o tempo passar; mais alguns dias e não pensaria mais nela. Levando muito a sério a sua decisão, como quem resolve abandonar de vez o vício do fumo, sentiu-se muito bem. Aquele dia não se lembrou de Irene. Mas, no dia seguinte, quando Ricardo entrou no escritório, a lembrança da moça ressurgiu.

— Chefe, hoje vai um cantor lá em casa. Tem o que fazer esta noite?

Santini custou a responder. Mas estava decidido a expulsar Irene do seu pensamento.

— Hoje tenho um compromisso.

— Mas pode aparecer lá a hora que quiser. A reunião irá até às tantas.

Ângelo de fato tinha um compromisso. Precisava levar a mãe e a irmã para uma visita a parentes. Não gostava de fazer essas visitas, pois, seus parentes, menos afortunados, costumavam crivá-lo de perguntas sobre seu negócios. Às vezes, pediam-lhe favores. Ou então não conseguiam ocultar a inveja que lhes despertava. De qualquer forma sempre se aborrecia. E ainda mais agora, que conhecera o casal Irene e Ricardo na intimidade, seus tios e primos lhe pareciam extremamente provincianos e infelizes.

Às onze da noite já estava de volta; mas não entrou em casa: não podia dormir.

— Entrem vocês — disse à mãe e a irmã.

Onde você vai? — quis saber a "velha", como ele a chamava, algo sobressaltada.

— Estou sem sono. Quero passear um pouco.

"Um homem de negócios passeando de carro a essas horas da noite", pensou Santini, enquanto pisava o acelerador. Durante alguns dias resistira com heroísmo à lembrança de Irene, mas aquela noite o esforço se tornava difícil. Mesmo sem notar, dirigiu o carro para a rua onde Ricardo morava. Estacionou diante do edifício. Pôde ver o apartamento do casal suavemente iluminado. Atrás daquelas cortinas estava Irene com sua elegância, servindo uísque aos amigos de Ricardo, a sorrir para todos. Entre eles, haveria, com certeza, um com quem mais simpatizava. Alguns deles acalentariam a esperança de conquistá-la um dia. Imaginou uma espécie de roleta entre os amigos de Ricardo. A bola da sorte saltando de rosto a rosto, na escolha do felizardo. No ambiente em que o casal vivia, as infidelidades conjugais deviam ser comuns. Ele próprio, Santini, que se reconhecia um desajeitadão para os assuntos amorosos, se tivesse um pouco de audácia, talvez pudesse conquistá-la. Lembrou-se de quando dançara com Irene na boate, vendo Ricardo embriagado com a cabeça quase tombada sobre a mesa. Muitas vezes apertara-lhe o corpo sem notar resistência. Um pouco mais de coragem e ele teria mais probabilidades de sucesso que os amigos de Ricardo. Mas era um *cafoni*.

Ângelo ficou quase meia hora parado diante do edifício e depois passou a dar voltas pelo quarteirão; não queria, porém, entrar no apartamento. Uma amizade mais estreita com Ricardo lhe traria embaraços quando desejasse cortar-lhe a comissão ou afastá-lo da firma. Melancolicamente, lá para as duas horas, entrou em uma pequena boate. Ficou só a um canto, bebendo. Na terceira dose lamentava não ter aceito o convite de Ricardo. Do contrário, talvez estivesse se divertindo. A culpa cabia ao seu orgulho de patrão. Orgulho besta. Perdera a noite ouvindo a conversa de parentes pobres, depois vigiando à distância o apartamento de Ricardo e o resto naquela boate como um solitário entre casais que se beijavam. Se pudesse, chamaria a polícia e mandaria prender todos aqueles casais. Por que não fechavam aqueles antros? Começou a explodir dentro dele um ódio intenso por uma porção de coisas. Quase até do escritório tinha ódio. Chamou a conta. Olhou a nota: uma exploração.

– Vou guardar essa nota – disse ao garçom. – É um roubo. Amanhã vou à delegacia.

O garçom olhou-o atônito e correu a avisar o proprietário do estabelecimento.

Santini não esperou por nada: saiu e dirigiu-se a seu carro, logo na porta.

– Não dou gorjeta a ninguém – disse ao porteiro.

Já pisava no botão de partida, quando o proprietário, risonho, mas preocupado, debruçou-se na janela do carro.

– Houve engano; aqui tem duzentos cruzeiros de volta.

Ele nem olhou de lado; partiu bruscamente, fazendo o dono da casa saltar para trás.

Mas não foi direto à sua residência; passou novamente pelo apartamento de Irene. Viu as luzes acesas; ainda se divertiam lá. Que vontade de entrar e espancar todos. Quando, logo mais, se pôs debaixo do cobertor, o nervosismo passou; mas uma certeza ficara: estava apaixonado por Irene, por uma moça que mal conhecia. Era um imbecil.

XI

Ângelo já se felicitava por ter esquecido Irene parcialmente, pois nem se perturbava com a presença de Ricardo, que a lembrava, quando a história passou a tomar um rumo mais definido. Para ela, o caso não teve nenhum significado especial no momento; para Santini, porém, tudo aconteceu como prova da intromissão do destino.

– Há lugar para mais um – disse o moço do elevador.

Não foi no primeiro instante que Ângelo a viu; o elevador estava lotado.

– Também vai ao quinto andar? – perguntou uma voz alegre.

Voltou-se: era Irene.

– Você aqui? Que surpresa! – Todos os seus gestos e palavras não eram espontâneos na proximidade de Irene. Ficou alvoroçado; parecia ainda vê-la de roupão, seminua, como naquela noite. Depois, na presença de outras pessoas ainda era mais difícil travar conversa com ela.

– Vou comprar um presentinho para Ricardo. Ele faz anos.

– Eu vou ao alfaiate.

– É no quinto?

– Não, no sétimo.

Ângelo viu perder-se uma oportunidade de conversar a sós com a moça. Ela ia ao quinto, ele ao sétimo. E teria mesmo perdido a oportunidade, se Irene não sugerisse:

– Nunca sei o que comprar para Ricardo. Tem alguma ideia?

– Acho que posso ajudar – respondeu ele como se estivesse para se afogar e alguém lhe atirasse uma boia.

O elevador parou no quinto andar. Seguiram juntos pelo corredor, ele empolgado por uma excitante vaidade. Jamais andara lado a lado com uma moça tão bela.

– É uma pequena loja – explicava Irene –, mas tudo que possui é do melhor. As melhores casas comerciais não estão nos andares térreos. Esta, por exemplo, só vende artigos estrangeiros dos mais elegantes. Muito contrabando, sabe?

Entraram na loja, onde Santini observou que Irene era bastante conhecida pela dona, uma húngara, extremamente risonha e sociável.

– Este senhor é sócio do meu marido – apresentou Irene.

Ângelo, que até então estava entorpecido pela surpresa do encontro, acordou. Sócio? Nunca tivera nenhum sócio. Imaginem, Ricardo seu sócio. Era empregado.

A húngara estendeu-lhe a mão:

– Seu Ricardo é nosso grande amigo. Homem de bom gosto está lá. Não me levem a mal, porque sou estrangeira, mas acho que perde tempo no Brasil.

– Vim escolher um presente para ele. Mas é tão difícil! Ricardo tem de tudo.

Ângelo foi pouco eficiente em facilitar a escolha. Falou em gravatas. Ricardo possuía uma coleção. Quem sabe, um chaveiro? Irene riu: seu marido tinha meia dúzia. Lenços finos não lhe faltavam.

– Oh, tive uma ideia! – exclamou a húngara. – Um cachimbo!

– Ricardo não usa cachimbo.

– Mas nada impede que comece a usar.

Irene riu francamente. Gostara da sugestão. Não havia mal nenhum que uma vez ou outra bancasse o esnobe fumando cachimbo. Depois, seria sempre um motivo para boas pilhérias. Um presente deve também ter seu lado espirituoso. Resolvido: compraria o cachimbo.

O preço era de espantar, mas quem se espantou foi Ângelo, que não era quem comprava. Cachimbo inglês, caríssimo, tudo para fazer uma pilhéria. Comprou também uma latinha de fumo que rescendia a chocolate.

– Quero vê-lo já hoje tirando umas baforadas.

Saíram da loja, depois de Irene trocar beijos com a dona da "butique".

Ela é muito minha amiga – disse Irene, já no corredor.

– Não parece pelo preço que cobrou.

– Ora, hoje tudo custa caro.

Ângelo, mais calmo, quis prolongar por mais algum tempo a companhia de Irene. Um jovem que passara pelo corredor ficara a olhá-la embasbacado. Teve a impressão de que, se a abandonasse, esse moço a perseguiria. Arriscou, tímido:

– Que tal um refresco?

– Ótimo! Há um bar muito bom no segundo andar.

O liberalismo de Irene deu ânimo a Ângelo. Não eram assim as mulheres que conhecia. Qual das suas parentas aceitariam tal convite, por mais ingênuo que fosse, da parte de um estranho? Ouvira dizer que mesmo na Itália os costumes andavam muito mudados, mas as velhas famílias italianas continuavam severas e puritanas. Não podia, contudo, calcular até onde ia esse liberalismo. Averiguaria.

Chegaram ao bar e sentaram-se em uma mesa junto a uma larga janela. Estavam no centro e os ruídos da cidade chegavam até eles. Irene parecia bem disposta e acomodada. A vida noturna intensa não lhe tirara as cores da saúde. Era que aproveitava os fins de semana no campo ou na praia para renovar sua disposição.

– Está excelente aqui. Vem um vento agradável.

O garçom aproximou-se, mas ela não quis refresco: pediu uísque. Ângelo imitou-a. Raras vezes em sua vida bebera algo durante o período de trabalho, quando era necessário manter o espírito lúcido.

– É bom esquecer o serviço por alguns momentos – disse ele, sincero. Jamais estivera tão alegre como naquele momento, a não ser quando seu concorrente estourara.

– A gente vê isso em seu rosto.

– Foi bom ter encontrado alguém.

– E olhe que foi um acaso: não costumo sair à tarde.

Ficaram a dizer frases soltas, que nela eram espontâneas; nele ainda forçadas. Mas Ângelo saboreava aqueles momentos. Pela primeira vez estavam sozinhos. Tinha de vencer todas as suas inibições, saber conduzir a conversa a um terreno que lhe fosse útil. Oportunidade assim não se repetiria. Difícil, porém era traçar um roteiro para a conversa. Via o tempo esvair-se em exclamações fúteis e em comentários sobre o clima. O grande brilho dos olhos de Irene secava-lhe a imaginação. Distraía-se demais em contemplá-la e esquecia de dar seus lances. Começava a irritar-se com sua falta de talento para atraí-la, embora não sentisse na moça nenhuma atitude defensiva.

Aereamente, indagou:

– Esteve então em Bariloche?

A alteração na fisionomia de Irene não podia ser mais instantânea. Ficara visivelmente embaraçada. Apressou um gole de uísque, baixou o olhar e depois ergueu-o de novo, com estudada firmeza. Algo acertara-a em cheio.

– Estive, sim, mas faz tempo.

– Não conhecia Ricardo?

– Não – ela respondeu. – Fui com amigos.

O diálogo quebrou-se por um espaço de tempo que a ambos deve ter parecido demasiadamente longo e incômodo. Os ruídos da rua cresceram. Ângelo teve a impressão de ouvir a respiração opressiva de Irene. Quando ela decidiu prosseguir a conversa, estava ruborizada.

– Parece mentira, mas nunca saí do Brasil – disse ele tentando ajudá-la a livrar-se do seu incompreensível embaraço.

– Eu também não fui longe – lamentou Irene. – Estive também no Uruguai e no Chile – acrescentou.

"O que ela teria ido fazer no Uruguai e no Chile?", indagou-se Santini. Afinal, conheceu três países quando solteira, embora a família não tivesse dinheiro. Teria ido nessas cacetes viagens, de excursão? Mas com que espécie de amigos?

– Gostaria de conhecer a Europa.

– Daria a vida por isso.

– Eu espero ir para lá bem logo – notificou Santini.

– Vamos ver quem irá primeiro. Mas acho que o senhor tem mais possibilidades.

Irene passou a contar as impressões que suas amigas traziam de viagens ao Velho Mundo. Tinha certo pudor de confessar a elas que nunca cruzara o Atlântico. Em sua roda de amigas, não havia uma que não conhecesse Paris, Roma e Madri. Chegara até a mentir, dizendo a algumas que visitara essas cidades.

– Quase todas têm marido rico – disse Irene.

– Ou amante rico – replicou Santini, sem sentir que cometia uma grosseria.

– Disso não sei – desculpou-se Irene. – Mas eu estive com as malas prontas, uma vez. Já tinha tirado passaporte.

– Depois do casamento?

– Não, antes – ela esclareceu.

Já que se referia ao seu passado, Ângelo sentiu-se com mais liberdade para fazer-lhe perguntas:

– Trabalhava antes do casamento?

A resposta não foi imediata, como costumavam ser as respostas de Irene.

– Trabalhei em decoração algum tempo. Mas ultimamente era secretária particular do proprietário de uma grande firma. Pode não parecer, mas já trabalhei muito.

Qualquer coisa que Irene dizia sobre sua vida anterior ao casamento provocava em Ângelo enorme curiosidade. Adivinhava que ela escondia alguma verdade da qual se envergonhava um pouco. Mas não podia saber do que se tratava. Talvez jamais pudesse saber, o que era terrível. "Tenho vivido muito afastado das pessoas", pensou Ângelo, "razão por que custo a penetrar nos seus verdadeiros pensamentos e intenções".

– É o que sempre tenho feito: trabalhar muito – declarou Santini, sem o tom de orgulho com que dizia isso a outras pessoas. – Aos doze anos já lutava pela vida. Meu pai morreu quando era mocinho e tive de sustentar mãe e irmã. Trabalhava no pesado, como um operário. Isto é, era um operário.

– Mas teve suas compensações.

– Só muito mais tarde, depois de anos de sacrifícios. Quando as coisas melhoraram, minha mulher morreu.

O que Santini queria dizer exatamente, caso ela já não soubesse, é que era um viúvo rico, sem compromisso com mulheres, o que o tornava inclinado a aventuras. Se nisso havia uma isca, Irene não a mordeu. Preocupou-se com a esposa dele, querendo saber do que morrera, se sofrera muito e se tinha grande saudade dela.

– Quem não sofre a solidão? Quando saio do escritório não tenho mais com quem conversar.

Irene deu-lhe um conselho amigo:

– Por que não se casa outra vez?

– Acha que na minha idade ainda posso conquistar uma mulher?

– Por que, o senhor não acha? – admirou-se ela, exibindo o seu constante sorriso.

Ângelo temeu que suas relações com Irene tomassem o rumo da simples amizade: seria pôr tudo a perder. Diabo, não tinha sangue saxão, mas latino! Aquele tipo de ligações ingênuas dos filmes americanos entre pessoas de sexos opostos sempre lhe pareceu falso. Coisa de quem come comida enlatada.

– Gostaria de encontrar-me mais vezes com você – disse, tentando ser espontâneo.

Ela rebateu com firmeza:

– É só falar com Ricardo. Façamos novos programas.

O nome do marido foi água na fervura; Ângelo desmanchou sua fisionomia ansiosa justamente no momento em que ela consultava o relógio. Já passava do seu horário; afligiu-se como se tivesse um mundo de coisas a fazer.

No elevador, quando haviam deixado o bar, Ângelo já não via a conquista com otimismo. O liberalismo de Irene talvez fosse mesmo até certo ponto. No momento exato, ela sabia erguer barreiras intransponíveis. Ricardo atrapalhava tudo. Mesmo distante, estava sempre presente.

– Posso acompanhá-la. – prontificou-se Santini

– Não é preciso. Ainda tenho o que fazer na cidade.

Ao apertar-lhe a mão, Ângelo fez-lhe uma pergunta da qual logo se envergonharia:

– Não devo dizer a Ricardo que a encontrei?

Ela quase gargalhou:

– Claro que pode! Ora, esta! Só não fale no cachimbo. Mas do resto...

Ergueu o braço para fazer sinal a um carro que passava. Ângelo viu-a curvar-se graciosamente para entrar no táxi. Ficou parado na rua, sem saber se aquele encontro seria um passo para a conquista ou a confirmação de sua impossibilidade. Rumou para o escritório.

XII

A ideia surgiu em Ângelo sem nenhuma procura. Conversava com Plínio sobre um assunto rotineiro, relativo a entregas do produto, quando seus olhos se fixaram em um ponto onde havia a seguinte interrogação: por que não manda Ricardo passear? Santini recostou-se mais confortavelmente em sua poltrona e deixou de ouvir o Yes-Man, que no momento fazia uma série de ponderações de nenhuma forma inéditas no escritório. O patrão continuou a olhar o ponto onde a pergunta estava escrita. Por que não pensara nisso antes? Como às vezes uma pessoa custa a ver o que está ali, diante do nariz! Saboreava a ideia penetrando em seu íntimo morosamente. Sim, se Ricardo o atrapalhava, no caso de Irene, devia pô-lo por algum tempo fora do caminho. Ele gostava de viajar, pois agora ia viajar. A tal filial em Salvador, por exemplo. A princípio, a firma precisaria de um homem do dinamismo de Ricardo e no qual se pudesse depositar inteira confiança. Estava resolvido: mandaria o chefe de vendas ficar dois meses gozando das delícias da Bahia. Que nadasse em Itapoã, que bebesse água de coco na Lagoa do Abaeté, que se embriagasse no XK Bar. Quem sabe, Ricardo estivesse mesmo precisando de umas férias conjugais, tão úteis aos homens casados? Assim, o rapaz, agradecido, ia querer-lhe beijar os pés. Ângelo sorriu como se concordasse com o que o seu Yes-Man dizia. Pôde então desviar os olhos do ponto onde a sábia pergunta aparecera. Levantou-se da poltrona, empolgado. Pôs-se a andar pelo escritório.

– Já pensou na filial de Salvador? – perguntou a Plínio.

– Que filial?

– Pois não fazia parte dos nossos planos? Levemos a limpeza ao centro e ao nordeste – disse Ângelo, bem-humorado. – Acho que precisamos de um local em Salvador. Um grande depósito, com escritoriozinho ao lado, vendedores locais, tudo funcionando.

Plínio fez uma cara de quem ouvira algo genial uma ideia--mãe. No entanto, tratava-se de um plano há muito abandonado.

– Acho que o senhor tem razão.

Com Ricardo afastado, Ângelo teria sua oportunidade com Irene. Tudo muito claro e simples. O problema estava resolvido. Em um clima de intensa satisfação pessoal, ele atravessou o dia todo. No fim da tarde, o chefe de vendas apareceu.

– Tenho uma notícia para você – disse-lhe Ângelo. – Vá aprontando as malas, Ricardo. Decidi abrir a filial na Bahia.

– Já falamos disso algumas vezes. Parabéns pela resolução. Creio que a centralização impede um pouco a expansão do negócio. Mas o que tenho de fazer lá?

– Você vai organizar a filial.

– Em quanto tempo você calcula?

– Não se assuste; em menos de dois meses estará de volta. Quando a coisa começar a funcionar, arranjaremos um substituto.

Ângelo não esperava que Ricardo se entusiasmasse com a ideia. Viu-o ali, como um colegial, esfregando as mãos de contente, ante a perspectiva de algazarras. Que farras medonhas faria em Salvador, completamente livre da vigilância da esposa!

– Quando acha que posso partir?

– Logo na segunda-feira, se quiser.

Quando Ricardo saiu, Santini quase soltou um brado de vitória. Dois meses para assediar Irene desembaraçadamente! Era demais! Bastara um simples golpe de inteligência para resolver tão difícil questão. Muito excitado, não esperou pelo encerramento do expediente; quis andar pelas ruas. Nunca se sentira tão lépido e jovial. Parecia-lhe que até a cidade, a velha cidade onde nascera, ganhara um novo encanto. Prestou atenção nas mulheres que passavam, comparando-as mentalmente a Irene. Em nenhuma, porém, encontrava o seu fascínio. Perto de Irene eram todas desbotadas, anêmicas e sem graça. Que emoção diferente a que sentia! Agora, sim, via a utilidade do dinheiro. Se fosse pobre, na sua idade, nem sonhar poderia com a conquista de Irene. Seria absurdo, ridículo e impossível. Mas, sendo rico, suas probabilidades eram enormes. Quantos homens idosos e endinheirados possuem mulheres jovens como amantes? Seria mais um deles, e que fossem às favas os que reparassem. Parou em uma vitrina. Precisava comprar novas roupas. Interessar-se pelos detalhes da indumentária. Observou uma gravata de talhe estreito. Ficaria bem para ele? Sentiu uma profunda necessidade de renovação na sua maneira de ser e no seu aspecto exterior. Um alfaiate moderno, bem estabelecido, seria de muita utilidade. Talvez o próprio Ricardo pudesse indicar-lhe um. Riu sozinho, vendo o seu riso refletido na vitrina da loja. A vida tem das suas ironias. Mas não sentia nenhum remorso pela ação que planejava. Se Carolina estivesse viva, aí, sim; provavelmente até repeliria aquela ideia. De Ricardo não podia ter pena. Era altivo demais para despertar tal sentimento. Que sujeito empolado e pretensioso! Qualquer pessoa gostaria de vê-lo na rua da amargura.

À noite, jantando com sua mãe e irmã, demonstrou ótimo estado de espírito. O vinho estava agradável e, mesmo sob protestos, bebeu três copos, medida que lhe esclareceu a mente e animou-o a novas tomadas de posição. Resolveu fazer uma visita a Ricardo, sem nenhum aviso. O pretexto nem precisava ser procurado: os preparativos comerciais da viagem.

– Vai sair? – indagou sua mãe, que tinha o irritante hábito de se opor às suas saídas noturnas, como se ele fosse menor de idade.

– Tenho negócios a tratar – respondeu.

Minutos após, já dentro do seu carro, continuava na mesma euforia. Ia rever Irene ciente de que o marido estava de malas prontas para embarcar. Não seria capaz de imaginar situação mais deliciosa.

Sua chegada ao apartamento surpreendeu Ricardo.

– Não vou incomodar ninguém?

– Entre – ordenou Ricardo. – Estava justamente falando a seu respeito com Irene. Mas vamos lá, o que bebe?

Desde que conhecera o casal na intimidade, Ângelo deixara de recusar bebida. Aceitou um uísque, habilmente servido por Ricardo, que se gabava de ser um garçom perfeito. Em tudo o que fazia, mesmo no que havia de mais comezinho, visava a perfeição, como se algo muito sério estivesse em jogo. Dificilmente Ricardo confessava ignorar o processo de realizar qualquer coisa da melhor forma.

– Está disposto para a viagem? – quis saber Ângelo.

– Quem não gosta de sair deste tumulto por algum tempo?

"Ainda bem que ele não vai contra a vontade", pensou Ângelo. "Seria desagradável ter de empurrá-lo."

Ricardo largou-se em uma das poltronas, saboreando o seu uísque. Não o preocupou o trabalho que teria na Bahia, isso já não o assustava. Queria era rever a cidade, com seus becos, suas vielas e suas igrejas. Nem ligeiramente suspeitava das intenções do patrão, que agora, mexendo-se a todo instante, evidenciava alguma inquietação.

O perfume de Irene chegou antes dela à sala. Sempre que entrava em algum lugar, o ambiente se modificava. Ela acrescentava algo indispensável a qualquer reunião. Nunca se aproximava sorrateiramente, como quem tem receio ou timidez. Tinha consciência de sua personalidade.

– Vejo que gostou da nossa casa – disse ela.

Ângelo ergueu-se para cumprimentá-la, tentando reprimir, sem muito sucesso, um alvoroço interior.

– Vim para uma visita rápida.

– Por que, rápida?

– Estava passando por aí...

O temor de revelar o seu plano fazia Ângelo ainda mais desajeitado do que era. Por outro lado, apesar do vestido caseiro, Irene estava um pouco mais bela que das vezes anteriores. Ou era sua atração por ela que aumentava gradativamente? Ainda bem que havia o plano para salvá-lo.

A conversa encaminhou-se para a Bahia. Ricardo, em um tom poético, descrevia a confusão da Feira Água dos Meninos, onde costumava encontrar coisas extremamente curiosas quando lá ia. Esse era um particular pelo qual Ângelo também o detestava: Ricardo estava sempre vendo o que os outros não viam. A objetos insignificantes atribuía um valor que só a ele interessava. Os outros não tinham capacidade de penetrar além das aparências. Falava de Amaralina, da igreja de São Francisco e, sem o menor pudor, de uma casa de tolerância que frequentara em uma baixada cujo nome não conseguia lembrar. E, como percebesse que o assunto deixava Ângelo encabulado, desceu aos mais vexatórios detalhes do seu convívio com algumas prostitutas baianas. Irene ouvia-o com atenção, sem reprová-lo em nada, sorrindo ligeiramente, compenetrada no assunto.

"Esses casais modernos não têm muita moral", reprovou Ângelo. Quando tivera aquelas liberdades com Carolina, que jamais nem ao menos se despira em sua presença? Não podia aceitar aquele gênero de conversa, por mais original que Ricardo pretendesse ser. Mas em nada revelou seu desagrado para não lhes parecer um homem fora de época.

– Uma delas, depois, mandava o seu filho de cinco anos me levar doce de coco. Que mãos de doceira!

Ângelo tossiu.

– À noite fez questão de levar-me a um candomblé. Lá caiu em transe e se pôs a saracotear.

Irene soltou uma risada.

– Mas, desta vez, não haverá nada disso.

– Talvez você me dê uma noite livre.

– Olhe que sou capaz. Pelo comportamento que teve até agora, merece.

Ângelo assombrou-se: ouvira algo que se chocava com seu plano e que o destruía. Dirigiu-se a ela;

– Pretende visitá-lo na Bahia?

– Visitá-lo só? Irei junto.

– Ah, vai junto?

– O que ficaria fazendo aqui sozinha?

O patrão não pôde suportar o golpe. Empalideceu. Então, ela ia junto! Ainda não pensara nessa possibilidade. Fora um cretino em imaginar que ficariam quase dois meses separados. Tudo perdido. Os dois se divertiriam com o seu dinheiro. Essa não! Já que ela ia com ele, a viagem goraria.

– A senhora então vai?

Santini não se revelou lá muito forte para suportar grandes impactos. Ergueu-se em um só impulso como se o assento da poltrona tivesse pegado fogo. Para dar ocupação às mãos, arrancou cigarro e isqueiro do bolso, que só serviram para provar que estava trêmulo. Andou um pouco, rumo à janela, para não ser observado pelo casal. Mas, ao dar-lhe as costas, teve a impressão de que marido e mulher observavam-no atônitos. Voltou-se em um movimento rápido. Ainda não conseguira acender o cigarro e sua confusão aumentava. Acreditava que estivesse muito rubro, desconfiança que lhe injetava mais sangue ainda às faces. O que deplorava nesse momento já não era a má notícia, porém a fragilidade do seu sistema nervoso. E o pior é que não conseguia dizer nada.

– Por que não vai também por alguns dias? – perguntou Irene, fazendo um convite, cujo maior objetivo era livrá-lo de seu embaraço.

– Gostaria de ir – respondeu Santini. – Mas não vou poder.

– Vá, Ângelo, vá – insistiu Ricardo.

"Péssima ocasião para fazer turismo", pensou Ângelo. "Tem graça: nós três na Bahia vendo igrejas, museus e não sei o que, tudo com o meu dinheiro. Que vantagem eu teria?".

– Há muito o que fazer aqui.

– É uma pena que você não possa ir – lamentou Ricardo, insincero. Claro que preferia ir só com Irene. Santini não tinha condições para ser companhia agradável. Era apenas um burro rico.

– Quem sabe, algum dia... – disse Santini, já pensando em uma boa desculpa para impedir a viagem do casal.

Não tocaram mais no assunto, e dali por diante a conversa morreu completamente. Santini perdera o entusiasmo e os dois não achavam uma viagem à Bahia, afinal de contas, nada de excepcional. Tinham objetivo mais tentador: Paris. Ricardo queria beber absinto na Franca para sentir-se um pouco mais realizado na vida.

– Acho que tenho de ir – decidiu Santini consultando o relógio.

Ninguém lhe pediu que ficasse mais, e alguns minutos depois despedia-se do casal com um forte desejo de beber muitas doses de qualquer bebida forte. Pensava mesmo em embriagar-se. Era uma necessidade no momento.

– Sujeito gozado! – exclamou Ricardo, quando fechou a porta.

Irene não sorriu nem concordou. Aos vinte e nove anos aprendera muita coisa da vida e aperfeiçoara o dom de ver as pessoas por dentro. Mostrava-se preocupada. Quando Santini soubera que ela também ia para o Salvador, levara um choque. Seus olhos verdes e longos haviam fotografado todos os instantes da surpresa que ele não soubera ocultar. Até uma certa pena Ângelo lhe causara na sua luta para acender o cigarro e mostrar-se natural. Já sabia antes, mas agora tinha a certeza de que o homem se apaixonara. Desde a primeira noite em que haviam se encontrado. Desejava que ele a esquecesse logo, que fosse coisa passageira. Mas ia mais fundo em suas deduções: a viagem à Bahia devia fazer parte de um plano. Ele estivera muito satisfeito até o momento em que soube que ela também viajaria. Decerto, preferia que ficasse. Embora soubesse enfrentar com calma situações difíceis, teve receio.

Ricardo voltava ao *living* e mal cruzara a porta, Irene lhe disse:

– Ângelo estava mal-intencionado. – Levantou-se a sorrir para não dar ao caso nenhum especial sabor dramático.

Ele percebera, sim. E era isso o que desejava: que Irene mesma lhe dissesse.

– Por que diz isso?

Ela virou-se bruscamente para Ricardo:

– Pensa que sou capaz de ocultar-me alguma coisa?

– Por que está nervosa? Sabe que confio em você.

Os dois tinham horror ao drama, mas não souberam evitar uma pausa amarga.

– Às vezes penso que não.

– Ora, por quê?

Irene não respondeu:

– Tenho a impressão de que ele queria que você fosse sozinho para a Bahia.

– É um carcamano imbecil! – exclamou Ricardo.

– Acha que ele, de qualquer forma, vai continuar tentando?

– Ângelo já lhe disse alguma coisa, diretamente?

– Não.

Ricardo sacudiu os ombros; não acreditava que um comerciante como Ângelo levasse muito longe um interesse por uma mulher. Na primeira dificuldade, voltaria aos seus números. Mas estava satisfeito por Irene ter usado de sinceridade com ele.

– Conheço Ângelo. Talvez tudo não passe de impressão nossa.

Ela encaminhou-se para Ricardo, com um sorriso terno:

– Então, confia mesmo?

– Confio.

– Como se eu fosse sua esposa?

– Claro que sim.

Ricardo dirigiu-se ao bar. Apesar de arejado e moderno, procurava sempre esquecer que não fora o primeiro homem a aparecer na vida de Irene. Às vezes chegava a esquecer, mas algo, ou ela mesma, encarregava-se de lembrá-lo. Nesses momentos sentia-se um bárbaro, um latino ainda preso a tolos preconceitos. Sorriu para ela:

– O coitado do Ângelo teve hoje uma péssima notícia.

SEGUNDA PARTE

Ar-condicionado

XIII

*I*rene casara-se aos dezenove anos. Uma história que se passara há dez anos, parecia-lhe ter acontecido há cem. Mesmo porque tivera um início extremamente comum para marcar uma vida. Nessa ocasião, vivia com seu pai, um alegre e irresponsável corretor de imóveis. Chamava-se Alcino, homem muito falante, rodeado de amigos e apaixonado por quase todos os vícios. De sua mãe, Irene pouco lembrava. Morrera de uma voraz enfermidade quando a filha completara onze anos. Claro que não esquecia a visita que seu pai lhe fizera no colégio nessa ocasião.

– Minha filha, sua mãe morreu – disse ele sem a menor preparação.

– Mamãe?!

– Foi uma coisa muito rápida. Mandei-a para o hospital e no dia seguinte, estava morta.

– Quero vê-la! – exclamou a menina, desesperada.

– Impossível, já foi enterrada.

Era evidente que Alcino não sabia lidar com crianças. Elas o irritavam sobremaneira. Por isso decidira internar Irene, mesmo sob os protestos da mãe. Visitava-a uma vez por mês, ou nem isso. Um dia aparecera embriagado no colégio, trazendo sob o braço uma coleção de livros de Lobato. Ele também gostava de ler e seu único esforço como pai e educador consistia em transmitir à filha o mesmo hábito.

– Por que o senhor não me avisou?

– Seria uma amolação!

A menina começou a chorar.

– Por favor, não chore. Vou lhe mandar outros livros. – E como ela prosseguisse no choro, comentou: – Eu não devia ter dito nada. Que cabeça de asno!

Irene parou de chorar, reagindo. Sentia que precisava de ser mais forte dali por diante.

– Ela sofreu muito?

– Deram-lhe injeções para adormecer. Acho que não sofreu muito. Mas, vamos. Como é que está se saindo nos estudos?

– Não sei.

– Não se preocupe com isso. Se estiver indo mal, converso com o diretor e você passa de ano. Lábia não me falta.

A menina desta vez ficou quase dois meses sem ver o pai. Nesse tempo, ele mandou-lhe uma carta com dinheiro e telefonou-lhe uma vez. Afinal apareceu na escola, com um ar desanimado. Sentaram-se no pátio.

– Estou totalmente duro – disse ele, logo que sentou. – Gastei um dinheirão com a doença de sua mãe e tive de pagar umas velhas dívidas.

– O senhor está sem dinheiro?

– Preste atenção no que vou dizer: vá até o quarto e faça um embrulhinho de suas roupas. Não pegue a mala senão dá na vista. Vamos cair fora.

– Por que, papai?

– Não paguei sua mensalidade e há uma taxa que também não paguei. O pouco que eu tenho não vou dar a esses imbecis e ladrões.

– Mas, papai, está na época dos exames!

– Que mal faz? Logo ganho dinheiro e coloco você em outro colégio.

Irene ficou um instante em silêncio, com os olhos úmidos.

– Não posso despedir-me das amigas?

– Claro que não. Vamos sair à francesa.

– Nem de Magaly? É minha maior amiga.

– Mas primeiro faça a trouxinha. Não vá ela dar com a língua nos dentes.

A menina foi para seu quarto, fez a trouxa e na hora de despedir-se de sua amiga não pôde controlar um pranto convulsivo. Mas logo surgia no pátio, com a trouxa.

Alcino segurou-a pelo braço e ao passarem pela portaria, onde havia dois funcionários, disse-lhes:

– Voltaremos em um minuto.

Algum tempo depois, em um trem de subúrbio que rumava para a cidade, Alcino, com o braço ao redor dos ombros da menina, ria-se a bandeiras despregadas.

– Puxa, como foi engraçado!

– Eu gostava da escola, papai.

– Há muitas escolas.

Mais além, ela lembrou-se:

– O diretor poderá avisar a polícia.

– Não se assuste; eles sabem que você saiu comigo, e depois fiz uma grande trapalhada em seu sobrenome quando a registrei no colégio. Há coisas que um homem tem de prever.

Para surpresa de Irene, seu pai não a levou para casa. Soube que vendera os móveis e que teriam de morar em um hotel. A princípio, ela entusiasmou-se um pouco, pois jamais entrara em um hotel, mas ao vê-lo, decepcionou-se. Era um péssimo edifício localizado em um bairro ainda pior. O pai notou-lhe a decepção e comentou:

– Quando eu disse que estava duro não brincava.

Ela e o pai passaram a morar no mesmo quarto de hotel. De manhã, ela ficava no saguão, porque Alcino costumava dormir até o meio-dia. À tarde e à noite, ela refugiava-se no quarto, completamente só. Foi esse um dos piores períodos de sua vida. Ficou uns dois meses sem sair do hotel. Somente conversava com o pai e com uma faxineira húngara, que parecia ter dela um sentimento de pena excessivamente incômodo. Às vezes lhe perguntava:

– Seu pai não a faz passar fome?

Irene ofendia-se:

– Passar fome?

– Está tão magrinha – dizia a húngara, tocando o corpo da menina.

– Sempre fui magra.

Na solidão daqueles dias, aferrava-se aos livros de estudo. Suas colegas haviam passado de ano. Já estavam à sua frente: ela ficara para trás. Chorava quando se lembrava disso. Muitas vezes, largava-se sobre a cama rígida do hotel e ficava pensando nos parentes que visitavam suas amigas no colégio. A maioria chegava de automóvel e trazia presentes. Tinha a impressão de que todos eram muito ricos. Uma ou outra vez seu pai lhe dava a mesma impressão, quando fazia um bom negócio, mas sua mãe, ao visitá-la, contava-lhe que passavam por dificuldades. Alcino era um esbanjador, um mulherengo, um doido.

Fazia dois meses que Irene vivia nesse hotel, quando certa noite acordou com uma forte discussão no corredor. Ouviu a voz de seu pai. Brigava com o gerente do estabelecimento. Em seguida, ele entrou no quarto:

– Vamos embora daqui, Irene.

– Agora? Mas é tão tarde!

– Encrenquei com o gerente. Não podemos ficar mais aqui. Arrume suas roupas. Tem papel e barbante na gaveta.

Saíram os dois, Irene envergonhada ante os olhares do gerente e de outros funcionários. A húngara que fazia a faxina, e que aparecera de camisolão, disse a Alcino:

– Se o senhor quiser, fico com a menina. Levo, para casa de uma tia minha.

Alcino lançou-lhe um olhar de ódio:

– Minha filha não é nenhuma enjeitada, sua gata velha. – E dirigindo-se ao gerente: – Esta semana volto aqui e pago a conta. Nunca fiquei devendo um tostão a ninguém, graças a Deus.

Na rua, Irene percebeu que seu pai não sabia para onde levá-la. Passaram duas ou três vezes pela mesma esquina, como se não tivessem rumo. Afinal, tomou uma decisão fazendo um movimento com a mão como se desprezasse em um só instante todos os preconceitos do mundo.

Na mesma noite, morta de sono, Irene travava conhecimento com madame Geni, uma mulher já idosa, muito alta, e extremamente bem-vestida. Tinha sotaque estrangeiro; provavelmente descendia de franceses. O apartamento onde morava surpreendeu a menina pelo luxo extraordinário.

Logo que madame Geni abriu a porta, Alcino endereçou-lhe um sorriso amplo.

– Alcino, você! Mas o que é isso? Quem é esta linda menina?

– Geni, vim lhe pedir um favor.

– Dois, se possível.

– Quero que arranje um lugar para Irene dormir. É minha filha. Estou duro, não sei se você sabe e tive de sair do hotel. Ajude-me mais esta vez.

Madame Geni fez os dois entrarem e imediatamente levou a menina para um pequeno quarto. Parecia satisfeita com a presença de Alcino, de quem, via-se, era amiga há muitos e muitos anos.

– Deite-se aí – disse madame Geni. – Mas espere. Deve estar com fome!

Levou-a para a cozinha e entregou-lhe um prato de galinha, tirado da geladeira.

– Está frio, mas é gostoso.

Enquanto Irene comia, em uma sala ao lado, madame Geni e seu pai conversavam. Falavam de velhos tempos, quando tinham tido relações mais íntimas. A princípio, a menina admirou-se de jamais ter conhecido aquela senhora, tão amiga de seu pai, mas não era tão ingênua para continuar pensando assim por muito tempo.

Logo mais, madame aparecia na porta da cozinha:

– Agora você vai dormir. Seu pai irá depois.

Mesmo do seu quarto, Irene ouvia a voz dos dois, suas risadas que invadiam todo o apartamento, e o ruído de copos. Até quando pôde manter-se acordada, ouviu esses ruídos. Depois, adormeceu. No dia seguinte, sonolento, seu pai saiu dizendo que ia à procura de amigos. A menina continuou na casa, sob a vigilância atenciosa, mas fria de madame Geni. Antes de que ele saísse, Irene perguntou-lhe:

– Quem é essa mulher?

– É uma grande costureira – respondeu Alcino. – De mãos cheias. – Mas, ao chegar à porta, advertiu: – Não saia muito do quarto. Fique lendo os livros.

Durante uns dez dias Irene esteve naquele apartamento, onde seu pai quase não parava. Ficou conhecendo além da dona, suas amigas, algumas muito bonitas e bem-vestidas, que apareciam à tardinha e só saiam de lá alta madrugada. À noite, quase sempre jogavam cartas, quando chegavam uns amigos de Geni. Todos os visitantes, cada um por sua vez, quiseram conhecer a filha de Alcino. Uma das mulheres lhe perguntou:

– Você gosta daqui?

– Gosto.

– Quer ficar para sempre? A gente vai pra Santos aos domingos. Você já viu o mar?

Madame Geni interveio:

– Não fale bobagem, Suzy.

– Mas ela não é filha de Alcino?

– Ela esteve em um colégio e vai voltar.

Irene identificava as amigas de madame Geni pelo perfume. Todas usavam perfumes diferentes. Uma delas, um dia, foi ao quarto, para levar-lhe uma revista especializada em cinema. Mostrou-lhe um retrato:

– Esta é Rita Hayworth.

A menina leu e releu uma infinidade de vezes a revista esquecendo os seus livros.

Por alguns dias, madame Geni forçando para romper sua frieza, passou a chamar-lhe de "minha filha" e "minha querida". Disse-lhe, certa tarde, que gostava muito dela e que a achava bonita. Se quisesse voltar para o colégio, ela se incumbiria de pagar as despesas.

– Diga a seu pai que quer ir para um internato e que madame Geni prometeu pagar tudo.

Irene não teve tempo de dizer-lhe, pois naquela madrugada os dois tiveram um desentendimento. Ficaram na sala bebendo depois de que todos já se tinham ido. Após um longo silêncio que pôs a imaginação de Irene em alvoroço, seu pai e madame Geni começaram a conversar e passaram inesperadamente à discussão.

– Eu posso sustentar a menina! – bradava ele.

– Deixe que eu cuide dela – pedia, quase implorava, madame Geni. – Arranjo um colégio bom.

– Isso é comigo! – protestava Alcino.

– Você está mal de vida, Alcino, entenda.

– Logo me arranjo.

– Não pense no trabalho: fique comigo. Eu sempre o amei.

Alcino soltou uma risada nervosa:

– Não é porque estou na dureza que você vai me apanhar.

– Alcino, você bebeu muito.

– Bebendo a gente fala as verdades.

– Afinal, por que não quer?

– Não quero que minha filha se instrua com um dinheiro de...

Uma forte bofetada o atingiu. Irene em seu quarto sobressaltou-se.

– É o que você merece! – bradou madame Geni. – Quis ser boa para você, quis ajudá-lo. E não é a primeira vez que faço isso. No aperto você sempre me procura.

– Quer saber de uma coisa? Vou embora daqui.

– E a menina? – perguntou madame Geni, aflita. Era sua última esperança de retê-lo.

– Vai comigo.

– Pra onde?

– Não sei.

Alcino entrou no quarto de Irene. Encontrando-a de pé, pediu-lhe que se vestisse às pressas, sem explicações. Estava embriagado, sim, mas ajudava-lhe a fazer-lhe a trouxa. Em menos de cinco minutos, estavam prontos para sair. Ela se sentiu puxada pela mão, através do comprido corredor do apartamento, às escuras.

Afobadamente, madame Geni tentava impedir que saíssem. Segurava, ora o pai, ora a filha.

– Não vão a esta hora! Alcino, fique! – Suas súplicas tornavam-se desesperadas. – Pelo amor de Deus, Alcino! Fique! Deixe a menina.

– Tire a mão da garota!

– Fique comigo, minha queridinha. Ela está tão assustada!

– Largue-a. Sua...

No elevador foi uma luta: madame Geni queria entrar também e Alcino não deixava. Repelindo-a, machucou-a, sob os olhos espantados da menina. Mas, ao chegarem no térreo, a porta estava fechada: não podiam sair.

– Suba você e peça a chave – pediu Alcino à filha, recendendo à bebida forte.

Irene, trêmula, obedeceu. Porém, quando entrou no apartamento para pedir a chave, madame Geni segurou-a:

– Você não pode ficar com esse louco. Eu cuidarei de você, meu anjinho. Dar-lhe-ei tudo.

A menina quis livrar-se dos braços de madame, mas não conseguia. Teve de ficar no apartamento. Alguns minutos depois, Alcino batia na porta como um doido, ao mesmo tempo em que tocava a campainha.

– Abra a porta! – berrava. – Roubaram minha filha!

Geni girou a chave. Ele entrou em um ímpeto chamando pela menina.

– Ela está no quarto. Deixe-a lá.

Alcino correu para o quarto e arrancou a menina, puxando-a novamente pelo corredor.

– Dou parte à polícia! – dizia ele. – Minha filha não pode ficar em um antro desses. Sou um homem de responsabilidade.

– Não a leve! – implorava madame Geni. – Vocês precisam de mim.

Alcino deu-lhe um soco no rosto.

– Quero a chave da rua!

Surgiram duas criadas, uma delas uma preta enorme. Agora eram três pessoas tentando segurar Alcino. Mas todas tinham frases carinhosas:

– Ela quer o bem do senhor, seu Alcino! – gemia a negra, enquanto o segurava com eficiência.

Alguns minutos depois, Irene via-se outra vez no minúsculo quarto do apartamento. A criada negra trouxe-lhe um copo de água com açúcar para acalmá-la. Seu pai, na sala, conversava com madame Geni. Bebiam, os dois. Não tardou a que rissem de qualquer coisa. As pazes estavam feitas.

XIV

Alcino e madame Geni não viveram em harmonia por muito tempo. Nos primeiros dias, após a briga, ele parecia inclinado a colocar novamente a menina em um internato. Em um sábado à tarde, levou Irene para visitar um grande colégio onde teve demorada conversa com o diretor. Alcino disse-lhe que só a internaria se tivesse a certeza de que o internato podia ministrar à filha educação e ensino do mais alto padrão. Quis conhecer o passado da escola, os nomes dos professores e fez questão de mostrar que já lera um bom número de livros. Na saída, ele e o diretor haviam se tornado amigos, mas a verdade é que não voltou para internar a menina nem tocou mais no assunto.

Certo dia, ele entrou no quarto de Irene e lhe disse:

— Vamos dar um passeio.

— Onde, papai?

— Ponha seu melhor vestido e enfie alguns dos seus livros na bolsa.

— Por quê?

Alcino não explicou nada. Saiu com a menina e depois de terem dobrado a esquina da rua onde madame Geni morava, chamou um táxi. Irene estranhou: seu pai apanhando táxi?

Dentro do carro ele começou a sorrir; parecia aliviado. Saíra de um túnel escuro e sem ar. O carro parou em uma rua bonita, não longe do centro. Alcino puxou a filha para o interior de um prédio de apartamento. Subiram no elevador, ele sempre a rir. No corredor, ele volteou os ombros da menina com o braço.

— Feche os olhos.

Ela obedeceu. Ouviu o girar de uma chave. Foi levada docemente sobre um felpudo tapete.

— Pode abrir.

Irene abriu os olhos: estava no interior de um belo apartamento mobiliado. Viu lindas cortinas nas janelas, uns vasos extravagantes e uma vitrola. Um ambiente agradável e tranquilo; longe dos ruídos da rua.

— Sabe quem mora aqui?

— Não.

— Eu e você! — disse Alcino, abraçando-a. Ergueu-a com dificuldade e beijou-a nas duas faces. Tinha uma lágrima nos olhos.

— Venha ver aqui dentro. — Abriu portas. — Tem dois quartos. Um para mim outro pra você. O meu é maior porque mandei colocar uma escrivaninha. A cozinha é grande e precisa ver o banheiro.

Irene estava exultante: era um conto de fadas. Tudo aquilo era seu?

– E a vitrola, papai?

– Também é nossa. Tem uma porção de discos.

Ela queria detalhes enquanto examinava a cozinha e o banheiro.

– O senhor comprou tudo isto?

– Aluguei. Venha ver a geladeira. Não está vazia, não.

A menina abraçou-o:

– Quando mudamos?

– Já mudamos.

– E as minhas roupas?

– Eram velhas. Também deixei uns ternos e camisas na casa de madame Geni. Mas vamos comprar tudo novo. Amanhã, correremos as lojas. Você precisa de uns doze vestidos.

– Que é isso, papai. Uns três chegam.

– Minha filha: o tempo das vacas magras passou. *Stop* com a miséria – disse ele, sorrindo e andando pelo apartamento. – Agora a vida vai sorrir para nós.

Na geladeira, havia garrafas de bebida. Alcino serviu-se uma dose dupla de conhaque e, camarada, permitiu que Irene molhasse os lábios. Era um brinde.

– É um conhaque espanhol – disse ele. – Sempre tive os requintes.

Nesta fase da vida, Irene ouviria o pai falar muitas vezes do que chamava "os meus requintes".

– Papai, o senhor ganhou muito dinheiro?

– Quase duzentos mil cruzeiros – respondeu ele, vaidoso. – Eu não estava dormindo esse tempo todo. Tenho amigos em uma incorporadora que me deram a mão. Madame Geni é muito boa, mas não podíamos morar com ela mais tempo.

A menina lembrou-se de algo:

– Mas nós saímos sem nos despedir dela.

– Um dia destes, mando-lhe um cartão. Nunca esqueço os meus amigos.

Ao anoitecer, Alcino levou a filha a um restaurante do centro, que disse ser um dos melhores da cidade. Comeram como lobos, o pai tragou toda uma garrafa de vinho português e Irene liquidou três pratos de sobremesa. Voltaram para o apartamento felizes. Ele falava-lhe do futuro: estava de maré de sorte. Sabia que tiraria o pé da lama. Já andava de olho em outro empreendimento imobiliário muito mais apetecível.

Quando levou a menina para o quarto, Alcino perguntou-lhe:

– Tem medo de ficar sozinha?

– Por que, papai?

– Preciso sair. Não volto tarde.

Voltou de manhã cedo, trazendo um enorme presunto que pôs sobre a mesa da cozinha. Depois do meio-dia, ao acordar saltou da cama com incrível disposição:

– Vamos fazer compra. Não posso vê-la como se fosse uma Gata Borralheira.

Alcino comprou vários vestidos e blusas para a filha. Ele mesmo fez questão de escolher os modelos e as cores: gostava dos modelos esportivos e das cores vistosas. Comprou-lhe sapatos e um vidro de perfume francês. Depois, foram ambos para um alfaiate, luxuosamente instalado, onde ele tirou as medidas para meia dúzia de ternos. Irene mais tarde se lembraria da discussão que o pai manteve com o alfaiate sobre a proveniência dos tecidos. Exigia tecido inglês, recusando os nacionais.

– Tenho os meus requintes – dizia.

Ainda no início daquela bela temporada, ela perguntou-lhe:

– Papai, eu não vou voltar para a escola?

– Aquela escola, nunca.

– Mas eu preciso estudar.

Ele se pôs a pensar: nenhum colégio da cidade parecia-lhe bom o suficiente para sua filha.

– Você vai ter mestres particulares: nada de estudar na mesma classe com meia centena de fedelhas que ninguém sabe de onde vieram. Estudará piano e francês.

Não ficou só em promessa. Alcino arranjou para a filha uma professora de piano, do bairro, e outra de francês. Esta aparecia no apartamento três vezes por semana. A outra recebia a aluna em sua casa, a princípio na companhia do pai, que insistia em seguir seus estudos. Um dia ele lhe disse:

– É muito bonita sua professora de piano.

E passou a acompanhar a filha com maior frequência, sorrindo para a mestra, sempre que seus olhos se encontravam.

Uma tarde, em que foi só receber aula, a professora de piano dirigiu-se a Irene asperamente:

– Menina, diga a seu pai para ele não me importunar mais. Ele bem sabe que sou casada.

Irene ficou lívida.

– O que foi que ele fez?

– Basta lhe dizer isso.

Muito sem jeito, Irene transmitiu ao pai o que ouvira da professora de piano.

Ele ficou uma fera:

– Então ela teve o descaramento de falar de mim? Apesar de toda a atenção que eu lhe dava? Durma-se com um barulho desses! Quer saber de uma coisa, Irene? Não vá mais às aulas. Eu arranjo outra professora.

Mas não arranjou. Irene ficou só com a professora de francês e com os livros que ele comprava. Foi quando se apaixonou pelos policiais, por Jack London, por Kipling e também por Rafael Sabatini. Livros seu pai não lhe negava, pois ele os lia com voracidade, principalmente aos sábados e domingos. Dizia que um corretor não podia de forma alguma ser um ignorantão. Há clientes que gostam de conversar e um bate-papo interessante quase sempre abre as portas para bons negócios. Aliás, era a sua vivacidade, o trato cordial com as pessoas o que o salvava nos momentos difíceis.

Irene não lamentou a interrupção das aulas de piano; preferia a música dos discos, ainda mais que descobrira Glenn Miller. Mas outra coisa logo perturbaria a sua vida: as visitas do pai. Seus amigos começaram a aparecer quase todas as noites. Alguns traziam mulheres. Essas visitas tinham um objetivo definido: o jogo.

– Pôquer ou "A cook can play"? – era a pergunta que mais se ouvia lá.

Alcino preferia "A cook can play" devido ao imprevisto do coringa que, de um momento para outro, pode mudar a sorte de uma partida. O coringa era o destino e ele gostava de senti-lo bem seguro entre os dedos.

Sentada no divã, Irene assistia ao jogo até que o sono não a dominasse. A casa toda ficava enfumaçada, o que lhe provocava tosse e mal-estar. Era comum ouvir um ou outro palavrão, imediatamente condenado por Alcino:

– Cuidado com a língua! Olhe a menina!

Como os jogadores a todo momento queriam café, Irene ou o pai ia constantemente acordar a criada. Por isso nenhuma mulher queria trabalhar no apartamento. Chegaram a empregar três criadas em uma só semana. A que parou mais tarde foi uma negrona que os jogadores apelidaram, de Tia Anastácia. Essa era mais paciente e permanecia a noite toda fazendo café e bolinhos. Quando um dos jogadores ganhava muito, presenteava Irene.

– Esse dinheiro é pra você.

Mesmo na cama, a menina não conseguia dormir. Os jogadores falavam muito na sala, arrastavam cadeiras e diziam palavrões. Chegou a odiar todos eles.

No Natal daquele ano, Alcino arranjou umas barbas brancas de Papai Noel e entrou no apartamento com um presente dos mais desejados pela menina: uma bicicleta. Pela primeira vez em sua vida, Irene sentiu-se verdadeiramente rica. Na manhã seguinte, dando uma volta pela praça em sua bicicleta, depois de já ter conseguido manter o equilíbrio, à custa de uma série de quedas, achou que tudo ao seu redor era lindo e bom. Seu pai era o melhor do mundo. Pedalava, ria e chorava ao mesmo tempo.

– Papai, nós vamos ser sempre ricos? – perguntou ela depois do passeio.

– Vamos fazer força – respondeu ele, pensativo.

– É tão gostoso ter boas coisas!

Dias mais tarde, Irene notou que os amigos de seu pai não mais frequentavam o apartamento. Preferia que assim fosse, mas ficou intrigada.

– A turma não vem para jogar como vinha?

– Abandonei o jogo – ele respondeu.

– O senhor fez muito bem.

Na semana seguinte, Alcino levou-a para Santos. Ficaram três dias de manhã ao cair da tarde estirados na praia. Irene estava radiante, mas o pai mostrava-se apreensivo. Na última noite de descanso, ele bebeu muito e quase não falou nada durante a viagem.

Foi dois dias após a volta que Irene teve uma grande surpresa: onde estava a bicicleta?

– Seu pai saiu com ela – informou Tia Anastácia.

– Para onde a levou? Estava quebrada?

– Só sei que saiu com ela.

A resposta a menina teria à noite. Alcino assim que entrou no apartamento, abraçou-a com força, olhou firmemente nos seus olhos e disse, em tom seco:

Vendi a bicicleta.

– Por quê? – ela quis saber.

– Precisei de um dinheiro. Mas não se assuste. Esta semana fecharei um grande negócio. Melhor que o primeiro. – Logo em seguida, esquecendo totalmente a venda da bicicleta, passou a fazer planos: – Desta vez, não torrarei nada no jogo. Valeu a lição. Vamos ficar um mês inteiro na praia, mas não em Santos. Estou pensando em uma praia do norte. Sei que há uma formidável em Fortaleza. Iremos só eu e você.

Na semana que entrou, Alcino não fechou o negócio. Teve que dispensar a professora de francês. Procurou fazê-lo com muita graça.

– Quanto devo para a senhora?

– Dois meses de aulas.

– Quanto é?

– Novecentos cruzeiros.

– É pouco, a senhora merece muito mais.

Havia um quadro na parede que pertencia à pessoa que lhe alugara o apartamento. Alcino apanhou o quadro e em um sorriso colocou-o nas mãos da professora de francês. Ela segurou-o abismada.

– O que é isso?

– Um *souvenir*. Vale dez vezes mais do que lhe devo. É um grande mestre francês.

Ela leu a assinatura:

– J. de Oliveira.

– É brasileiro, mas passou toda a vida na França e a mãe era francesa. De Marselha, se não me engano.

A professora foi docemente empurrada até a porta do apartamento. Não teve tempo para protestar.

Irene, que assistira à cena, não sabia o que dizer.

– Papai, o quadro não era nosso!

– A verdadeira obra de arte não tem dono – replicou Alcino, dirigindo-se para a geladeira.

Como não podia jogar mais, voltara-lhe a sede. Pena que se acabara o conhaque espanhol. Beberia o nacional mesmo. Bebeu até não poder mais e depois foi dormir. Dois dias mais tarde, como seu negócio ainda não se realizara, teve que despedir Tia Anastácia. Ela, já afeiçoada à menina, chorou copiosamente na despedida. Irene também chorou e Alcino soube mal disfarçar sua comoção. Era um sentimental.

Foi naquela noite que ele, Alcino, pela primeira vez falou a Irene sobre o Príncipe. Devia ter bebido.

– A vida é dura mas você vai escapar, Irene. O Príncipe a salvará.

– Que Príncipe, pai?

– Que idade você tem?

– Fiz treze.

– Pois é, o Príncipe não vai demorar.

Como ela insistisse, Alcino explicou que o Príncipe era um moço bonito e muito rico. Talvez não fosse muito bonito, mas rico, isso ele era. Acenderia cigarros com notas de mil.

Irene riu:

– O que ele virá fazer?

– Casar com você.

Irene riu, ruborizada.

– Papai!

– Se eu estiver em apuros, o Príncipe me ajudará também. Saiba reconhecê-lo, quando chegar. Não o confunda com os outros: o Príncipe não é o mais bonito, é o mais rico. Treze anos, você disse?

Naqueles dias Irene e o pai estiveram muito unidos. Alcino voltou a falar no Príncipe, que chamava o Salvador.

– Não falo de Jesus Cristo. Este é outro.

Irene ria-se a valer. Mas levou a brincadeira muito a sério.

O Príncipe salvaria os dois.

No começo do mês seguinte, Alcino vendeu outras peças do apartamento: mais dois quadros, alguns objetos de cerâmica, cinzeiros, um liquidificador e andou namorando a geladeira. A um amigo que o visitou, pediu dinheiro e disse que precisaria mudar-se pois há dois meses não pagava o aluguel. No mesmo mês, pai e filha deixaram o apartamento. Ela, fazendo força para não chorar. Foram diretamente para um hotel.

Nesse hotel, que era tão mau como o primeiro, Alcino e a filha ficaram um mês. No fim desse mês, certa tarde ele saiu e voltou com dois agentes da polícia.

O dono do hotel, um português, tremeu quando lhe mostraram os distintivos.

– Ontem, quando fui deitar – declarou Alcino –, eu tinha cinco mil cruzeiros na carteira. Com esse dinheiro ia pagar o hotel. Hoje acordei sem dinheiro e sem carteira. Como o senhor explica isso?

– Se alguém roubou, eu não tenho culpa.

– Menos culpa ainda tenho eu! – bradou Alcino. – Com que dinheiro agora lhe vou pagar? Vamos, fale! – Depois, voltando-se para os policiais: – Esse hotel é uma espelunca. Imagine que morei aqui com minha filhinha... Mulheres da vida entrando. Ladrões e marginais da pior espécie. Corremos perigo de ser assassinados.

Meia hora depois, Alcino e a filha abandonavam o hotel com a cara mais séria do mundo.

– Papai, o senhor foi roubado mesmo?

– Esqueça isso, menina.

– Alguém entrou no nosso quarto?

Parece incrível, mas Alcino levou a filha novamente para a casa de madame Geni. No caminho ele dizia que precisava presenteá-la com alguma coisa. Talvez ela estivesse zangada. Solucionou o caso fazendo rápida invasão no jardim de uma rica residência. Geni adorava flores. Ficaria grata.

– Papai, não há outro lugar onde a gente possa ir?

– Será só por alguns dias.

Geni recebeu Alcino de cara fechada. Sua crise amorosa parecia estar completamente superada.

– Guarde essas flores – disse-lhe Alcino, humilde. – São suas. – E logo depois: – Recebeu minha cesta de Natal?

– Não recebi nada – ela respondeu ríspida.

– Diabo, então tenho de reclamar!

Irene, apesar de sua idade, sabia que o pai nada mandara a Geni. Mentira.

– Bem, o que você quer? – madame quis saber.

– Vim apenas visitá-la. Não nos convida para um café?

Madame Geni permitiu que ele e a filha entrassem. Durante a visita Alcino só encontrava um assunto: a filha. Dizia que ela andava muito adoentada e que vinha sofrendo de vertigens. A menina a princípio assustou-se, mas o pai, abraçando-a, cutucava-a para que não o contrariasse. O médico afirmara que sofria de uma lesão no fígado. Não era grave, mas, se não fosse tratada a tempo, o pior poderia acontecer.

– Veja, empalidece a toda hora – disse chamando a atenção para a menina. – Será que ela podia descansar um pouco?

Pai e filha ficaram mais vinte dias no apartamento de madame Geni. A princípio, a pequena foi vítima de uma sistemática frieza da parte de madame. Mas esta foi amolecendo aos poucos. Um dia, ela entrou no quarto onde Irene dormia e perguntou:

– Gostaria que eu fosse sua madrasta?

Irene detestava madame Geni, mas disse que sim.

– Pois acho que serei sua madrasta – ela informou.

Aquela noite, Irene chorou muito, lembrando-se da mãe tão diferente daquela mulher de cabelos prateados, cujo sotaque estrangeiro soava-lhe desagradavelmente. Chorou de ensopar o travesseiro e sentiu-se a mais infeliz e insegura das criaturas. No fim do choro, lembrou-se do Príncipe. Quando chegaria o Príncipe e como seria ele?

À tarde do dia seguinte, ela chorou da mesma forma no ombro do pai.

– O que foi, hein? – ele quis saber.

– Ela disse que vai ser minha madrasta.

– Não chore, fique quietinha.

– Vai mesmo?

Alcino enxugou-lhe as lágrimas.

– O Príncipe se afastaria se você tivesse uma madrasta desta espécie. Aguente firme mais alguns dias. Vamos cair fora daqui. Estou preparando a coisa.

Estava sendo sincero com a filha; em uma tarde em que madame Geni precisou sair, os dois deixaram o apartamento levando as roupas, sob o protesto de uma das criadas. Esta quis impedir a saída de Irene, mas levou um safanão.

– Minha filha não está presa nesta casa.

Na rua, a menina quis saber para onde se dirigiam.

– Você terá de dormir em um divã. Vamos morar no escritório de uma firma onde arranjei trabalho. Durante o dia você poderá atender ao telefone e ir aprendendo a escrever à máquina.

Apesar do desconforto, Irene preferiu o escritório à casa de madame Geni. Até que seu pai realizasse algum negócio de corretagem, teriam de ficar lá. O prédio fechava à noite, mas Alcino conseguira arranjar chave. Almoçavam e jantavam os dois nos piores restaurantes da cidade com dinheiro que lhe emprestavam. Mas esta fase também passou. Transferiram-se mais tarde para uma pensão, de onde tiveram que mudar, meses depois, por falta de pagamento. Estavam sempre se transferindo para outras pensões e outros hotéis.

– Apanhe suas coisas e vamos embora.

Era comum a Irene ouvir essa frase. Mas logo ela descobriu que não podia continuar vivendo assim. Aos catorze anos obteve seu primeiro emprego em um escritório. Assim ao menos não dependia do pai para comer. Mesmo em uma época em que a vida dele melhorou, ela não largou o trabalho. Aos dezesseis, tendo aprendido a escrever à máquina, e como impressionasse bem pelo seu aspecto, já ganhava o suficiente para manter-se. Foi morar em um pensionato de moças. Estudava português por correspondência e passou a frequentar com assiduidade a Biblioteca Circulante. Como não tinha dinheiro para divertir-se, lia horas a fio.

Um picante perfume entranhado nas vestes de seu pai esclareceu-lhe que ele voltara a viver com madame Geni. Mas nada conversaram sobre o assunto. Quando ela contava dezessete anos, certa tarde de sábado seu pai apareceu no pensionato para vê-la. Estava alegre e ligeiramente alcoolizado.

– Acho que vou ganhar algum dinheiro – disse. – Sinto que a sorte vai mudar.

– Vamos a um restaurante?

– Esqueci o dinheiro em casa.

– O que tenho dará para nós dois.

O dinheiro deu também para uma garrafa de vinho, que Alcino bebeu avidamente. Estava bastante envelhecido, mas o aspecto de suas roupas era bom. Depois do vinho, um tanto embriagado, perguntou:

– E o Príncipe? Ainda não veio?

– Ainda não.

– Mas virá – conformou-a.

Foram dar um passeio por uma avenida. Irene notou que ele empalidecia.

– Sente-se bem?

– Ando com umas dores. Acho que tenho de ir para casa. Volto na semana que vem.

Muito pálido, Alcino despediu-se rapidamente e desapareceu. Três dias depois, quando chegara do trabalho, uma das amigas de madame Geni a esperava no pensionato, com um carro na porta.

– Seu pai está muito doente.

– Onde ele está?

– No hospital.

– Quando devo ir?

– O carro está aqui. Vamos agora.

No caminho, Irene ficou sabendo que há dois dias seu pai estava internado. Coisa grave. Madame Geni recusara-se a ajudá-lo. Não queria saber mais dele. Supunha que estivesse em um pavilhão de indigentes. Ela que não se impressionasse. Sobre a doença, foi feito mistério.

Para surpresa de Irene, não encontrou seu pai entre os indigentes. Haviam lhe dado um quarto em separado, um dos melhores do hospital.

– Papai, o senhor está bem?

– Quando não me mexo, nada dói. Gosta deste quarto?

– Como é bonito! Deve custar muito!

Alcino sorriu:

– Eu não quis ficar junto dos outros. Afinal, tenho os meus requintes.

– Como vai pagar, papai?

– Vou pagar em cheque.

– Mas o senhor tem dinheiro em banco?

Ele fez força para rir. O riso provocava-lhe dores.

– Amanhã, depois da operação, os médicos vão averiguar isso.

Não resistiu à operação; morreu na mesa. Madame Geni custeou o enterro, ao qual compareceram inúmeras amigas suas, mas ninguém no hospital cobrou dela ou de Irene a operação, pois havia um cheque a ser descontado.

XV

O Príncipe chegou. Chamava-se Álvaro, era muito compenetrado e, como Irene, não tinha parentes, pelo menos na cidade. Conheceu-o em um baile onde a custo as moças do pensionato conseguiram levá-la. Raramente saía a passeio. Uma vez por semana ia ao cinema, não mais. Entre as vinte e poucas moças do pensionato era a mais retraída. Não que a desagradasse a companhia de pessoas, mas a morte do pai a desorientara. Apegava-se a seu emprego em um escritório como a coisa positiva de sua vida, a única que representava segurança. Sendo uma boa funcionária, teria dinheiro para pagar o pensionato e comprar roupas. Por isso lia muito, levada pelo desejo de conhecer a grafia das palavras, a maneira certa de pontuar as frases, ganhando o traquejo do idioma. Já começava a fazer correspondência com redação própria, o que a envaidecia. Tão preocupada com o escritório, que lhe prometia a estabilidade que seu pai jamais lhe dera, não pensava em namoro. Alguns rapazes haviam tentado atraí-la, porém os evitara. Lembrava-se do pai, quando lhe falava do moço rico que a desposaria. Esperaria por ele.

Anos mais tarde, tentando pôr em ordem suas recordações, teria dificuldade de lembrar exatamente os acontecimentos dessa fase de sua vida. Quebrara a rotina naquele baile simples de formatura de uma moça que nem ela sabia quem era. Com um vestido emprestado, foi levada por quatro amigas. Já no segundo número executado por uma orquestrazinha de segunda ordem, as outras haviam encontrado par. Dançavam felizes como se tivessem estado toda uma vida à espera daquela noite. Irene, embora fosse a mais bonita do grupo, não queria dançar e fazia o possível para camuflar seu constrangimento. Não gostava do baile, não gostava de bailes. Nenhum dos moços que estavam lá parecia ser o Príncipe. Afastou-se, procurando um canto do salão, onde enfileiraram mesas e cadeiras.

Olhando para o salão, Irene via um agrupamento bastante homogêneo de moças e moços. Não precisava ser nenhuma entendida no assunto para ver que os vestidos, apesar dos enfeites excessivos, não tinham qualidade. Muitos jovens, usando *smokings*, provavam fazê-lo pela primeira vez. Alguns deviam ser alugados, pois não se ajustavam bem ao corpo dos dançarinos. Eram componentes de um mundo suburbano e bem comportado, povoado de pequenas ambições, dentro do limite da capacidade de cada um. Estariam lá, por certo, aqueles que, na década seguinte, seriam bons guarda-livros, os melhores dentistas do bairro, operadores de Olerite, bancários com pretensões a gerente de agências distritais, funcionários públicos e outras profissões que não permitem grande voo, a não ser por intervenção camarada do destino. A moça que se formava contadora, a única mulher do reduzido número de formandos, devia constituir exceção pouco invejada entre as demais. As outras, adivinhava-se, não cursavam escolas. Lia-se em seus rostos que sonhavam com o casamento. E o baile era uma oportunidade que não lhes agradava perder.

A influência de Alcino sobre a filha fora maior do que ela então supunha. Sempre se lembrava dele, falando dos seus requintes. Como insistia em acentuar a diferença entre as pessoas! Costumava referir-se a "homens de trato", a "pessoas de respeito", à "gente de personalidade". E como se considerava um "cavalheiro de fino gosto", decerto não aprovaria aquele salão rampeiro, apesar da faixa dos *smokings* dos rapazes e das lantejoulas dos vestidos das moças.

– Você chama-se Irene, não? – perguntou Álvaro, que se sentara ao lado sem que ela notasse.

Álvaro era magro, pouco atraente. Feições sérias como as de um homem que está prestes a assumir enormes responsabilidades. Não vestia *smoking* como a maioria. Teria vinte e poucos anos.

– Como sabe o meu nome?

– Uma das suas amigas a chamou assim.

Irene não quis levar a conversa adiante, mas ele queria travar conhecimento, apesar de não ser muito desembaraçado.

– Conhece bem Lígia?

– Quem é Lígia?

– A moça que se formou?

Ela explicou-lhe que não conhecia; estava ali trazida por amigas.

– Ainda bem. É uma burrona.

Irene riu.

– O quê?

– Uma burrona.

Em seguida apresentou-se. Viera do interior há pouco, onde não podia permanecer mais. Precisava expandir-se, ir para frente. Outros companheiros seus, da sua cidade, muito menos dotados, tinham tido sucesso na capital. Por que ele não teria, indagava como se dirigindo a uma plateia. Irene mostrou-se boa ouvinte, o que o animou a prosseguir. Via-se que precisava de uma pessoa para falar de si e dos seus planos. Mais do que isso: queria alguém que acreditasse nele.

– Qual é sua profissão?

– Todas e nenhuma – respondeu ele. – Faço aquilo que possa dar mais. Acha que esses contadores irão longe? – Riu. Ele se dedicaria a atividades mais lucrativas. Não era bobo. Ah, isso não era. Venceria na primeira oportunidade.

Mais tarde, Irene notaria que ele estava sempre falando consigo mesmo: queria convencer-se de algo. Talvez um indefinido temor o esmagasse.

– Não seria melhor ter um diploma?

– Diploma? – Álvaro reprimiu o riso. Ele não precisaria de diploma. Ele, Álvaro? Não. Citou nome de doutores que haviam fracassado na vida. O principal era ter confiança em seu valor.

Irene preferiu ficar ouvindo o rapaz falar. Não se interessava muito por ele, mas lhe endereçava algumas perguntas para que a conversa não morresse.

– Mora em alguma pensão?

– Moro, sim, na Saturno. Mas vou mudar. Quero ter o meu apartamento. Na Saturno só moram fracassados e imbecis.

– Também não gosto de morar com muita gente.

– No próximo semestre as coisas vão melhorar – disse Álvaro como se pensando alto.

No final do baile, Irene e Álvaro saíram juntos. Uma de suas amigas, que também arranjara companhia, esperou-a na porta do salão, feliz com seu namorado.

– As outras já foram embora. Vamos nós quatro juntos?

– Vamos – concordou Irene.

– Aluguemos um táxi – sugeriu o namorado da amiga. – Aqui passam muitos.

Álvaro retraiu-se, perdendo a cor:

– Só se fizermos uma vaca.

O outro riu:

– Vaca para quê? Eu pago.

Durante o trajeto, Álvaro não disse uma só palavra, constrangido. Despediu-se secamente de Irene e da companheira. Estava envergonhado por não ter dinheiro para o carro.

Irene pensou que não voltaria a ver Álvaro, o que não era nenhum infortúnio. Mas ele apareceu em seu pensionato, menos de uma semana depois. Vestia um terno novo e tinha um ar de quem acabara de ganhar a sorte grande.

– Vamos dar uma volta – disse-lhe.

– Estou cansada – ela respondeu, de má vontade.

– Apanharemos um carro.

– Ora, vamos a pé – replicou Irene, para que ele não gastasse dinheiro.

– Posso andar de carro – disse Álvaro, sisudo.

Apanharam um táxi que os levou a uma confeitaria do centro. Álvaro olhava-a sério, como se a desafiasse. Assim que se sentaram, ordenou:

– Peça o que quiser.

– Não estou com vontade de nada.

– Pensa que não posso pagar? – ele ofendeu-se.

– Meu Deus, não disse isso.

Álvaro se recompôs. Contou que arranjara emprego em uma boa firma. Dentro de meses estaria ganhando enorme ordenado. Pensava mudar-se da Saturno logo que fosse possível. Falou dos seus planos para o futuro com entusiasmo.

– Na vida só vale quem tem. Jamais me contentaria em ficar por baixo. Quero estar no páreo.

– Meu pai era como você, não dava valor a outras coisas.

– Já percebeu o mundo de cretinos que vive com os bolsos cheios? Eu leio os jornais aos domingos, as colunas sociais, e fico olhando as caras. São uns bestalhões.

– Também leio essas colunas.

– Tenho ódio dessa gente.

– De quem?

– Já disse, desses bestalhões ricos. Como é que ganharam dinheiro?

Álvaro tinha assuntos fixos: o seu futuro, a incapacidade alheia para tudo e o ódio que votava aos ignorantes.

Um pouco cansada, Irene consultou o relógio da confeitaria.

– É tarde, vamos.

– Posso ir buscá-la mais vezes?

– Quase não saio de casa.

– Está certo, mas não pense que sou desses palhaços que fazem as moças perder tempo.

Voltaram, mas de ônibus.

Álvaro passou a procurar Irene com maior assiduidade. Só uma vez por semana a levava a uma confeitaria. Ficavam dando voltas ao quarteirão, sempre ele com a palavra. Dizia estar no começo de uma grande carreira. Seus colegas de trabalho o invejavam e tentavam intrigá-lo com o patrão, mas ele não se preocupava. De qualquer jeito, prosperaria.

– É bom que você esteja indo bem – disse Irene. – Você é tão esforçado, merece.

– Nós dois sonhamos com as mesmas coisas – replicou ele. – Já vi que você não é nenhuma ignorantona. Na primeira oportunidade, a gente põe a mão na massa.

Semanas depois, em um dia em que Irene não costumava sair, Álvaro foi bater à porta do pensionato.

– O que você quer aqui?

– Aconteceu uma coisa.

– Assim você me assusta!

Ele sorriu, exultante:

– Puseram-me como chefe de seção. Vou ganhar os tubos.

– Parabéns!

– Eu não disse que me arranjava?

Deitada em sua cama, Irene pensava em Álvaro. Impressionava-se com seu desejo de subir na vida e com sua crença na vitória final. Se seu pai estivesse vivo, com sua experiência poderia lhe dizer se ele era ou não o Príncipe.

Foi em um domingo muito azul e esportivo que Irene ouviu o pedido. Encontraram-se de manhã para tomar refresco em um bar ao ar livre. Almoçaram juntos, em um restaurante popular. Depois, entraram em um cinema.

– A cidade é bonita – disse ele.

Irene lembrou-se que era a primeira coisa mais ou menos poética que ele já dissera. De fato, estava de bom humor.

– Ela é linda.

– Passeemos no Jardim América – Álvaro propôs. – Gosto dos bairros ricos. Me estimulam, sabe?

No Jardim América, ele segurou-lhe as mãos. Foram andando calados. Diante de uma casa de aspecto majestoso, pararam.

– Acho esta casa formidável – ela exclamou.

– Ainda teremos uma – ele disse, eufórico. Depois, voltou-se para ela, sério. Ia abordar o assunto pela primeira vez. – Nós vamos casar, não é?

Irene empalideceu:

– O que está dizendo?

– Que vamos casar!

– Nunca pensei nisso – ela replicou, fria.

– Como não? Então por que pensa que a procurei todo esse tempo?

Houve um silêncio amargo entre os dois.

– Ora, por amizade.

– Amizade? – ele espantou-se como se tivesse nojo da palavra. – Será que você não entendeu que juntos conquistaremos o mundo? O que vai fazer, sozinha? Responda.

– Não estou pensando no futuro.

– Então você é uma moça irresponsável e vulgar como as outras. Estava enganado a seu respeito.

Um ônibus passava; Álvaro correu para fazê-lo parar. Até que chegassem ao pensionato, não trocaram palavra. Ele estava calado, com o orgulho ferido. Ao se despedirem, o rapaz evitou olhá--la. Lembrando que o dia estivera magnífico até aquela hora, Irene entrou em seu quarto sentindo um descontrolado estado nervoso. Atirou-se sobre a cama e chorou desesperadamente.

Quinze dias mais tarde, Álvaro provocava um encontro em um ponto de ônibus.

– Precisava falar com você – disse sisudo.

– É melhor não nos vermos mais.

– Vamos fazer as pazes. Não posso ficar sem vê-la.

Irene gostaria que tudo acabasse ali, mas ele insistiu. Na viagem foi falando de seu sucesso no emprego. A turma o detestava, mas ia subindo. Como chefe de seção tinha força: mandara três funcionários para o olho da rua. E tinha notícia ainda melhor: mudara-se da Saturno.

– Era o que sempre quis.

– Agora, sim, tudo vai bem.

– Espero que continue assim.

No dia seguinte, Irene recebia flores no pensionato. Ficou comovida: jamais alguém lhe mandara flores. Os namorados das suas colegas só no Natal lhes davam pequenos frascos de água de colônia. O presente pareceu-lhe muito requintado.

À noite, Álvaro apareceu e levou-a a um teatro de revistas. Outra novidade para ela. Como era sábado e no domingo podia levantar-se mais tarde, aceitou o convite para comerem uma pizza no Brás.

– Vamos casar – ele propôs, humilde.

– Nos conhecemos há pouco.

– Que mal faz? Dinheiro, eu tenho.

– Mas para os móveis?

– Existem prestações, não existem?

Irene não estava com forças para resistir. Quem sabe, o Príncipe era aquele mesmo. Ia fazer vinte anos. Por que esperá-lo mais tempo. Depois, o rapaz tinha as melhores intenções.

– Bem, você é quem sabe.

– Ótimo, então tratarei disso. Mas, o que há? Não está alegre? Ela não estava; jamais estivera tão apreensiva.

– É um grande passo.

– Sei disso.

Irene riu:

– As moças do pensionato vão ficar com inveja.

Dois meses depois, estavam casados. Álvaro alugara um pequeno apartamento de uma só peça, provisoriamente. Logo se mudariam para outro melhor. Os móveis eram simples, mas adquirira uma bela vitrola, o que foi para Irene uma coisa mara-vilhosa. Não se casaram na Igreja porque o noivo detestava padres. Após o casamento no civil, o casal, juntamente com outro casal, amigo de Álvaro, que servira de padrinho, dirigiram-se a um bar.

– Vamos tomar um vermute – disse Álvaro eufórico.

Irene fazia o máximo para mostrar-se alegre, mas o casamen-to somente no civil parecera-lhe simples demais. Faltara o vestido de noiva, o órgão e o padre. Tudo fora muito rápido, formal e vazio.

Tomado o vermute, os padrinhos despediram-se. Álvaro com-prara duas passagens para Santos; lá passariam a lua de mel que se demoraria apenas dois dias. Levavam o endereço de uma pen-são que, segundo o rapaz, dava boa comida e bom quarto sem esfolar ninguém. E era diante do mar. Podia haver coisa melhor?

A pensão santista lembrou Irene alguns dos lugares onde morara com o pai após sua saída do colégio. Era um ambiente demasiadamente modesto para uma lua de mel. Crianças chora-vam pelos corredores e homens em calções de banho surravam o assoalho com seus ruidosos tamancos. Mais dois casais hospedavam-se lá, também em lua de mel. Irene olhava-os julgando o seu aspecto: gente pobre que na certa teria pela frente toda uma vida de sofrimentos. Talvez jamais voltasse à praia para alguns dias de repouso. Um deles, logo no primeiro dia, teve uma desavença. Seria a primeira de uma série interminável. Mais tarde, lembrando-se, tudo pareceria confuso à Irene. Mas não esqueceria a mágoa de Álvaro.

– Você não gostou da pensão, vi logo.

– É muito barulhenta.

– Mas a comida é boa!

– Eu nunca fui de comer muito – retrucou ela.

Álvaro ficou calado e sentido. Ficou horas sem dizer palavra. À noite porém recuperou a voz:

– A gente está começando a vida. Você vai ver como tudo será diferente dentro de um ano.

Não foi. Supunha Álvaro que faria carreira em seu emprego. Mas, dois meses depois do casamento, já estava desiludido. Tudo lhe parecia muito difícil. Voltava do trabalho, casmurro, irritado e punha-se a falar dos seus patrões.

– São uns ignorantes. Uns incapazes. Se fossem pela minha cabeça, iriam longe.

– Não brigue com eles – pedia Irene. – O que você ganha dá para a gente ir vivendo.

– Uns imbecis – vociferava Álvaro. – Um dia lhes direi na cara o que penso deles.

À noite, Álvaro não dormia, ruminando o ódio incompreensível que seus patrões e colegas lhe despertavam. Levantava de mau humor e seguia para o trabalho como quem fosse participar de uma batalha. Irene ficava no minúsculo apartamento fazendo alguns trabalhos domésticos, enquanto as horas escoavam devagar. Tinha vagas esperanças de que a sorte do marido melhorasse, mas a sensação de insegurança que sentia era a mesma da infância. Entre seu marido e Alcino havia, porém, muita diferença. Seu pai era alegre, amava a vida e sempre encontrava meios de fugir de uma situação difícil. Sua companhia agradava qualquer pessoa. Mas Álvaro detestava todos os que cercavam, não tinha amigos nem procurava nenhuma forma de diversão. Em dois meses de casados, levou Irene só uma vez ao cinema. Nem pelos esportes se interessava, como a maioria dos rapazes que sua esposa conhecera.

Certa noite Álvaro apareceu no apartamento com os olhos rubros e os cabelos despenteados. Como o personagem de uma tragédia, foi logo dizendo:

– Saí da firma! – sentou-se na cama, com os olhos no chão, como se o mundo estivesse desabando.

– Como foi isso? – Irene quis saber.

– Aquele cretino do patrão! Deu-me um serviço para fazer, uma conferência qualquer, e depois disse que eu deixara passar um erro. Humilhou-me na frente dos outros.

– Foi você quem pediu a conta?

Álvaro não respondeu. Sempre olhando o chão, repetia:

– Humilhou-me na frente dos outros.

– Você não vai voltar mais lá?

– Chamou-me de burro – disse ele, com lágrimas nos olhos.

Foi aquela uma das piores noites da vida de Irene. Nos dias seguintes, trataram de comprar jornais, à procura de emprego para Álvaro. Ele saía de casa e, para surpresa da esposa, voltava pouco tempo depois. Estivera em diversas firmas, mas nenhum emprego lhe servia. Não havia nada que estivesse no nível de sua competência. E ele não podia aceitar um empreguinho qualquer, sabendo o que sabia.

– Mas Álvaro, estamos ficando sem dinheiro!

Ele ergueu a voz:

– Você quer me ver fazendo um serviço humilhante para qualquer patrão cretino?

– Será só por alguns meses.

– Não posso: tenho a minha personalidade!

Foi Irene que localizou em um jornal uma colocação que prometia salvar a situação. O anúncio exigia um homem de grandes qualidades para ocupar um cargo de importância e responsabilidade em uma firma. O ordenado inicial era ótimo. Álvaro leu o anúncio e sorriu: era aquilo mesmo que queria. Algo que lhe permitisse demonstrar todos os seus conhecimentos.

– Deixe escovar sua roupa, Álvaro. Corra lá!

Álvaro recortou o anúncio e saiu. Uma hora, voltava sério e mudo. A custo Irene conseguiu arrancar-lhe as palavras.

– Estive lá, sim. É uma grande firma.

– Falou com os chefões?

– Falei.

– Quando vai começar?

Álvaro silabou a resposta:

– Preciso fazer um teste.

Ela adivinhou que o humilhava ter de provar o seu valor. Ele queria ser admitido sem a necessidade de um exame. Tentou confortá-lo:

– Hoje, todas as grandes firmas são assim. Mas você passará. Quando vai fazer o teste?

– Na segunda-feira.

Era sexta-feira, e de lá até o dia marcado, Irene poucas vezes ouviu a voz do marido. Notando a sua apreensão, conseguiu, no domingo, arrastá-lo até um cinema do bairro. Durante o filme olhava-o e, apesar do escuro, observava nele a mesma inquietação. Aquela noite, ele mexeu-se na cama o tempo todo, sem conciliar o sono.

Na segunda-feira, muito cedo, ele já estava de pé, pálido e trêmulo. Olhava a todo instante ao relógio. Uma buzina de um carro, na rua, irritou-o. Deu um murro na mesa a ponto de ferir os dedos.

– Calma Álvaro, tudo sairá bem.

Ela ajudou-o a arrumar-se. Estava confiante, pois acreditava nas qualidades de Álvaro. Achava o seu nervosismo natural, ela também ficaria nervosa em seu lugar.

À saída, ele, ainda mais trêmulo, com um acento infantil na voz, segurando-lhe os braços como se tivesse garras, indagou-lhe:

– Acha que eu passo?

– Claro que sim.

– Acha mesmo? – ele perguntou de novo exigindo confirmação.

Ela o levou até à porta do apartamento. Quase teve de empurrá-lo para que saísse.

– Vá com Deus.

Irene iniciou seus afazeres do dia com um entusiasmo novo. Chegou a fazer planos para o futuro, pensando na mudança para um apartamento melhor. Precisava comprar roupas. Naqueles meses de vida de casada, nenhum só trapo comprara para si. Nem ao menos um par de sapatos. Álvaro precisava ganhar bem. Seria maravilhoso.

Já havia preparado o almoço, quando a porta do apartamento se abriu e Álvaro entrou. Ele estava mortalmente abatido e parecia com pudor de encarar a esposa.

– Más notícias? – ela perguntou.

Álvaro tinha lágrimas nos olhos:

– Não fiz o teste.

– Por quê?

– Não tive coragem! – bradou ele, de uma forma histérica.

Irene, condoída, viu-o largar-se desvalido sobre a cama. Só aos poucos foi contando o que acontecera. Chegara na firma onde já havia uma dúzia de candidatos ao emprego. Teve a impressão de que todos tinham grande preparo. Observou em alguns dedos anéis de formatura. Os candidatos foram reunidos em uma sala para o primeiro teste. Álvaro começou a tremer. Entregaram-lhe um papel em branco. A prova inicial seria de português. Como se fosse uma sala de aula, havia uma enorme lousa onde um homem se pôs a escrever algo, lentamente. Álvaro trêmulo e com cólicas, levantou-se.

– Onde o senhor vai? – perguntaram.

– Volto já – respondeu, correndo pela sala e descendo como um raio os degraus de uma escadaria que levava à rua. Pôde ouvir o riso estrepitoso dos outros candidatos.

Irene tentou apaziguá-lo, embora aquela decepção o amargurasse.

– Você estava um pouco nervoso. Vamos comprar os jornais hoje à tarde.

Ele balançou a cabeça:

– Testes eu não faço.

– Não são todas as firmas que exigem.

– Testes não faço – repetiu.

No dia seguinte, depois de uma noite maldormida, ela tomou uma decisão.

– Vou trabalhar. Posso muito bem empregar-me em um escritório.

Álvaro olhou quase com rancor:

– Acha que sou um inútil?

– Quem disse isso?

– Posso sustentá-la muito bem.

– Mas faz quinze dias que está parado.

Mesmo quando era menina, Irene soube tratar da sua vida, quando se separou do pai. Não perderia mais tempo: na manhã seguinte já estava à rua procurando emprego. A procura foi curta: na mesma semana conseguia razoável colocação.

– Agora vamos melhorar de vida – disse Irene ao marido.

Álvaro não se alegrou com a notícia.

– Para as mulheres é mais fácil. Eu, com tudo o que sei nada consigo.

Mas ainda aquele mês Álvaro comunicou à esposa que também estava colocado. Disse-o em voz baixa, evitando fazer qualquer comentário. Era visível que não queria olhá-la de frente.

Irene quase saltou de alegria:

– É um empreguinho para começar tudo de novo.

– Acha que tem futuro?

– Pode ser que sim.

Ela teve o cuidado de não perguntar quanto ele ia ganhar. Não queria melindrá-lo, sabendo como era sensível, principalmente depois do fracasso do teste. Mas, depois de um mês começou a desconfiar que seu ordenado era muito maior que o do marido. Pago o aluguel do apartamento, Irene comprou alguns vestidos feitos e abriu conta em uma loja. No segundo mês, como se despedisse da firma a secretária do chefe, o lugar coube a ela: aumentaram-lhe o ordenado. Tudo ia bem.

Nesse dia, o chefe disse à Irene:

– Vamos fazer um balanço e você pode ir para casa. Amanhã começará suas novas funções.

Tão alegre, Irene pensou logo em contar a novidade ao marido. Lembrou-se então que não sabia onde ele trabalhava. Porém, no apartamento, encontrou um cartão com o endereço da firma. Dirigiu-se para lá, pensando em jantar fora com Álvaro e depois irem ao cinema.

"Vou fazer uma grande surpresa a ele!", pensava. "Sabendo que fui promovida, Álvaro também se sentirá estimulado." Os maus tempos passariam, Irene estava certa disso. E tudo graças à iniciativa que tomara de procurar trabalho. Que mal havia em que uma esposa trabalhasse para ajudar o marido? Não era ela a primeira a fazer isso. Lá estava o prédio onde Álvaro passava a maior parte do dia! Dirigiu-se ao elevador, feliz. Jantariam na cidade. Quem sabe Álvaro se animasse a um drinque, como era costume de algumas de suas companheiras do pensionato quando namoravam.

– Vamos ao sétimo andar – disse ao ascensorista.

Enquanto o elevador subia, Irene pensava: "Que tal se eu mandar chamar pelo dr. Álvaro? Isto talvez lhe dê cartaz na firma. Sim, vou fazer isso. Desejo falar com o dr. Álvaro. Ele vai ficar intrigado".

O elevador parou no sétimo andar. Irene desceu, disposta a levar avante a sua brincadeira. Dr. Álvaro. Viu a tabuleta da firma: era ali mesmo. Entrou com passos firmes como se desejando que os outros pensassem: um homem que se casa com uma moça tão vistosa é porque tem o seu valor. De costas, junto a uma mesa, estava um contínuo fardado. Parou perto dele e disse:

– Quero falar com o dr. Álvaro.

O contínuo voltou-se. Era ele mesmo, Álvaro, quem estava ali, fardado. Ao vê-la, empalideceu e fez um gesto de quem pretende ocultar o rosto, como fazem alguns criminosos quando o "flash" dos repórteres os ameaça. Em um tom de voz amargo e contido, ele pediu-lhe.

– Saia daqui por favor.

– Álvaro...

– Eu tenho o que fazer – disse ele.

E, de fato, um cavalheiro sentado a uma mesa logo adiante, reclamava sua atenção.

– Você aí, eh, cara de pau, venha aqui...

Irene só deu por si quando estava na rua. Ficou andando pela cidade desejando morrer. Fora aquele o maior choque que já tivera desde a morte da mãe. Andou quilômetros pela cidade, até que, já cansada, voltou para casa. Sentada na cama, ficou ensaiando as frases que diria ao marido. "Arranjaremos coisa melhor para você. O que há de mal em ser contínuo? Você tem competência. Logo estará bem colocado." Estudava uma a uma as frases, como também a sua entonação. Faria o possível para não magoá-lo, para livrá-lo da dor que deveria estar sentindo. Olhou o relógio: oito horas e Álvaro ainda não voltara. Ficou à sua espera, impaciente. As horas passavam e ele não chegava. Pela primeira vez em sua vida, encontrando alguns cigarros de Álvaro, resolveu acender um. Enlouqueceria se o cigarro não a distraísse um pouco. A cada vez que levava o cigarro à boca, tossia. Mas, continuava fumando. Se houvesse bebida no apartamento, encheria o copo. A opressão daqueles momentos era insuportável. Às dez horas já estava em pânico: Álvaro não aparecera. Talvez tivesse acontecido algo. Teria ele se matado? Ficou a estudar o temperamento do marido para ver se via nele o de um suicida. Tudo lhe dizia que sim. À meia-noite não resistiu mais à espera. Resolveu ir à polícia; lá obteria alguma notícia de Álvaro, caso tivesse tentando contra a vida. Mais tarde, lembrando-se dessa noite, teria a vaga impressão de ter estado em uma série de lugares diferentes. Viu-se na polícia, conversando com delegados, fazendo perguntas. Hora depois, estava no Hospital das Clínicas. Correu prontos-socorros. Um homem chamado Álvaro fora atropelado por um carro.

– Venha por aqui, minha senhora.

Foi levada a um pavilhão de indigentes onde até pelos corredores havia camas.

– Onde ele está?

– Aqui, nesta cama.

Era um homem muito mais velho que Álvaro; devia ser um mendigo. Por que pensaram que ela pudesse ser sua esposa? Saiu do hospital correndo, sem se despedir e sem agradecer a ninguém as atenções que recebera. Só lhe restava voltar para casa e aguardar. Apanhou um carro, depois de contar o dinheiro que ainda havia em sua bolsa. Quando o táxi parou no prédio onde morava, o cansaço não lhe permitia desesperar-se. Entrou, abatida como uma velha. Via diante dos olhos, agora se recordava melhor, o homem atropelado. Suas vestes tintas de sangue... Como podiam ter pensado que se tratava de seu marido? Entrou no apartamento. Notou logo algo estranho. A porta do guarda-roupa estava aberta. As roupas que pertenciam a Álvaro haviam desaparecido. Até suas velhas chinelas. Encontrou resposta para tudo em cima da mesa, onde finalmente viu um pedaço de papel sob um pequeno peso de ferro. Leu:

Irene,
não me procure mais, por favor. Acho que vou voltar para a minha cidade. Ou irei para outro lugar qualquer, não sei. Com tanta gente me invejando e me perseguindo, não posso progredir na vida. Ainda bem que você está empregada, pois há muito tempo que eu pensava em largar tudo.

Álvaro

Irene ficou com aquela carta, escrita a lápis, nas mãos, até que os primeiros ruídos e clarões da manhã chegassem a seu apartamento, imobilizada, o tempo todo, a pensar em Álvaro e também em seu pai. Ficaria só, completamente só, outra vez. Quando despertou de seu torpor, foi para sorrir, descontroladamente irônica. Ocorria-lhe naquele instante que o Príncipe aparecera e se fora em menos de um ano e sequer uma única vez lhe dissera um elogio.

XVI

Após o desaparecimento de Álvaro, a depressão ameaçou fazer de Irene uma moça prematuramente envelhecida e sem nenhuma alegria de viver. Chegou a supor que aquele fora o golpe que a marcaria para sempre como um ser infeliz e aniquilado. Mas, passadas algumas semanas, começou a sentir uma sensação nova de liberdade. Os meses que vivera na companhia de Álvaro haviam sido péssimos. Materialmente, nada perdera com a sua fuga. Descobriu também que nunca o amara e que sua presença não lhe dera o menor conforto. Preferível viver só, sem ter de se ocupar daquele homem inseguro e desagradável. Algum tempo depois, Irene já desejava que ele não voltasse mais. Temia, porém, que Álvaro, ainda mais fracassado, reaparecesse. Esse temor, pequeno a princípio, foi se expandindo. A volta do marido representaria para ela uma espécie de condenação a uma vida inteira de limitações e sofrimentos. Em todos os seus pesadelos, ele surgia no quarto, abatido e derrotado, para unir-se novamente a ela. Lembrou-se de que Álvaro não sabia exatamente onde ela trabalhava. O seu orgulho era tão exagerado, que jamais lhe perguntara. Isso deu-lhe a ideia de mudar-se dali. Assim, sua pista estaria completamente perdida. O receio que lhe incutia a volta do marido era tão grande, que passou logo à ação. Na mesma semana encontrou outro apartamento, de uma só peça, em outro bairro da cidade, e mudou-se.

Quando se viu em seu novo apartamento, exclamou:

– Agora, sim, estou livre.

Mas, durante alguns meses, ainda temia que Álvaro descobrisse onde morava ou trabalhava, embora não tivessem um amigo comum que lhe contasse. Já estava certa de que nunca mais o veria, quando, indo para o trabalho, quase esbarrou com ele.

– Você, por aqui? – ela exclamou, pálida.

Álvaro não melhorara nada de aspecto. Usava roupas sovadas e tinha um ar de cão abandonado.

– Estive no interior, mas voltei.

– Ah, sim? – ela balbuciou.

– Podemos ir juntos até a esquina – disse ele. – Disponho ainda de alguns minutos. – Parecia querer dar a impressão de que arrumara novo emprego. Mais além, olhando para o chão foi dizendo: – Estive no apartamento. Precisava falar com você. Precisava falar muito com você.

Irene sentiu-se novamente envolvida em uma existência medíocre e sem horizontes. Precisava reagir, porém temia, não feri-lo, mas ser vencida pela piedade.

– Podemos falar – concordou ela. – Marquemos um lugar.

– Posso ir a seu apartamento. Dê-me o endereço.

Ela esfriou, decidida agora a livrar-se dele. Consultou o relógio.

– Há na galeria um bar onde se pode tomar café com leite. Vamos lá.

Ao entrarem na galeria, Irene já tinha um plano concebido. Não era nada digno o que ia fazer, mas o que dizer do procedimento dele, que a deixara, despedindo-se através de um simples bilhete? Acomodaram-se no bar de uma galeria central. Vendo-o, assim, tão de perto, ambos sentados, ela não compreendia como se deixara arrastar ao casamento. Pôde, até com certa calma, analisar suas feições descoradas e inexpressivas. Somente a inexperiência pudera fazer com que visse nele um homem capaz de realizar algo, ascendendo na esfera social.

– Você está bem pelo que vejo – disse ele. – Bonito vestido é esse!

– Estou passando bem – confessou ela.

Ele tentou sorrir:

– Conheci uma pessoa que me prometeu uma posição muito importante em uma firma.

– Você merece.

– Agora as coisas vão melhorar.

Irene temeu que a pena que ele lhe inspirava armasse uma armadilha para ela.

– Há um toalete ali ao lado – disse. – Saí às pressas de casa, sem tempo para me arrumar. Espere um instante.

Escapando pelo outro extremo da galeria, Irene teve a impressão de que fugia da própria miséria. Ao receber, na outra rua, a luz do sol no rosto, acreditou, enquanto apressava o passo, que um destino melhor lhe estava reservado. Álvaro ficara para trás. Ele não era o Príncipe, fora um equívoco. Outro talvez aparecesse quando menos esperasse. O principal era continuar livre até então. Chegou ao escritório ofegante, mas feliz por ter tido forças para fugir de Álvaro. Seu orgulho, depois disso, o impediria de travar qualquer contato com ela.

XVII

Além do trabalho, que a distraía, Irene limitava seus passeios à Biblioteca Circulante, aos cinemas, e também a algumas conferências. Procurava instruir-se um pouco, vendo nisso uma forma de defesa. Se possuísse alguma cultura, os maus pretendentes, se surgissem, seriam logo identificados. Sua situação de separada do marido exigia mais cautela. Precisava precaver-se para que um novo erro não trouxesse ainda mais complicações à sua vida. Enquanto não se sentisse completamente segura de si, ia evitando novas relações. Começava a acostumar-se à solidão.

Não fazia ainda um ano que se reencontrara com Álvaro quando a vida de Irene, inesperadamente, tomou outro rumo. O proprietário da firma onde trabalhava chamou-a certa tarde e disse-lhe que precisava "emprestá-la" a um amigo, seu ex-sócio, que estava muito doente e necessitava de uma secretária, que o atendesse em sua casa. Seu amigo estava em dificuldade para encontrar uma moça que soubesse taquigrafar e mesmo redigir com alguma desenvoltura.

– A senhora vai gostar – disse o chefe. – Rudolf não abusa dos funcionários e não tem saúde para lhes ocupar o tempo todo.

No dia seguinte, pela manhã, Irene apresentava-se na luxuosa casa do sr. Rudolf. Logo à entrada, lamentou não estar usando o seu melhor vestido: Rudolf morava em um belíssimo sobrado, cercado de jardins, cujo interior revelava à primeira vista um luxo sóbrio e atraente. Uma criada levou Irene até o pavimento superior, onde o sr. Rudolf se encontrava.

– Pode entrar – ordenou o sr. Rudolf, olhando-a de relance.

Devia estar na casa dos cinquenta; era muito magro, o que se percebia ainda mais pelo rosto, os olhos fundos e pequenos e a boca entrada, quase sem lábios. Seus cabelos eram ralos e aloirados, muito secos, com uma caprichada risca do lado esquerdo. Um dos seus braços mantinha-se fixo, curvado para a frente. Não podia movê-lo.

– Espero ter chegado na hora – disse Irene.

– Exatamente agora eu precisava ditar algumas cartas. Pode vir sempre a esta hora.

Rudolf ditou a Irene em voz baixa e vacilante algumas cartas. Uma onda constante de melancolia se desprendia dele. Mostrava-se, também, tímido e sem assuntos.

Na hora do almoço, Irene comunicou:

– Vou almoçar e voltarei às duas.

– A senhora almoça em sua casa?

– Na cidade.

– Ora, então almoce comigo. Por que gastar dinheiro em refeições?

Almoçaram os dois juntos, em uma vasta sala, servidos por um criado. Rudolf não disse uma só palavra durante o almoço, sempre com os olhos no prato. O bife que o criado lhe pôs no prato já estava picado, pois ele não podia servir-se do braço esquerdo.

Depois do almoço, voltaram ao escritório de Rudolf. Irene ia observando as dependências da casa, e não sabia qual delas mais lhe agradava. Sentia-se perfeitamente bem lá dentro, apesar de Rudolf ser extremamente calado. Às quatro, já estava livre. Antes de despedir-se, ele perguntou-lhe:

– Quanto ganha lá com o meu amigo?

– Cinco mil cruzeiros.

– Enquanto estiver trabalhando aqui ganhará o dobro.

O fato de ganhar duas vezes mais do que ganhava habitualmente foi para Irene uma grande notícia. Mas aquilo não seria para muito tempo. Logo o sr. Rudolf estaria curado da sua enfermidade.

Através das cartas que Rudolf ditava, Irene foi tendo uma ideia de quem ele era e de sua fortuna. Casara-se cedo, na Alemanha, com uma prima, que falecera poucos anos após o casamento. Já possuía dinheiro, mas o que a esposa lhe deixara o tornava um milionário. O pavor da guerra fez que se mudasse para o Brasil, onde empregou parte de seu capital em uma indústria química. Foi bem-sucedido, apesar de não ter se atirado com muito apetite ao negócio. Em poucos anos, viu seu capital multiplicar-se, quase sem esforço, mas continuou sendo o mesmo homem que era, retraído, calado e infeliz. Aquele braço sem movimento roubava-lhe toda a alegria de viver.

– Exmo. Sr. Vice-Presidente da Companhia Nacional de Corantes.

Suas cartas, ditadas em termos comerciais, só no final, em um P.S., revelavam sua amizade com o destinatário: "Um abraço do amigo Rudolf". Não tinha amigos nem parentes. Talvez até desejasse viver cercado de pessoas, mas era seco e frio demais. Com todo o seu dinheiro, dava a impressão de ser excessivamente infeliz. Mas, na segunda semana de convivência com Irene, arriscou um ou outro sorriso.

– Meu serviço é desinteressante, sempre o mesmo.

Irene não sabia o que conversar com tal criatura.

– O senhor não costuma viajar?

– Voltei à Europa uma vez – contou ele. – Mas não conhecia mais ninguém. Andei pelas ruas de uma porção de cidades sem encontrar um conhecido. – Acrescentou, em um sorriso triste. – Procurei velhos amigos mesmo em cidades em que eles nunca viveram. Não é nada confortador andar só entre tanta gente.

– Mas aqui o senhor conhece muitas pessoas.

– Oh, sim, conheço – disse ele.

Conhecia, sim, aquelas pessoas às quais destinava o P.S.: um abraço do Rudolf. Mas ficava nisso. Não visitava nem recebia visitas. "Falta-lhe qualquer coisa", observou Irene. "Vê-se, porém, que é um homem muito bom."

Sozinha, em seu minúsculo apartamento, Irene dedicava parte do seu tempo em pensar no pobre Rudolf, com seu braço paralisado. Gostava de sua casa e da tranquilidade que existia dentro dela. Seu trabalho e convívio com ele eram demasiadamente monótonos, mas aquela casa fazia-a sentir-se segura. A miséria e a instabilidade não entravam, ficavam fora, na rua. Gostava de passar suas seis horas diárias no sobrado de Rudolf.

Foi no Natal daquele ano, exatamente um mês depois de ter conhecido Rudolf, que nasceu alguma intimidade entre os dois.

– A senhora vai passar o Natal com os seus, suponho.

Irene riu e contou-lhe que vivia só. Seus pais morreram e seu marido desaparecera. Teria um almoço especial, mas em algum restaurante da cidade, e sozinha. Não seria a primeira vez que isso lhe acontecia.

– Por que não vem aqui? Também não tenho visitas.

Ela aceitou o convite, pois a solidão de Rudolf a impressionava mais do que a sua. A dela era compreensível, a dele não. Tinha-lhe pena. Resolvido: almoçaria com Rudolf no Natal. Não era sacrifício algum.

Assim que entrou em sua casa, no dia de Natal, depois da véspera solitária que passara, Irene teve uma boa surpresa.

– Tomei a liberdade de lhe comprar um presente.

– Por que foi se incomodar?

Rudolf passou-lhe uma caixa que ela abriu, curiosa. Um belo colar brilhou à luz do sol que entrava pela casa. Então, começou a tremer. Parecia não se tratar de uma imitação.

– Gostou? – ele perguntou, receoso de ter avançado o sinal.

– Mas este colar deve ter custado caro?

– Hoje em dia tudo custa caro.

– Estas pedras parecem verdadeiras...

Rudolf sorriu:

– São verdadeiras.

Durante o almoço, Irene não esquecia o presente que ganhara. Rudolf, a seu lado, almoçava em silêncio. Nunca tinha assuntos. À certa altura o criado trouxe uma garrafa.

– Vinho estrangeiro! – exclamou Irene.

– Guardei esta garrafa durante anos. É francês.

O doce torpor do vinho aproximou um pouco mais os dois. Rudolf, que quase não bebia e ainda menos falava, soltou a língua, encontrando palavras para referir-se à vida insonsa que levava. A princípio, enchera o tempo decorando a casa. Mas o trabalho teve fim um dia. Gostava de músicas clássicas e já se concentrara na leitura de inúmeros autores alemães e ingleses. Nada, contudo, o entusiasmara suficientemente. Quando a garrafa de vinho chegou ao fim, contou que uma vez só, em todos aqueles anos, tivera a ilusão do amor. Conhecera uma corretora de ações, chamada Sandra, pela qual se interessara vivamente, embora à sua maneira retraída. Ela parecia ter por ele idêntico interesse. Em um espaço muito curto de tempo, Rudolf teve esperanças de gozar uma felicidade tão intensa que lhe fizesse esquecer a imobilidade do braço. Mas não tardou a descobrir tudo: Sandra queria apenas que assinasse um contrato para a compra de ações. Conseguida a sua assinatura, desapareceu para sempre.

– Lamento muito – disse Irene, sem saber qual o comentário que devia fazer.

Depois do almoço, Rudolf, corado graças ao vinho, convidou-a para descansar em sua biblioteca. Irene acompanhou-o, familiarizada já com aquela casa que para ela era um palácio. Deliciava-a pisar sem ouvir o ruído dos seus passos, abafado pelos tapetes, descansar naquelas poltronas confortáveis e descobrir novos encantos nos adornos e estatuetas que encontrava sobre os móveis. Se seu pai tivesse conhecido Rudolf, imediatamente o classificaria como "um fino cavalheiro" e, provavelmente, lhe pediria dinheiro emprestado.

Ao cair da noite ambos passearam pelos jardins da casa, cujo jardineiro, Irene ficou sabendo com espanto, ganhava um salário mais alto do que a maioria dos seus colegas de escritório. Rudolf gostava de pagar bem a todos os seus serviçais.

– O que me diz de um passeio de automóvel? – convidou Rudolf.

Durante algumas horas o chofer de Rudolf conduziu o carro pelos mais calmos recantos da cidade, enquanto, no banco de trás, Irene e seu chefe conversavam. Ela não vivia nenhum dia especial, mas estava tranquila e segura.

Ao voltar para sua casa, onde Rudolf lhe deixou, uma forte inquietação sobressaltou-a. Tinha receios de que ele estava se interessando por ela demasiadamente. Lembrou-se da moça que Rudolf lhe falara, a corretora de ações, e temeu causar-lhe uma decepção ainda maior. Mas, ao mesmo tempo, comparava-o às outras pessoas que conhecera. Que diferença eram os destinos de Rudolf e de Álvaro, por exemplo! No entanto, embora estivessem em posições extremas, no tocante ao dinheiro, ambos davam a impressão de quase total desvalimento. Não conseguia dormir aquela noite, vendo a necessidade de afastar-se daquele bom amigo que arranjara, mas que podia ferir de um momento para outro.

No dia seguinte Irene estava dispensada do trabalho e teve tempo para refletir. Não, não magoaria Rudolf. Ele já se recuperara da enfermidade. Podia voltar à sua fábrica e ela ao seu escritório. A solução era simples. Quando voltou à casa de Rudolf, essa resolução já estava assentada. Foi no final da tarde, depois de ter passado a limpo a correspondência diária, que com toda a naturalidade lhe disse:

– Vejo que o senhor já está bom de saúde. O senhor mesmo já disse isso. Gostaria de voltar ao meu emprego. Devem estar precisando de mim lá.

Rudolf deu-lhe a impressão de que não só o braço, mas todo ele estava paralisado.

– Quer mesmo ir embora?

– Não que eu queira, mas o senhor já está curado.

– De fato, não preciso mais ficar recolhido aqui em casa. Há mais de uma semana já podia... – Olhou-a com firmeza, fazendo brilhar, como nunca antes, os seus olhos mortos. – Mas eu gostaria que ficasse.

Irene sorriu, amigavelmente:

– Estou aqui de empréstimo. Mesmo o senhor me pagando o dobro, fica feio aceitar.

– Não estou pensando nisso.

– Bem que eu gostaria de ganhar sempre o que ganhei nesse tempo, mas...

Rudolf moveu-se, todo ele desajeitadamente. Ele que, de raro em raro, fumava, retirou um cigarro do bolso, tentando acendê-lo com dificuldade. Sua voz sem timbre tornou-se ainda mais difusa.

– Não disse para você ficar como secretária. Queria que ficasse para sempre, entendeu? Não sei falar nessas coisas, mas esta casa seria sua, e tudo mais.

Irene receou um passo, ao vê-lo avançar.

– O senhor me surpreende! Acho que não entendi bem. – Mesmo sem o desejar, tudo que dizia era extremamente convencional. Mas a visão daquele homem trêmulo e gasto, jogando sua última cartada sentimental em toda sua vida de clausura, comoveu--a e embaraçou-a. Queria sair de lá, correndo, mas não tinha coragem para tanto.

– Não pense que eu quero comprá-la. Sei que é nisso que você está pensando. Mas se você for embora acho que eu...

Irene viu o cigarro de Rudolf cair e em seguida o isqueiro.

Abaixou-se para apanhá-lo, no mesmo instante em que ele o tentava, quase desequilibrando-se sobre suas pernas finas e reumáticas.

– Eu apanho, o senhor pode cair...

Ergueram-se e quando ela supôs que Rudolf fosse abraçá-la, ele recuou.

– Esqueça tudo o que eu disse – murmurou. – Não podia mesmo dar certo. Sou um trapo.

Irene, que se supunha mais fria em relação aos outros, penalizou-se:

– Por que o senhor diz isso? Por que se julga tão infeliz assim? Garanto que exagera.

Rudolf evitava olhá-la. Sofrera menos nos dias e noites que passara à espera de Sandra. Como se arrependia de ter estendido seu interesse por Irene àquele extremo! Cabia-lhe agora recuar. Reconhecer mais uma vez, e pela última, sua derrota. Preferia que ela fosse embora imediatamente.

– Pode ir, Irene. Foi um velho acabado que falou. Coisas de velho recalcado. Pode ir.

Irene não se mexeu. Sentindo que dependia dela a possibilidade de livrá-lo daquela mágoa profunda, agiu como agira com Álvaro. Seus lábios se abriram para um sorriso calmo de quem já tomara uma decisão. Sorria para Rudolf e também para Alcino, seu pai, e para si mesma. Lá estava o Príncipe, com os bolsos cheios de dinheiro, mais idoso, desfibrado, e com um braço que não se movia. Difícil era imaginá-lo sobre um corcel vibrando no ar uma espada. Continuou a sorrir, em silêncio, como se impulsionada por um prazer sempre renovável. Disse, em um tom de voz tranquilo, mas firme:

– Está certo, eu fico.

Rudolf não esperava por esta. Julgou tratar-se de uma pilhéria.

– Você está brincando comigo.

– Nunca falei tão a sério.

O boneco de movimentos angulares e espasmódicos que Rudolf era desmanchou-se sobre um divã. Como amante de Irene, o primeiro pedido que fez foi um copo de água.

XVIII

Foi durante sua longa permanência junto de Rudolf que Irene deixou de ser a moça de aspecto modesto que era. Mas custou alguns meses até sentir-se com o direito de dispor do dinheiro de Rudi, como passou a chamá-lo, para a renovação de seu guarda-roupa. Ele teve de estimulá-la, convencê-la de que podia gastar sem o receio de levá-lo à ruína. Foram ambos à primeira casa de modas onde Irene adquiriu vestidos caros. Em uma única hora gastou mais do que em toda a sua vida. Aprendeu depois a usar o motorista particular de Rudi, que estava lá para servi-la. Aos poucos foi tendo consciência de que se libertara do ônibus e dos lotações. Vacilava antes de dar ordens aos serviçais, com medo de parecer ridícula. No entanto, os bons vestidos moldaram-lhe a nova personalidade. Para adaptar-se ainda mais à recente situação, sugeriu a Rudi que oferecesse uma reunião em sua casa para industriais conhecidos. Ele, já muito menos tímido, aprovou a ideia.

– Dou-lhe uma lista de convidados e cuide do resto.

Uma semana depois, Irene, bastante afobada, estreava como anfitriã. Gostou da experiência e quis que Rudi a renovasse pelo menos uma vez por mês. Ele estava inclinado a aceitar tudo que ela propunha, em uma permanente lua de mel.

– A ideia é boa. Assim a gente se distrai mais e surgem oportunidades para negócios.

O que Rudi realmente desejava era que Irene não se enfadasse muito na solidão da casa. Adivinhava todos os seus pensamentos. Dava-lhe os mais caros e inesperados presentes. Não oferecia resistência a passeios, embora sua saúde, sempre débil, não o ajudasse. Irene notava com tristeza que nada lhe fazia bem: nem o sol da praia nem o ar leve das montanhas.

– Vamos descansar esta semana – dizia-lhe.

– Por quê? – ele protestava. – Estou me sentindo perfeitamente bem.

Não era verdade, mas ele não queria que sua idade e suas doenças fizessem Irene menos feliz. Sabia que não bastaria a posse daquela casa, os vestidos e as joias para satisfazê-la inteiramente, embora Irene nunca se mostrasse muito ambiciosa. Precisava proporcionar-lhe diversões, levá-la a toda parte, pô-la em contato com o mundo. Em uma época em que diminuíram as dores que sentia pelo corpo todo, Rudi resolveu levá-la para a Argentina. Certa noite, em uma das reuniões mensais que havia em sua casa, alguém falou em Bariloche e a ideia lhe veio.

– Vamos viajar – disse-lhe.

– Espere uma ocasião melhor. Você anda muito resfriado.

– Nunca me senti melhor.

A viagem foi um sacrifício velado para Rudolf e uma alegria intensa para Irene. Nas malas, ele levava um mundo de frascos de remédios, que tomava em horários rigorosos, para manter-se em pé e disposto. Não queria ser o desmancha-prazer da viagem, mas só se sentia confortado quando chegava a hora de dormir. Ele e Irene correram muitas cidades do sul, partindo de Porto Alegre. Estiveram em Montevidéu e Buenos Aires. Em Bariloche ela esquiou com um casal que conheceram durante a viagem, enquanto ele aguardava no hotel, morto de frio. Frequentou boates e desobedeceu várias ordens médicas. Bebeu, inclusive, em uma ou em outra noite para sofrer severas consequências nas manhãs seguintes em que via Irene levantar-se lépida e radiante. Quando ela falou em voltar, percebendo que Irene pensava em seu repouso, Rudi quis que a viagem se estendesse por mais alguns dias.

Mas o que era para Irene uma viagem de recreio, para Rudolf representava a aventura. Aquela correria de uma cidade para outra, o frio que estava fazendo, as noites maldormidas e as doses de bebidas alcoólicas que se encorajara a tomar derrubaram o pobre Rudi. Certa manhã, em Buenos Aires, não conseguiu levantar-se da cama do hotel. Parecia que os braços e as pernas estavam imobilizados. Sob os seus protestos, Irene chamou um médico.

– Não é nada, doutor. Ainda hoje poderei levantar – disse ele ao médico, tentando sorrir.

Nada, porém, justificava tanto otimismo. Tiveram de ficar mais uma semana em Buenos Aires sem sair do hotel, até que Rudi pudesse erguer-se. Durante esse tempo Irene não o largou um instante, aplicando-lhe emplastos e massagens. A insistência com que ela o tratava influiu na melhora. Voltaram a São Paulo, mas Rudolf não pôde reassumir suas funções em sua indústria, onde, felizmente, tinha bons assessores. Ficou mais um mês no leito, dizendo, no final de cada dia, que poderia voltar ao trabalho na manhã seguinte.

– Agora estou bom – declarou na primeira manhã que pôde sair. – Precisamos pensar em nossas reuniões.

– Deixemos isso para depois.

– Estou ótimo! – disse. – E quero que se distraia.

– Para mim o mais importante é sua saúde.

Rudolf queria pagar-lhe de todas as formas o sacrifício de viver em sua companhia. Para Irene, era aquele o melhor período de sua vida. Já se acostumara plenamente ao mundo de conforto que a cercava. Nunca mais seria capaz de dispensá-lo. Mas Rudi, girando pela casa com seu braço imóvel, planejava reuniões e inclusive novas viagens, com receio de que a monotonia pudesse aborrecê-la.

Foi em uma das reuniões mais animadas, na qual se comemorava o aniversário de Rudolf, que Ricardo apareceu. Ele começara a trabalhar com Ângelo, naquela ocasião, e vendo pela primeira vez dinheiro graúdo, sentira a necessidade de frequentar melhores ambientes. Sentia-se que sua vida tomava embalo; graças às suas ideias o negócio de Santini prosperava, o que podia fazer dele, muito cedo, um autêntico nababo. Andava, então, afoito por fazer boas relações.

Entre a vintena de pessoas que foram a sua casa àquela noite, Irene apenas percebeu que havia algumas caras novas. Não prestou atenção em Ricardo. Todo o seu interesse prendia-se a um cantor muito conhecido, que ela e Rudi haviam tido a ideia de contratar para aquela noite. Assim as conversas não se limitariam somente aos negócios, o que às vezes tornava as reuniões cansativas. Algumas das senhoras presentes iam à sua casa pela primeira vez, e Irene, com indiscutível traquejo social tratava de pô-las à vontade.

Ricardo não tirava os olhos dela, embora não ficasse de fora nas conversas que os convidados travavam. Era até o que mais falava, procurando ser sempre espirituoso e agradável. Depois do jantar, quando o cantor começou a cantarolar para meia dúzia de convidados, enquanto outros conversavam no jardim de inverno ou na biblioteca, Ricardo conseguiu um contato direto com Irene.

– Carlos canta exatamente o que eu gosto de ouvir – disse-lhe, referindo-se ao cantor.

– Eu também o aprecio.

Ficaram os dois a ouvir o cantor, Ricardo com um copo de uísque na mão. Sua imaginação generosa excluía a presença de todos os outros. Em certo momento, olhando para Irene, com naturalidade, adivinhou que ela compartilhava do mesmo prazer de ouvir a música, em sossego. Teve a impressão de que ela não estranharia, se lhe segurasse a mão.

Ricardo, porém, não acreditava nas conquistas fáceis. Sempre lutara como um danado para obter qualquer coisa. Resolveu falar com Irene e fazer notar sua presença. Para isso, tinha um talento especial. Fora esforçando-se e impondo sua personalidade que saíra da mediocridade em que vivera.

– Gosto de reuniões como essas em que não há um assunto obrigatório. Ouvi dizer que costuma receber mensalmente.

Tentando ser o menos formal possível, Ricardo obteve a simpatia de Irene e quase a promessa de que seria convidado para novas reuniões. Quando a pequena festa chegou ao fim, os dois já eram amigos.

No mês seguinte, Irene telefonava para Ricardo, convidando--o a ir à sua casa. Os amigos de Rudolf estariam lá para um bate--papo. Ricardo pediu-lhe licença para levar um ótimo violinista, conhecido na TV. Sua chegada, na hora aprazada, com o profissional, causou em Irene uma forte emoção. Nessa noite conversaram mais que na primeira, e ele aproximou-se também de Rudi, que mal conhecia. Muito à vontade, e bastante falador, Ricardo consolidou sua amizade com o casal. Mas tinha a triste impressão de que, entre todos os presentes, apesar do seu desembaraço, era ele o menos importante. Cada um daqueles velhotes amigos de Rudi podia gastar em um dia mais do que ele em um ano. Era gente de fortuna sólida e de posição perfeitamente definida.

Em uma das reuniões seguintes, Ricardo chegou à casa de Irene com um belo carro, cuja primeira prestação acabara de pagar. Por sorte, Irene, que estava no jardim de inverno, à espera dos convidados, viu-o chegar. Foi uma felicidade para o rapaz: assim ninguém pensaria que era um pronto metido entre ricaços. Podiam duvidar da sua fortuna, mas era visível que ostentava uma boa situação. A verdade, porém, era que o grupo de Rudi o aceitava como amigo, a despeito de ser o mais moço da turma. O próprio Rudi gostava dele e alegrava-se quando chegava. Era também quem lembrava Irene de telefonar-lhe. "Não esqueça de ligar para aquele moço. Se ele não aparecer, a festa não tem graça."

Tão íntimo Ricardo se fez do casal que passou a visitá-lo mesmo nos dias comuns. Aparecia em sua casa para almoçar e costumavam sair juntos aos domingos. Faziam giros pela cidade e frequentavam lugares distantes, sempre à procura do pitoresco.

Certo dia, Rudolf disse à Irene:

– Esse rapaz deve ser honesto pois até agora não me propôs nenhum negócio.

Ricardo não tinha mesmo negócio algum a propor a Rudi. O que pretendia, justamente, era mostrar que não precisava da ajuda de ninguém. Mas sempre permanecia nele a impressão de que o consideravam um pobretão que apreciava o convívio dos ricos. Felizmente, prosperava na firma de Santini, e jamais se via sem dinheiro para qualquer despesa extra. O que o perturbava era a lembrança do passado. Um passado de provações marcava profundamente uma pessoa. Ele pertencia ao grande número de rapazes de valor que tiveram de partir do marco zero para conquistar uma posição. Aluno brilhante na Faculdade de Direito, tivera que abandonar o curso por falta de dinheiro. Seus pais, modestos, não podiam ajudá-lo. Foi levado, então, a dedicar-se às artes, como se empurrado fortemente para o marginalismo. Acreditou que poderia tornar-se um pintor de raras qualidades. Sabia desenhar e tinha fascínio pela cor. Resolveu pintar, com a certeza de que jamais abandonaria a pintura. Descobriu logo que não sabia exatamente que tipo de pintor ele era: impressionista, acadêmico ou surrealista. Talvez seu talento o levaria a um caminho novo e consequentemente à fama. Arranjando colocação em uma agência de publicidade como aprendiz de *layoutman*, reservava todas as suas horas vagas para a pintura. Mas interessava-se também pelo estudo das artes e pela vida dos artistas. Seguindo-lhes o exemplo, durante uma época, fez uso abusivo do álcool e descuidou do seu aspecto físico e do vestuário. Lendo tudo que havia sobre Van Gogh e Toulouse Lautrec, não podia preocupar-se com o comprimento de suas barbas. Todavia, era sensato demais para largar mão do emprego, o que, no entanto, lhe parecia uma fraqueza. Seu maior prazer seria viver ao léu, bebendo como um danado e pintando os seus quadros, que continuavam indecisos ante tantas correntes artísticas existentes. Tinha, porém, o exemplo dos grandes, Van Gogh também custara a encontrar-se. Com ele não poderia ser diferente.

Depois de alguns anos de sacrifício, nos quais progredira mais como *layoutman* do que como pintor, resolveu concorrer a um salão de pintura. Endereçou-lhe seu melhor quadro, que era uma miscelânea de tudo que aprendera com as tintas e pincéis e no qual depositava suas mais ardentes esperanças. Já mostrara o quadro para alguns amigos, colegas da arte, que o haviam aprovado.

– Este é realmente bom, Ricardo.

– Como se os outros fossem maus.

– Os outros não sei, mas este é bom.

Ricardo cuidou da embalagem do quadro como se se tratasse da obra-prima da pintura universal. Faltava-lhe um título. Encontrou um: "Um rapaz e mil caminhos". O título não se coadunava perfeitamente ao quadro, mas, de uma forma inconsciente, revelava o seu estado de espírito. Viveu dias de intensa emoção à espera do julgamento. Se seu quadro fosse admitido no Salão isso significaria o verdadeiro começo de uma grande carreira para a qual se sentia suficientemente dotado. Mas faltava-lhe coragem para refletir nas consequências do fracasso. Um mês depois do envio do quadro, os jornais publicaram os vinte e quatro quadros que haviam sido selecionados. O de Ricardo não estava entre eles. O choque da má notícia não o derrubou, pelo contrário, forçou-o a procurar os julgadores para uma explicação pessoal. Queria saber por que seu quadro fora recusado.

Um dos julgadores Ricardo conseguiu localizar em um bar aberto da rua São Luiz. Sentou-se a seu lado, sem ser convidado e exigiu explicações. O homem não se lembrava do quadro. Forçava, honestamente, a memória, mas não podia lembrar-se. Ricardo passou a insultá-lo de todas as formas.

– O senhor é um trapaceiro sem caráter. Aposto que os pintores selecionados eram seus amigos.

Isso foi o início de um conflito no qual voaram algumas garrafas de cerveja que estavam sobre a mesa. Com dificuldade, algumas pessoas presentes puderam conter a fúria que se apossara de Ricardo. Subitamente, ele parou de lutar, pediu desculpas a todos e desapareceu. Durante uma semana escondeu-se dentro de casa com vergonha de todos. Mas, ao sair, já tomara uma decisão. Não pintaria mais: faria crítica de arte nos jornais e revistas.

Ricardo conseguiu uma seção de crítica de pintura em um periódico, o que lhe deu novo alento para suportar seu emprego na agência de publicidade. Agora poderia expor suas ideias e julgar no lugar de ser julgado. Porém, dois meses depois, justamente ao entregar o oitavo artigo, começou a sentir que não tinha mais nada a dizer. Daí por diante teria de repetir-se. Falar sobre pintura era tão difícil como empunhar o pincel. Foi honesto: pediu demissão do cargo. Vivendo o drama de um fracassado afastou-se ainda mais dos amigos e dos meios artísticos. O único elo que o prendia à pintura agora eram seus *layouts* na agência. Elo extremamente melancólico. Ele que sonhara conquistar o país com seu "Um rapaz e mil caminhos" tinha de esmerar-se no *layout* de anúncios de inseticida, de refrigerantes e de máquinas de lavar roupas, sob as ironias de colegas que o haviam ouvido discursar sobre suas pretensões. Levado por um impulso, dirigiu-se ao diretor da agência e solicitou um lugar na redação. Obteve-o. Nunca mais faria uso de lápis e pincéis.

Como redator de publicidade, Ricardo pôde melhorar seu nível de vida e, durante alguns anos, dera-se por satisfeito. Mas sua imaginação era excessivamente ativa. Não queria resignar-se em somente comprar bons sapatos e bons ternos, com direito a uma temporada de férias anuais em São Vicente. Tomar uísque uma ou duas vezes por semana em uma boate na companhia de uma mundana qualquer era pouco para ele. Existiam milhares de pessoas que desfrutavam do bom e do melhor e insistia em ser uma delas. Não era fácil, no entanto, galgar posições. Desalentado, em certas ocasiões, abriu os livros de Marx e pensou seriamente em fazer-se um revolucionário. Talvez aí estivesse o seu caminho. Por que não pensara nisso antes?

Ricardo era sincero em tudo o que fazia. Convenceu-se de que realmente devia fazer algo pelo povo e o caminho certo era seu ingresso em um partido de esquerda. Lembrou-se de vários pintores e intelectuais que conhecera em sua fase mais boêmia e reaproximou-se deles com o desejo de "colaborar". Não queria liderar nada, mas ser útil a uma grande e profunda revolução social. Enquanto a oportunidade não surgia, devorava livros. Foi nessa ocasião que ganhou conhecimentos mais sólidos sobre uma série de questões que apenas superficialmente conhecia. Passou, então, a ser visto, com muita frequência, principalmente no bar do Museu de Artes, discutindo reforma agrária e industrialização. Nessas tertúlias, descobriu que possuía razoável facilidade para argumentar e impor suas ideias. Gostava de defrontar-se com um udenista, por exemplo, para exercitar suas qualidades dialéticas. Se não lograva convencê-lo, brilhava mais e impressionava melhor a audiência. Tornou-se muito cedo mais conhecido em certas rodas como polemista do que já fora como pintor. Mas a sua autocrítica, palavra que usava repetidas vezes, acusou-o de estar se tornando um político de boate, um esquerdista inativo e diletante. Reagiu a esse comodismo, procurando a aproximação não dos intelectuais da esquerda, mergulhados no uísque e dedicados à caça às mulheres noturnas, mas de políticos militantes e verdadeiros. Conheceu logo um tal Simões, que somente uma vez por mês, quando muito, aparecia no bar do Museu.

– Ficar discutindo aqui não resolve – dizia-lhe o Simões. – Os intelectuais mais atrapalham que ajudam a revolução. Vale mais instigar uma greve de motorneiros do que perder toda uma vida em discussões estéreis.

Ricardo, que já estava impressionado pelo porte de revolucionário do seu novo amigo, deu-lhe razão. Era justamente o que desejava: agir. Nada de perder tempo. Queria pertencer a um mecanismo político, sentir a sua funcionalidade, e não ser uma figura decorativa. Simões era o homem que lhe interessava. Grudou-se nele, entusiasmado. Em poucos dias aprendeu rudimentos da técnica revolucionária. Ficou conhecendo, pessoalmente, alguns líderes operários das fábricas. Empolgado, conviveu com eles e com eles almoçou em sujíssimos restaurantes. Visitou suas residências, em companhia de Simões. Fez amigos entre a gente simples e participou de reuniões em que se falava de preparativos de greves. Para surpresa sua, constatou que, embora reduzido, havia em São Paulo um número de revolucionários na ativa. Os esquerdistas não eram apenas os intelectuais que conhecera nos bares. Apesar de lenta, a revolução estava em marcha.

Aquelas semanas foram de grande entusiasmo para Ricardo. Mesmo quando trabalhava na agência, planejando campanhas publicitárias e redigindo textos, Ricardo não esquecia seus propósitos revolucionários. Não sabia que papel exerceria na revolução, no que exatamente poderia mostrar a sua boa vontade, mas estava empolgado e disposto a ir até o fim. Simões era, então, o seu ídolo. Gostava de apreciá-lo em ação junto aos operários, cercado pela confiança e amizade de todos. Começava a preferir esses novos amigos aos antigos. Para ele, entrar em um bar pobre, com Simões e algum outro camarada, para tornarem uma batida de limão, parecia-lhe um gesto revolucionário positivo. Mas também só nisso não podia ficar sua participação.

Certo dia, Simões escalou-o para falar em uma pequena praça de um bairro distante aos operários de uma fábrica. Havia uma greve em esboço e Ricardo seria um dos incrementadores. Teria que falar clara e objetivamente. A missão tinha os seus riscos, mas era indispensável na ocasião.

Em um fim de tarde, Ricardo, Simões e mais dois camaradas dirigiram-se ao local. Na praça, menos de uma vintena de operários os esperava. Simões, com desembaraço, acostumado a tais serviços, subiu em um caixote que ele mesmo levava, e começou a falar. Em rápidas palavras traçou o panorama político internacional, o nacional, o estadual e dedicou algumas palavras à política do município. Mas a mensagem revolucionária, a palavra de ordem para os operários da fábrica em questão seria dada pelo novo e ativo camarada Ricardo.

Ao ouvir seu nome, Ricardo estremeceu. Realmente, não tinha o menor preparo para falar em público e muito menos na rua. Por outro lado, o número de ouvintes ali presentes era demasiadamente limitado. Não havia calor suficiente, faltava clima revolucionário. Sentindo-se como um sargento do Exército da Salvação, Ricardo subiu no caixote completamente vazio de palavras. Falar na porta de fábricas a operários não era o mesmo que falar no Museu depois de alguns uísques. Além disso, não era propriamente o marxismo que teria de explicar, não era o socialismo que ia ser focalizado, mas um simples caso de aumento de salários. Com a boca mole, começou a dizer qualquer coisa, sem a vibração que Simões conseguia imprimir às suas palavras. Por mais que se esforçasse, não podia pôr em destaque o caso particular da greve. Faltava-lhe identidade com a classe, o conhecimento de seus problemas e uma afeição mais profunda pela causa. Após cinco minutos, Ricardo só pudera dizer que a greve era a solução para o caso dos que estavam ali. Mas os operários fizeram perguntas. Queriam instruções quanto ao modo de agir e no tocante à duração da greve. Aí o novo esquerdista ficou embaraçado, dizendo frases soltas para ganhar tempo, porém foi salvo por Simões que tomou a palavra para organizar o movimento em termos positivos.

No regresso à cidade, Ricardo manteve a cabeça baixa o tempo todo, enquanto Simões falava entusiasmado sobre a greve. Seu colega, porém, esfriara. Gostaria de interessar-se pelos problemas amargos daquela gente, mas lhe faltava impulso. Faltavam-lhe crença e fibra. Via nisso um novo fracasso seu, que o abateu tanto como sua aventura no campo das telas e dos pincéis. Simões, notando sua tristeza, tentou animá-lo de novo, sem obter resultado.

No dia seguinte, assim que entrou na agência de publicidade, Ricardo disse à telefonista que não estaria para o sr. Simões. Voltou aos seus textos, sem nenhum entusiasmo, mas vendo neles um intervalo até que se decidisse por outra atividade capaz de firmar sua personalidade. Meses depois, começava acariciar a ideia de tornar-se romancista. Se não pudera ser útil à incipiente revolução com sua palavra, por não saber dirigir-se aos operários grevistas, poderia provar sua utilidade escrevendo. Faria um grande romance, estava resolvido. Bastaria arranjar uma boa história e se lançaria à tarefa. Algumas campanhas publicitárias encalharam em sua gaveta, enquanto Ricardo procurava um belo e palpitante enredo. Logo encontrou alguns, mas descobriu que já estavam muito explorados. Precisava ser original. A batalha por um enredo original durou meses. Às vezes, possuía três ou quatro na cabeça mas não sabia qual deles era o melhor. O tempo passava e nada escrevia.

Certa vez, conversando no Clube dos Artistas com um escritor que acabara de vencer um concurso de contos, este disse a Ricardo algo que muito o impressionou.

– Não é preciso a gente ter uma boa história. Isso é coisa do passado. Meus contos nunca têm história. O principal é aquilo que você tem a dizer.

Ricardo, no domingo seguinte, começou o seu romance, sem enredo, sem nenhum plano. O amigo tinha razão. O que importava era a sua mensagem, a sua verdade pessoal. Durante quase um mês ele cuidou do seu romance, que correu ligeiro até a página cinquenta. Mas, daí em diante, cada página representava-lhe uma soma enorme de sacrifícios. E que não podia fazer um romance só com palavras. Sentiu-se diante de uma página em branco como naquele fim de tarde, sobre o caixote, diante dos operários. Não insistiria. Não nascera romancista. Ponto final dessa nova experiência.

O começo de sua prosperidade aconteceria muito mais tarde, quando o diretor da agência onde trabalhava, notando sua simpatia pessoal, a facilidade com que expressava seus pensamentos e a correção do seu vestuário, destinou-o às relações públicas. Redação, outro menos dotado poderia fazer. Ricardo deveria estar na rua descobrindo e desenvolvendo novas contas.

– Acha que tenho bossa para isso?

– Você logo será o melhor contato da agência – garantiu o diretor.

Estava certo. Ricardo deu-se perfeitamente bem com a nova tarefa. Fazia boa amizade com os clientes da agência e depois de algumas visitas convencia-os a ampliar suas contas. Àqueles que não confiavam na publicidade, ensinava que sua taxa devia ser incluída no preço do produto e nunca tirada dos lucros brutos ou líquidos. Parecia ter nascido um homem de relações públicas, um estimulador do comércio e da indústria. Devia o fato à versatilidade de sua conversa. Se o assunto fosse política, arte, comércio ou esportes, saía-se bem e consolidava amizades úteis. Os resultados dessa nova atividade não tardaram: polpudas comissões foram-lhe entregues no final de cada mês.

Cerca de um ano depois de ter ingressado nas relações públicas, Ricardo via todas suas experiências do passado como coisas da juventude. Continuava amante da pintura, da literatura e dos livros socialistas, mas ganhar dinheiro era sua ambição. O contato com comerciantes e industriais bem-sucedidos aguçou-lhe ainda mais o desejo de superar todas as dificuldades financeiras. Já ganhava muito bem, a ponto de causar inveja nos amigos de seu círculo, mas estava longe de alcançar seu objetivo.

Durante alguns anos, Ricardo foi o contato e relações públicas da agência que lhe deu a oportunidade. Mas abandonou, inesperadamente, o emprego, ao travar relações com um industrial, que cativado pelas suas maneiras deu-lhe a chefia da publicidade de sua firma. Tratava-se de uma empresa que fabricava esponjas para a limpeza de caçarolas e outros objetos domésticos. Seus conhecidos condenaram sua mudança de emprego, supondo que logo ele se arrependeria de ter deixado a agência. E isso aconteceu mesmo. Ricardo, embora ganhasse um excelente ordenado mensal, não via possibilidade de ampliar o limite de suas ambições. O industrial para quem trabalhava fora suficientemente ousado para contratá-lo, mas tímido demais para aceitar suas ideias de publicidade e expansão de negócios. Dois anos depois de ter aceito a nova situação, não via perspectivas de progresso. Era apenas um chefe de seção muito bem pago, mas não queria parar ali. Foi quando resolveu procurar o maior concorrente de seu patrão e lhe expôs seus planos para a conquista total do mercado. Esse concorrente era Ângelo Santini. A muitos podia parecer um tanto desonesto o que fizera, mas não concebia que outros cortassem a carreira por falta de confiança nele.

Suas relações comerciais com Ângelo Santini foram as melhores possíveis. O dinheiro logo começou a entrar. Ricardo viu a possibilidade de enriquecer. Comprou um pequeno apartamento em São Vicente e logo em seguida um carro modesto, que meses depois substituía por outro, luxuoso. A sorte estava com ele.

XIX

Meses depois, Ricardo ria-se de suas experiências passadas como pintor, agitador político e romancista. Também já estava distante seu tempo de *layoutman* e de redator de publicidade. Ingressara em um novo estágio de vida. Não lhe faltavam dinheiro e muito menos apetite para os prazeres refinados. Foi quando desejou travar conhecimento com pessoas radicadas no que ele, publicitariamente, chamava a classe "A". Um industrial que se fizera seu amigo levou-o à casa de Rudolf, onde conheceu Irene. A princípio, interessou-se por ela na intenção de fazer uma conquista, testando a habilidade que sua nova posição lhe conferia. Não era, porém, suficientemente frio para agir, no terreno sentimental, segundo um plano determinado. Aconteceu o que não esperava: apaixonou-se por Irene.

– Apareça sempre aqui – disse-lhe Rudolf, logo após suas primeiras visitas. – Nunca saímos de casa.

Ricardo ouviu o convite com satisfação Era o que desejava, embora não acreditasse que pudesse impressionar Irene, que em tudo mostrava-se muito senhora de si. Não era uma mocinha, mas uma mulher acomodada em seu mundo e amante do conforto de que desfrutava. Qualquer precipitação de sua parte poria tudo a perder. Teria de fazer-se íntimo do casal. Ganhar terreno aos poucos na simpatia de Irene.

Muitas vezes, depois de deixar o sobrado do casal, Ricardo refugiava-se, sozinho, em uma boate e, diante de um copo de uísque, ficava a imaginar uma vida ao lado de Irene. Até que o álcool não fizesse o seu efeito, julgava o fato impossível. Rudi era rico demais. Oferecia-lhe segurança. Ele era apenas um rapaz que apanhara uma maré de sorte. A diferença entre os dois era enorme. Pensava em desistir da conquista, mas, ao encontrá-la de novo, tudo se reavivava. Se não fosse a tarimba profissional que já adquirira, os negócios de Ângelo iriam por água abaixo, pois só em Irene pensava, em qualquer lugar que estivesse.

O telefonema de um amigo comum avisou Ricardo, certa noite, de que Rudi adoecera subitamente. Correu para sua casa, com o desejo de ser útil, mas esperançoso de que o velho industrial não escapasse dessa. Ao chegar, teve notícias de que o médico já o examinara.

– Rudi está dormindo – disse Irene, preocupada. – Muito obrigada por ter vindo, mas não foi nada de grave.

– As pessoas doentes vivem mais do que as sãs.

– Pobre Rudi, tem sofrido muito.

Sentaram-se ambos no jardim de inverno, à meia-luz, Ricardo tomando um uísque que Irene lhe servira. A comoção causada pela enfermidade de Rudi criou para os dois um momento de maior intimidade. Ela, com naturalidade, falou de seu casamento com Álvaro, comentando-o pela primeira vez dentro de suas novas relações. Detestava guardar segredos e não via do que se envergonhar em seu fracassado matrimônio. Inclinada a rememorar fatos, falou de seu pai, rindo-se com disfarçada amargura de sua maneira de viver.

– Pensava que ficaria velha em um escritório quando conheci Rudi e tudo mudou para mim.

A história que ouvia provava a Ricardo o quanto Irene prezava sua segurança. Podia não amar Rudi, mas o estimava e não queria perder o que já conquistara. Sempre agira corajosamente ante as aperturas da vida, com a maturidade que nenhuma moça revelava em sua idade, porém a luta pela subsistência a cansara. Queria paz, agora.

Ricardo também falou de sua vida passada. Soube pintar de uma forma viva suas decepções como pintor, político e homem de letras. Exagerou um pouco, inclusive, as privações por que passara. A segunda parte da história, no entanto, era mais feliz. Referiu-se, com entusiasmo, a seus êxitos comerciais. Estava na crista da onda. Andava ganhando dinheiro a rodo. Parecia ter saído de um túnel escuro. Se continuasse nesse ritmo, o que tudo indicava, logo seria um nababo.

– Gosto de ouvir você falar – confessou Irene. – Você fica entusiasmado e entusiasma a gente.

– Não entendo a vida sem esse tipo de vibrações – disse ele. – Detesto tudo que é parado, morto, sem sangue. Vou lhe contar um caso que se deu comigo.

Meia hora depois, Irene foi ver se Rudi precisava de alguma coisa. Ele dormia, sem fazer ruído. Apesar da semipenumbra, ela pôde notar seu abatimento. Era quase um cadáver. Voltar à companhia de Ricardo lhe fez bem. Depois, ele tinha muitos fatos interessantes para contar.

– Já é meia-noite – disse Ricardo, consultando o relógio. – Vou deixá-la sossegada.

– Não, fique mais.

Somente às três da madrugada Ricardo retirou-se, com a certeza de que Irene não poderia ficar mais sem a sua amizade. Algo, bastante sólido, os uniria dali por diante.

Como esperava que acontecesse, Ricardo, pelo telefone, passou a receber frequentes convites de Irene para aparecer em sua casa. Durante a doença de Rudi, que se alongou através de um mês, quase todos os dias ia visitar o enfermo. Rudi logo adormecia e os dois, Ricardo e Irene, iam para o jardim de inverno, levando junto uísque, soda e gelo. Puxavam uma vitrola para mais perto a fim de que a música desse àqueles momentos mais sabor, enquanto conversavam baixinho sobre os assuntos mais variados.

Rudi restabeleceu-se mais uma vez. Certa noite em que Ricardo foi visitar o casal, encontrou o dono da casa, muito abatido, mas de pé, o que devia lhe custar algum esforço. Notou também nele uma indisfarçável desconfiança. Era embaraçoso conversar com um homem que respondia por monossílabos e de cara fechada. Viu incontinente do que se tratava: Rudolf estava com ciúme. Não estendeu a visita, despedindo-se dos dois. Porém, para sua satisfação, percebeu que Irene entristecia-se com sua saída repentina.

Diante do sucedido, Ricardo resolveu interromper as visitas. Não podia voltar mais à casa de Irene. Era-lhe doloroso, isso, mas não desejava criar-lhe problemas. Rudolf estava ciumento, e ele também de sua parte, não suportando mais vê-la com outro homem. Passou uns maus dias, sem nenhum programa para encher o tempo.

A situação de Irene, todavia, era ainda pior. Rudolf supunha estar sendo enganado, mas não tocava no assunto, o que ainda mais a feria. Tornara-se frio e prudente em relação às reuniões em sua casa. Não parecia disposto a recomeçá-las. Achava mais seguro o isolamento em que haviam vivido durante um ano. Temia que algum dos convidados pudesse roubar-lhe Irene. O nome de Ricardo não voltara a mencionar. Referia-se a ele como "aquele rapaz", "aquele moço", tentando diminuí-lo.

Irene sofria a humilhação da desconfiança. Claro que preferia que ele rompesse o seu silêncio, que falasse francamente de suas suspeitas. Mas era aí que o sangue germânico de Rudolf se evidenciava. Não se abria, sempre calado. Agia como se lhe quisesse dar uma nova oportunidade de reabilitação. Demonstrava a superioridade de quem detesta choques e alterações. Essa atitude de Rudi irritou Irene sobremaneira, e fez com que se sentisse sozinha. Pela primeira vez teve saudades de Ricardo, tão agradável e amigo. Podia não ser rico como Rudolf, mas tinha com ele maior identidade de espírito, os sonhos e desejos da mesma geração e um mundo de assuntos para conversar.

Sem voltar mais a falar em reuniões e passeios, Irene aparentemente resignou-se a uma vida reclusa. Mas não dedicava mais a Rudi a atenção antiga nem conseguia ser a enfermeira carinhosa que fora. Não pretendia castigá-lo pela sua desconfiança, porém, perdera-lhe a estima. Sobrava-lhe tempo para pensar em Ricardo naqueles dias longos e noites monótonas. As semanas passavam e nada sucedia naquela casa. Cada vez, menos conversava com Rudi. Era uma situação horrível para ela.

Quando Ricardo lhe telefonou, depois de tanto tempo que não lhe ouvia a voz, Irene, feliz com a surpresa, demonstrou sua emoção. Do outro lado da linha, ele sentiu que aquele telefonema teria alguma consequência.

– Precisava falar com você ainda hoje – ele disse.

– Marque o local e a hora.

Uma hora depois eles se encontravam, em plena tarde, em um bar íntimo e pouco frequentado. Ela saíra às pressas de casa, sem tempo para arrumar-se convenientemente, mas estava linda. Ricardo não precisou de preparação para a sua investida:

– Tenho pensado em você o tempo todo. Queria que resolvêssemos alguma coisa.

– O que você está dizendo? – ela espantou-se.

– Você não gosta de Rudi – ele afirmou. – Não pode gostar de Rudi.

– E o que tem isso? Onde quer chegar?

– Vamos viver juntos. Deixe-o. Você já fez muito por ele.

Ela riu nervosamente.

– Que ideia é essa?!

– Vamos falar com franqueza.

– Está nervoso, Ricardo? O que houve?

– Sejamos sinceros. Você quer abandonar Rudi. Sinto isso, nem precisa confirmar. Mas precisa ter a certeza de que a ampararei como merece, não é isso? Espere. Não fale. Sei que é isso o que você pensa. Pois bem, saiba que lhe poderei dar uma vida muito melhor do que esse velho...

– Deixe o pobre Rudi em paz.

Ricardo, agitado, prosseguiu:

– Não lhe faço promessas para o futuro. Poderei já lhe dar a segurança que toda a mulher deseja. Teremos um dos melhores apartamentos da cidade e o maior conforto possível. Pode parecer feio falar nessas coisas, mas eu sou realista.

– Fala como se estivesse apaixonado.

– E não estou? Não percebe isso? Claro que estou.

– Acredito, Ricardo. Não repita mais.

– Quando você largará Rudi? – ele perguntou, exigente.

Irene ergueu-se, sobressaltada:

– Essa conversa me assusta. Quero ir embora.

– Sente, fique mais.

– Preciso pensar – ela disse. – Dê-me tempo. Agora, vou embora. Quero ficar só, pensar – repisou Irene, um tanto descontrolada.

Irene não atendeu aos telefonemas de Ricardo nas semanas seguintes. Sozinha, em sua casa, lembrava-se de seu pai e de Álvaro, e dos dias amargos que passara com os dois. Quando dormia, sonhava que estava caindo no vazio. Acordava apavorada. Apesar de Rudi ter mudado, julgava preferível continuar em sua companhia. Fazia o possível por esquecer Ricardo e reconquistar a confiança de Rudolf. Mas esse esforço era demasiado. Agravava-o a solidão em que vivia, ainda mais agora que não mais realizavam as reuniões sociais. Rudi passava o dia fora e, quando voltava, recolhia-se na biblioteca para ler e ia depois dormir. Se, naquela ocasião, ele o desejasse, a reconciliação entre os dois seria imediata e Irene se livraria da lembrança de Ricardo. Mas como insistisse em sua atitude, um dia ela disse à criada que estaria em casa para qualquer pessoa que telefonasse.

Um telefonema de Ricardo logo em seguida viria alterar novamente o destino de Irene. Em um encontro rápido, em um bar da cidade, tudo ficou resolvido. Ele alugaria um apartamento e o mobiliaria o mais depressa possível, então ela abandonaria Rudi. Não decidira se lhe daria a notícia pessoalmente ou se lhe deixaria um bilhete, como Álvaro fizera.

A partir desse momento, Irene tornou-se ainda mais esquiva quando Rudi voltava da fábrica. Não queria encará-lo, torturada pelo seu segredo. Ele, percebendo-o, tentou a aproximação. Não sabia de nada do que estava para acontecer, mas adivinhava. De um momento para outro, abandonando sua casmurrice, ele voltou a sorrir, a conversar com ela e sugeriu novas reuniões.

– Esta casa anda muito triste. Façamos uma bela reunião no fim do mês.

Irene não se entusiasmou:

– Já estou um pouco cansada dessas reuniões.

– Desta você gostará. Convide quem quiser.

Como no dia seguinte, Ricardo avisou-a pelo telefone que o apartamento estava já alugado e que tratava, às pressas, da compra dos móveis, Irene não voltou a falar da reunião. Rudolf porém insistiu:

– Não acha que podemos fazê-la no sábado?

Ela teve pena do pobre Rudi, pois via que, se humilhando, recuava, mas respondeu:

– Adiemos essa festa. Não ando muito disposta. Quem sabe no mês que vem, não sei...

Rudolf calou-se, como se já soubesse dos planos de Irene. Dias depois, tentava atrapalhar-lhe os projetos que supunha existir com um convite extremamente tentador. Fingindo-se alegre, disse-lhe após um bom almoço de domingo:

– Precisamos comprar umas roupas bem quentes para você.

– Por quê?

– Dizem que está muito frio na Europa agora.

Muitas vezes Irene dissera a Rudi que o seu maior prazer na vida seria um passeio pelo Velho Mundo. Era um sonho que acalentava desde a infância, quando seu pai lhe dera para ler os primeiros livros. Sua literatura predileta eram os diários de viagens. Pela mesma razão gostava dos romances de Hemingway, que se desenrolavam sempre em países diferentes. Ao ler as colunas sociais, invejava os grã-finos que partiam para férias em países longínquos. A coisa mais antiga que a acompanhava desde a meninice era um mapa da cidade de Paris, que se lembrava de ter furtado de uma colega do internato. Acreditava que se fosse transportada em um segundo para o centro de Paris não se perderia, tão bem registrara em sua memória o nome e a pronúncia certa de tantas ruas e praças. Esse mapa, todo roto e descorado, permitia que, mesmo mais tarde, já mocinha, enganasse suas amigas, dizendo que conhecera a capital da França em uma época em que seu pai ganhara muito dinheiro. Agora Rudi lhe falava em uma viagem à Europa. Em um impulso incontrolável, perguntou-lhe:

— Que ideia é essa de viajar para a Europa?

Rudi, muito feliz porque estava certo de que ela não recusaria o convite, disse:

— Só não fomos até agora porque o trabalho e essas doenças todas não possibilitaram. Hoje posso deixar a fábrica por três meses, sem nenhuma preocupação. E a minha saúde nunca esteve melhor – garantiu.

Não era verdade no tocante à sua saúde, Irene sabia, mas fez nova pergunta:

— Quais os países que visitaríamos?

— Iríamos diretamente para a França. Quero também rever a Alemanha e conhecer a Itália, onde nunca estive. – Sempre entusiasmado, prosseguiu: – Faremos uma viagem sem planos, indo para os países que nos der na veneta. Talvez sobre tempo para um pulo à Espanha e a Portugal. Em suma, você escolherá os países.

Irene repousou a cabeça no espaldar da poltrona, com os olhos no céu, visível dali. Jamais se sentira em tal encruzilhada. Ricardo ultimava os preparativos da mudança para o apartamento e Rudi falava-lhe da sonhada viagem. Não sabia se era uma questão de escolha ou de cumprimento da palavra dada. A viagem a atraía, mas valeria a pena viajar com Rudi, depois do que houvera? Não estaria aceitando uma forma de suborno, dando assim uma prova de mercenarismo? Queria tomar uma atitude clara e honesta.

— Não pense já na viagem, Rudi. – disse.

— Por que, não? Podemos partir dentro de quinze dias, se você quiser. Ou menos: dez dias.

– Você anda muito abatido.

– Não diga isso, o médico disse que estou em plena forma. Não para praticar esportes, é claro, mas uma viagem não me faria mal.

Irene percebeu todo o empenho que Rudi fazia nessa viagem, da qual talvez resultasse a posse definitiva da mulher que amava. Aquele, quem sabe, fosse o momento certo para desiludi-lo, mas faltou-lhe coragem. O pobre Rudi não podia suportar golpes rudes.

– Quero pensar alguns dias.

– Mas é uma bobagem. Tratemos logo dos passaportes.

Ela sorriu, procurando acalmá-lo:

– Na semana que vem a gente resolve. Você bem sabe que sempre quis fazer a viagem.

Rudolf emudeceu, com maus pressentimentos. De fato, naquele instante Irene decidira abandoná-lo. Com incrível agudeza ele o percebeu e voltou à carga de uma forma comovente. Com voz tristonha, foi dizendo:

– Gostaria de viajar porque não sei se poderia fazê-lo mais tarde. A linha de minha mão, a linha da vida, é muito curta. – Chegou-se a ela, procurando não fazer drama. – Talvez no ano que vem eu esteja entrevado na cama. Mas você não perderá como enfermeira. Quando eu morrer, tudo que tenho será seu. Prometo.

– Não fale assim.

– Estou sendo franco.

– Eu sei, mas não diga isso, por favor. Você viverá muitos anos ainda.

Tudo que Irene desejava naquele momento era telefonar. Assim que se viu livre de Rudi, ligou para Ricardo. Queria que esse episódio de sua vida passasse ligeiro. Suas indecisões de meses foram eliminadas de uma resolução que não demorou mais que um minuto.

Ricardo informou-lhe que o apartamento já estava mobiliado, pronto para recebê-la.

– Passe de carro aqui amanhã à tarde – disse Irene. – Mas antes telefone para se certificar de que Rudi não está em casa. Vou levar comigo apenas uma mala.

Irene, que se julgava com prática de redigir cartas, perdeu muito tempo para despedir-se de Rudi em um bilhete de poucas linhas. Alguns rascunhos lhe pareciam muito secos. Outros, excessivamente cruéis. Alguns, inutilmente longos. Não encontrava uma forma correta para a despedida. Já estava cansada de escrever quando escolheu um deles.

"Rudi,
agradeço-lhe pelos anos em que me acolheu em sua casa. Não foi o interesse que me fez aceitar o seu convite. Nutria por você um afeto sincero. Acho que sua desconfiança, ultimamente, estragou tudo. Nem sei direito o que aconteceu. Os presentes de valor que você me deu podem ser encontrados em minha gaveta. Sei que é dispensável pedir-lhe que não tente procurar-me. Vou viver com Ricardo.

Irene".

P.S. – Cuide da saúde.

No dia seguinte, à tarde, Irene deixou o bilhete, dentro de um envelope, sobre a mesa principal do *living*. Um carro buzinou lá fora: era o de Ricardo. Descendo as escadas de sua casa, com sua mala, ela lembrava-se de todas as mudanças que sua vida já tivera. Aquele passo enchia-a de preocupação. Sabia que não poderia desfrutar com Ricardo do conforto que Rudi lhe oferecera. E temia ter de passar pelos mesmos tormentos dos dias menos felizes. Chegou à rua, enquanto uma criada de cor olhava-a atônita, como se adivinhasse o que estava acontecendo. Dentro de seu belo carro, Ricardo lhe sorria.

– Tudo em ordem? – perguntou na maior das alegrias.

– Creio que não esqueci nada.

– Você não precisará de nada do que está lá dentro. Seu cativeiro terminou – disse Ricardo, que sempre vira, erroneamente, em Irene uma prisioneira de Rudi.

Na primeira noite em que estiveram juntos, o clima de lua de mel esteve ausente. Enquanto Irene chorava, com pena de Rudolf, imaginando-o sozinho em sua casa, Ricardo, impaciente e mal-humorado passeava pelo apartamento.

TERCEIRA PARTE

O operário maquiado

XX

Ricardo teve a confirmação de que Ângelo planejara a viagem à Bahia para aproximar-se sem empecilhos de Irene poucos dias após a sua visita. Notou que o patrão o evitava no escritório. Outras vezes, parecia querer-lhe dizer algo que exigia coragem. Resolveu facilitar-lhe a tarefa, perguntando-lhe:

– Quando é que parto, chefe? Já estou com as malas prontas.

Embora esperasse pela pergunta, Ângelo empalideceu ao ouvi-la. Era desagradável mostrar-se indeciso nas suas resoluções. Pigarreou para dar mais nitidez à resposta.

– Você terá de desfazer as malas.

Ricardo simulou surpresa:

– O que houve? Falta de dinheiro no caixa?

– Decidi adiar tudo. Estive pensando melhor no caso. Deixemos a filial para o ano que vem. Temos ainda problemas a resolver por aqui.

– Pensa que eu perderia tempo lá? Em uma semana a filial estaria funcionando.

Ângelo não quis prolongar a conversa:

– Sinto muito, Ricardo, mas não é hora de se fazer viagens.

– Você é quem sabe, mas olhe que é uma pena.

O patrão não disse mais nada. Estava de mau humor e louco inclinado a explicar suas atitudes. Além disso, começava a alimentar pelo seu "braço direito" um rancor profundo e quase incontrolável.

Era-lhe impossível vê-lo sem se lembrar de Irene, cuja posse lhe escapara talvez para sempre. Não estava contudo desejoso, e nem podia mais fugir à luta. Teria que inventar outro plano que o aproximasse dela. Pensava nisso no momento.

Aqueles dias foram longos demais e amargos para Ângelo. A esperança de uma aproximação direta com Irene não existia mais. Ele, porém, insistia em encontrar uma forma. Vê-la, apenas, na companhia do marido não seria um consolo. Não lhe ficaria bem a posição de apaixonado platônico. Sempre fora homem de ação, de atitudes positivas. A ideia da viagem à Bahia falhara, mas outra poderia dar certo. Foi no trajeto do elevador do prédio que lhe ocorreu o plano da segunda investida. Chegou mesmo a murmurar, correndo o risco de ser ouvido e ridicularizado:

– Preciso de um inspetor que viaje.

Claro que esse tipo de serviço jamais fora executado por Ricardo. Inspetores de venda a empresa possuía alguns e todos sob as suas ordens. Ele mesmo jamais precisara sair da capital para ver o que se passava nas cidades do interior, das quais recebia relatórios semanais de vendas. Só faria uma inspeção dessa natureza no caso de ter notícia de uma irregularidade, o que há muito não acontecia. Mas Ângelo, tão desnorteado estava, que não observava mais a coerência das suas ideias.

– Queria que corresse o interior – disse muito antes que o seu plano amadurecesse. – Você devia passar um dia por semana em uma cidade. Precisamos saber com certeza a quantas andamos. A venda em alguns centros parece que tem caído...

– Quem disse isso? – admirou-se Ricardo. – Há algumas flutuações naturais. As vendas nunca são constantes. Caem em um mês, aumentam no outro. É sempre assim. Veja os gráficos e aponte uma cidade ao menos em que o consumo tenha descido demais. Veja.

Ângelo não estava preparado para discutir a questão.

– Mas a sua presença poderia estimular ainda mais o consumo.

– A minha presença? – riu-se Ricardo – Obrigado, chefe, pelo elogio. Saiba, porém, que nossos inspetores são eficientes como poucos. Não precisam de auxílio. Conhecem as praças melhor do que nós.

Ângelo não preparara sua argumentação, que era fraca e não tomava a forma de uma ordem.

– Um novo contato com as praças seria útil.

– Nosso concorrente estourou – disse Ricardo. – Não entendo por que uma inspeção se não há nenhuma grande providência a ser tomada. Agora, se acha que preciso de novos ares, aí a coisa muda de figura. Mas preferia que me mandasse para o litoral. As cidades do interior são horríveis.

O patrão sentiu que fora precipitado demais. Não havia um motivo verdadeiro para uma inspeção geral feita pelo próprio chefe de vendas que tinha seus afazeres na capital.

– Falaremos sobre isso mais tarde – disse, vendo que Ricardo lhe voltava as costas na direção de sua sala. Aí já estava arrependido.

Que bobagem mandar Ricardo inspecionar as praças do interior sem ao menos uma razão aparente. Primeiro, a filial da Bahia. Depois, essa nova ideia, sem contorno, sem objetivo. O que Ricardo estaria pensando dele?

Durante alguns dias Ângelo apenas fingiu que trabalhava. Sentava-se atrás de sua escrivaninha e ficava revendo papéis. Não dava ordens a ninguém e custava a responder às perguntas que seus subalternos lhe faziam. Passou a tratar mal a todos, inclusive a Plínio. Principalmente a Plínio. A este pode insultar sem o menor receio de magoá-lo. Sua passividade fazia dele um funcionário indispensável nos momentos de neurastenia do chefe. O que Ângelo queria era rever Irene, e esse desejo era tão insistente, que capitulou ao primeiro convite que Ricardo lhe fez.

– Vai haver uma reunião em minha casa. Apareça lá às nove.

Ângelo preferia vê-la a sós, mas como isso não era possível, disse sim ao convite de Ricardo. Pouco depois das nove, tendo já tomado uns drinques em um bar, para dominar seu embaraço, parou seu carro diante do prédio onde o casal morava.

– Posso entrar? – indagou Ângelo timidamente quando um estranho lhe abriu a porta.

– Falar com quem?

– Ricardo.

– Entre.

Havia mais de uma dúzia de pessoas no apartamento, algumas delas sentadas sobre o tapete. Três mulheres apenas. A ninguém faltava um copo de uísque na mão. Poucos notaram a entrada de Ângelo, pois um mulato claro, empunhando um violão, era o dono da noite. Ricardo abraçou-o forjando grande satisfação em vê-lo e fez sinal a Irene que o cumprimentou formalmente.

– Aqui tem uma poltrona – disse a Ângelo. – Esteja à vontade. Logo vem uma rodada de uísque.

Ângelo fez o possível para mostrar-se natural e acostumado a reuniões daquele tipo. Mas não tinha com quem conversar e não sabia comentar nem com monossílabos as músicas modernas que o artista cantava. Observou outros convidados, todos integrados na atmosfera daquela reunião. Pareciam cópia de Ricardo, mesmo na maneira de falar e proceder. Vendo-os, teve a incômoda sensação de pertencer a outra geração. Era um velho que estava ali. Não entendia aquela música e muito menos as emoções que ela despertava. Permanecer naquele ambiente era uma tortura. Procurou fixar os olhos em Irene, que encontrou embevecida pela música, sentada esportivamente em uma rasteira banqueta. Apesar da semipenumbra do apartamento, Ângelo atraía-se pelas cores muito vivas do seu traje e do seu rosto. Odiou os que se encontravam naquele *living*, atrapalhando a conversa que poderia ter com ela. Esperava, porém, que em um momento da reunião, pudesse ficar a seu lado, ignorando os demais.

– Aqui tem uma dose de uísque bem reforçada – disse-lhe Ricardo, entregando-lhe um copo.

O patrão apanhou o copo e em rápidos goles foi terminando a dose. Só mesmo bebendo podia tolerar aquela enfadonha reunião. Esperava que o mulato pusesse o violão de lado para que os convidados travassem uma conversa qualquer, na qual poderia tomar parte, mas ele era incansável. O que se fazia ali era beber e ouvir música. Tomou outra dose de uísque e em seguida mais outra, sem que aquele cenário se modificasse. Uma vez ou outra, Ricardo aproximava-se dele para dizer qualquer coisa, em uma débil tentativa de integrá-lo no grupo. Inútil, naquele ambiente, Ângelo não conseguia dizer uma só palavra. E o pior era que Irene não correspondia aos seus olhares. Imaginou que estivesse zangada com o adiamento da viagem à Bahia.

– Peça uma música que você goste – sugeriu Ricardo.

Ângelo levantou-se:

– Tenho de ir embora. É tarde.

– Fique mais um pouco – pediu Ricardo, formal.

– Sinto muito. Não posso.

Irene preguiçosamente ergueu-se de sua banqueta e estendeu a mão a Ângelo.

– Já vai tão cedo?

– Preciso – respondeu Ângelo.

– Volte em um dia desses.

Ao chegar à rua, amargurado Ângelo pensava no que lhe adiantava o seu dinheiro todo. No apartamento de Ricardo ninguém lhe dera a menor atenção. Ficara em um canto, esquecido, sem que alguém perguntasse quem ele era. Nunca fora tão humilhado em sua vida. Quem sabe, haviam pensado de que se tratava de um empregado de Ricardo, um simples "penetra" que quisera filar umas doses de uísque. "Imbecis!", exclamou Ângelo, entrando em sua casa.

XXI

Ângelo não sabia disfarçar um estado de espírito. No escritório, ninguém mais o via sorrir ou dizer pilhérias. Estava sempre sisudo e um tanto agressivo, endereçando suas implicâncias a Plínio, que as suportava ciente de que não era ele o verdadeiro alvo. Como se não tivesse nervos, este resistia, paciente, a todos os insultos do patrão à espera de que um rompimento com Ricardo viesse beneficiá-lo. Não perdia também oportunidade para mover suas peças naquela partida.

– O movimento neste mês é ótimo. O nosso Ricardo vai ganhar os "tubos".

– E o esperto ainda quer aumento de comissão? – comentou Ângelo, com um riso nervoso.

– E o senhor vai dar? – escandalizou-se o auxiliar.

– Pensa que sou um cretino? O certo seria cortar um pouco dos seus lucros.

Remexendo sem ler os papéis sobre sua mesa, Ângelo sentia-se ridículo em financiar aquelas reuniões na casa de Ricardo. Afinal, quem pagara uísque escocês àqueles marginais era ele. A gorjeta que ganhara o mulato do violão, talvez generosa demais, saíra do seu bolso. Ele patrocinava tudo, e como recompensa, Ricardo nem ao menos o apresentara a seus amigos, dizendo "este é meu patrão, o homem que entra com o dinheiro". Essa indignação chegava às vezes ao furor. Quando se via só na sala, batia na mesa com o punho cerrado. Estava sendo roubado. Esse era o termo: roubado. Onde se vira um chefe de vendas ganhando aquela fortuna? Tinha que pôr um fim nisso.

Em outras ocasiões, seu rancor transformava-se em um estado de profunda depressão. Ficava horas inteiras largado em sua poltrona, quase imóvel. Ia para casa e esse estado permanecia. Era nesses momentos que, olhando-se no espelho, parecia um velho. Chegava a assustar-se com seu aspecto físico. A mocidade estava distante.

Se tivesse de fazer algo, tentar uma modificação em sua vida, não poderia deixar para depois.

– O que você tem, Ângelo? Vão bem os negócios?

Há algum tempo sua mãe vinha notando o nervosismo do filho.

– Tudo vai bem – ele respondeu, abrindo, com movimentos grosseiros, uma garrafa de vinho.

– Como você tem bebido!

– Vinho não me faz mal.

– Já acabou a garrafa que estava na geladeira?

– O que é uma garrafa para um corpo como o meu?

– Assim o vinho acaba lhe atacando a cabeça.

Ângelo não apreciou a observação.

– Minha cabeça sempre foi muito boa.

– Vai beber esse copo todo?

– Não me aborreça, mãe.

– Tome um gole só.

– Engraçado! Um homem de quarenta e oito anos ainda tem de fazer o que a mãe manda! Sou maior de idade, sabe? Já faço muito em morar junto de vocês. Podia ter o meu apartamento e viver como entendesse.

A mãe aproximou-se dele, carinhosa. Compreendia tudo. Não precisava que ninguém lhe explicasse.

– Sei do que você precisa.

– A senhora sempre adivinhou tudo.

– Você precisava de outra mulher como Carolina. Por que não se casa de novo?

Ângelo tragou meio copo de vinho.

– Como Carolina! Essa é boa!

– Por que não? Era uma mulher honesta, carinhosa, e tinha mãos de ouro.

– Mãos de ouro! – ele repetiu com zombaria. – O que eu farei com uma mulher com mãos de ouro! Já não uso mais meias e cuecas remendadas. Quando uma roupa rasga, eu jogo fora, ouviu? Não quero me casar com uma remendona.

– É até pecado você falar assim.

– Que seja pecado!

– Como você está nervoso!

– Estou e ninguém tem nada com isso.

A mãe voltou a assumir ares carinhosos. Fazia tempo que não tinha uma conversa íntima com o filho. O dinheiro o separara dela. Precisava recuperá-lo.

– Não sei do que você se queixa. Tem tudo nesta casa. Criadas, roupas boas, sua mãe e sua irmã. Tem uma máquina. Você sempre quis ter uma máquina? Dê graças a Deus por tudo que você conseguiu.

– Consegui tudo trabalhando como um burro.

– Mas foi recompensado.

– Outros ganham sem trabalhar. A vida não é o que eu pensava. Hoje estou com rugas na cara e não aproveitei nada.

– Por que não vai passar uns dias no José Menino?

Ângelo riu de novo.

– Gostaria que Ricardo ouvisse a senhora dizer isso. Ele morreria de rir.

– Quem é Ricardo?

– Meu chefe de vendas.

– Seu empregado?

Ângelo riu de novo.

– Meu empregado, sim. Mas precisa ver como ele vive! É um verdadeiro príncipe! Dá risada das minhas roupas. Tem um carro muito melhor do que o meu e um apartamento que parece um palácio. Não tem o dinheiro que tenho, mas se diverte a valer.

A mãe levou as mãos ao peito.

– Ângelo, você tem inveja do seu empregado?

– É feio dizer isso, mas tenho. Acho que ele é o esperto e eu o imbecil.

– Por que você está assim, hoje? Descanse. Vai ouvir um disco. Você sempre gostou de música.

Ele se pôs a andar pela sala.

– Sempre fui um burro de carga. E os outros se divertiam me vendo trabalhar. Davam risadas pelas costas. E eu trabalhava. Queria ser o dono do mundo. Mas quando vi um sujeitinho como o Ricardo levando a vida que pediu a Deus, com o meu dinheiro... Sim, com o meu dinheiro...

– Não beba tanto, Ângelo.

– Eu estou falando, não estou bebendo.

– O vinho lhe sobe à cabeça.

– Não adianta falar com a senhora. Não entende o que eu quero dizer. Preciso falar sozinho.

– O que você precisa é de outra Carolina.

– Chega de remendonas na minha vida.

– Deus ouve, meu filho.

– Que ouça! – E bradou: – Chega de remendonas!

Sua mãe baixou a cabeça, envergonhada, como se Deus estivesse presente.

– Insultar uma mulher tão boa!

– Por que falar tanto dela, se ela já bateu as botas?

– Pobre Carolina!

– Se ela estivesse viva me atrapalharia ainda mais. Era outra que só queria dinheiro para comprar macarrão. Vivia para comer, como todos os italianos. A vida não é só isso.

– Parece que fizeram feitiço com você.

Ângelo lembrou-se do chofer. Tivera uma ideia e estava agitado demais para guiar.

– Paolo já foi embora?

– Não, mas o que você quer? Vai sair a esta hora?

– Vou, sim.

– Fique em casa.

Em um ímpeto, livrando-se de sua mãe que tentava detê-lo, Ângelo correu pela casa, desesperado gritando:

– Paolo! A máquina! Paolo! A máquina! A máquina! A máquina!

XXII

Nem sempre Irene tinha disposição para acompanhar Ricardo nos seus passeios noturnos. Uma vez ou outra, as recordações do seu passado amargo eram tão fortes que lhe provocavam uma insistente inquietação. A insegurança dos seus dias de infância e juventude não tinha sido ainda esquecida. Era comum acordar à noite e sentir-se na escuridão dos hotéis que seu pai lhe deixava ou da casa de Geni. Imaginava-se também ainda casada com Álvaro, quando o futuro, com suas incertezas, a assombrava. Apenas com Rudolf gozara de uma paz confortadora. Com Ricardo, embora nada lhe faltasse, acontecia de sofrer a mesma sensação de que seu mundo estava prestes a desabar. Era quando preferia ficar no apartamento, rodeada pelos seus pertences, afagando seus sofás e poltronas, até que a tranquilidade voltasse. Desejava que sua vida dali por diante corresse sem surpresas mas, em uma perfeita estabilidade.

Quando ouviu a campainha do apartamento, Irene temeu que algum conhecido viesse perturbá-la. Queria estar só aquela noite. Com muita má vontade foi atender à porta.

– Sou eu – disse Ângelo, com tremores juvenis, assim que a porta se abriu. – Vinha passando por aqui e me lembrei de fazer uma visita.

Irene não teve ânimo suficiente para fingir que a inesperada visita lhe dava satisfação.

– Entre e sente-se um pouco. Ricardo não está.

Não podia haver melhor notícia para Ângelo.

– Ele não está?

– Nem sei onde foi – ela explicou. – Uma vez por semana lhe dou uma noite de folga.

Era justamente a oportunidade que Ângelo esperava. Entrou no apartamento certo de que o destino o mandara ali. Sentou-se em uma das poltronas enquanto Irene lhe preparava uma dose de uísque. Tentando controlar sua respiração ofegante, ele a observava com firmeza. Lembrava-se da noite que pela primeira vez estivera naquele apartamento. Que alvoroço sentia ao vê-la surgir na sala, quase despida! Inutilmente procurava recompor a cena. Tudo acontecera muito rapidamente.

– Dar uma noite de folga ao marido é a melhor forma de conservá-lo – disse Irene, querendo ser natural.

Ângelo sorveu um longo gole de uísque que ela lhe entregou.

– Costuma demorar muito quando sai?

– Isso varia. Às vezes se cansa logo dos amigos e volta correndo.

– Não sei o que ele procura lá fora – disse Ângelo.

– Como elogio, não é mau – declarou Irene.

Seria um desastre para Ângelo se Ricardo voltasse. Mais um gole de uísque. Precisava de coragem. Arriscar tudo em uma frase.

– Você confia demasiadamente nele?

Irene já estava pronta para perguntas desse gênero.

– Não convém confiar demasiadamente em ninguém.

– Acho que você é melhor do que ele – disse.

– Você fala como se não gostasse de Ricardo – ela observou. – Mas é um bom sujeito.

Novo gole deu novo impulso a Ângelo. Por que tantos rodeios?

– Você perde tempo na companhia dele.

Irene riu, na intenção de que tudo não passasse de pilhéria.

– Olhe, que você pode ter razão.

– Tudo nele é falso – prosseguiu Ângelo mais animado. – Vive das aparências. O que deseja sempre é impressionar. Nunca vi ninguém mais vaidoso. Os sujeitos assim sempre acabam mal. Aposto que não terá um grande futuro.

Irene já estava certa de que Ângelo falava sério.

– Fique sabendo que Ricardo o estima muito.

– E não é para menos. Tudo que tem, deve a mim. Já pensou no que seria dele se não tivesse o emprego que lhe dei? Estaria catando papel.

Ela fez mais um esforço para que tudo ficasse no plano da brincadeira:

– Seria engraçado ver Ricardo catando papel. Ele convenceria a todos nós que catar papel é a coisa mais importante do mundo. E ganharia muito mais que os outros catadores de papel.

– É um farsante – disse Ângelo, levantando-se e colocando-se diante dela, que o encarava com a mesma aparente segurança e serenidade. – Não sei como não se cansa dele. Foi bom encontrar você sozinha. Saiba que, se ainda não lhe dei o "bilhete azul", foi porque me interesso por você. Quero ser franco...

Dessa vez ela não pode esconder seu abatimento. Ricardo corria perigo, e não imaginava como ele reagiria em uma situação assim.

– Pensava que vocês se dessem bem. Para ele, o seu emprego é a coisa mais importante que existe.

– Ele dá muito valor ao que faz. Qualquer outro funcionário da firma poderia substituí-lo.

– Isso é verdade? – espantou-se Irene.

– Posso provar a qualquer momento.

– Como?

– Pondo-o na rua.

Ela acendeu um cigarro, abalada. Se Ângelo tinha a coragem de dizer-lhe aquelas coisas, em sua própria casa, era porque havia nelas um fundo de verdade. No entanto, gostaria de expulsá-lo dali, revoltada com sua grosseria, mas, se o fizesse, Ricardo estaria condenado.

– Você vai fazer isso?

– Ainda não – respondeu ele. – Por sua causa.

– Por minha causa?

Ângelo fez-se humilde para fazer um pedido:

– Abandone ele. Você só ganharia com isso.

Ela pensou depressa: Ângelo não agiria assim se não soubesse que Ricardo não era seu marido. Ele devia saber. Como, não imaginava. Talvez o próprio Ricardo lhe dissera, provavelmente em uma noite em que bebera demais. Só isso explicava o atrevimento de Ângelo. Do contrário, Ângelo seria mais precavido.

– Quem lhe disse que não somos casados?

– O quê?

– Quem lhe disse? Ricardo?

Ângelo ia entendendo vagarosamente.

– Foi Ricardo que lhe disse? Ou outra pessoa?

Ele recebeu a informação como uma notícia que lhe tirava um enorme peso da consciência. Se até então tivera a impressão de estar avançando o sinal, agora já achava seu procedimento natural e desculpável. Seu raciocínio era simples: ela devia ter posto Ricardo no lugar de outro, menos endinheirado. Nada mais lógico que fizesse agora nova substituição.

– Fiquei sabendo disso agora – respondeu ele.

– Ah, não sabia? – ela admirou-se, arrependida do que tinha dito.

– Às vezes sou tão burro que nem desconfio de nada.

– Mas isso não modifica coisa alguma.

Ângelo não pensava assim:

– Então por que não larga esse sujeito? Vocês não têm nenhum compromisso.

Irene sentiu que Ângelo poderia ter sido muito humano em outra ocasião, mas não depois de ter enriquecido. E o que o atrapalhava era a sua mente infantil. Havia nele uma incrível ingenuidade, que no fundo o salvava de ser uma criatura detestável.

– Pensa que vivo com ele por interesse? Saiba que amo Ricardo. Para ser mais exata, creio que o amo.

– Isso é uma bobagem. Gostar de um tipo que só gosta dele mesmo.

– Você o conhece apenas superficialmente. Ele não é aquilo que todos vêm.

– Por isso disse que é um farsante.

Irene fez um gesto de impaciência.

– Acho que perdeu tempo em vir até aqui.

– Já que a preveni, fique sabendo que não vou tratá-lo mais como um funcionário especial. Não serei mais camarada com ele.

– Vai despedi-lo?

– Ainda não sei. Vou defender os interesses da minha firma.

– Faça o que entender.

Ângelo não tinha mais o que fazer ali. Voltou as costas para Irene e dirigiu-se até à porta. Admitia que tinha agido como um imbecil, mas agora o passo estava dado. Levou a mão à maçaneta da porta, quando ouviu Irene.

– Não vou dizer a Ricardo que você esteve aqui.

– Como quiser.

– Juro que não direi – repetiu Irene.

Ângelo não queria sair ainda. Vendo-a a alguma distância, ela parecia mais bela. Se a sua força não a impressionara talvez sua fraqueza o conseguisse. Com uma cara de criança desamparada lhe disse:

– Gosto de você mais do que ele gosta. Eu nem sei dizer o que penso...

– Acredito – respondeu Irene, temendo que ele se atirasse aos seus pés, em uma cena de opereta.

– Se não fosse verdade, acha que eu estaria aqui falando essas coisas?

– Por favor, vá embora. Ricardo pode chegar a qualquer momento.

Sem dizer mais nada, Ângelo saiu do apartamento. Na rua, envergonhou-se do que fizera. Bebera muito vinho e a mistura com o uísque precipitara tudo. Mas agora a situação se esclarecera. Os fingimentos não seriam mais necessários. O pior de tudo era guardar, como um segredo, o explosivo amor que Irene lhe despertava.

XXIII

Irene resolveu, com extrema prudência, não contar a Ricardo o que sucedera em sua ausência. Sabia que ele não podia, de um momento para outro, ver-se desempregado, com tantas contas a pagar. Era realista: ninguém pode viver tranquilo e feliz sem estar em dia com as prestações. Era um pensamento vulgar, mas dolorosamente verdadeiro, lembrou-se dos romances que lera, na maioria dos quais os personagens não tinham o menor problema de dinheiro. A não ser quando o autor se dispunha a pôr a miséria em foco, fazendo dela o tema do livro, o dinheiro não participava das histórias. A vida não era assim. Infelizmente não era assim. Foi deitar-se, sem nenhum sono, e mesmo quando Ricardo chegou, depois das duas, ainda estava acordada. Fingiu que dormia, mas ele sacudiu-a para acordá-la. Devia ter bebido muito,

— Foi uma pena não ter ido comigo. Tivemos um bom grupo lá na Oásis.

— Com quem esteve?

— Não se preocupe: um grupo de homens. Estava lá o Penteado, que anda ganhando fortunas.

— Não é aquele que lhe ofereceu emprego uma vez?

— Ainda hoje ele tocou nisso. Quer que eu vá para sua firma. Prometi pensar no assunto.

Irene, lembrando-se do perigo que ele corria na empresa de Ângelo, animou-o:

— Você devia procurá-lo logo. Por que não vai amanhã mesmo?

— Estou bem onde estou.

— Com Penteado, poderia estar melhor ainda.

— Ora, Ângelo come pela minha mão. Lá tenho toda a liberdade e ganho o que quero. Talvez ele aumente minha comissão este mês. É o que vai acontecer.

Minutos depois, Ricardo roncava, dormindo pesadamente, enquanto Irene permanecia acordada. Só algumas horas depois, conseguia dormir.

Três dias depois, em um fim de tarde, Ricardo voltou ao apartamento inquieto e pálido. Irene perguntou-lhe o que acontecera, e ele não respondeu. Andava de um canto a outro do *living*, fumando e fazendo gestos curtos com as mãos. Ela jamais o vira tão nervoso e descontrolado. Mas isso passou quando ele apelou ao conhaque como calmante. Aí então riu.

— Acontece cada uma nesta vida!

— O que foi que houve? — ela quis saber.

Entre sorrisos que escondiam uma funda preocupação, Ricardo lhe contou que "estava de briga na firma". Era um caso que ia resolver, mas não estava lá muito contente com o que houvera.

— Imagine que o Plínio, você sabe quem é, sempre falo dele, me avisou que Ângelo resolveu cortar a minha comissão pela metade. Pensei até que se tratasse de uma brincadeira. Bem agora que eu ia pedir um aumento. Mas ele me mostrou uma ordem por escrito. Duas linhas com dez erros de ortografia, do próprio punho de Ângelo.

– O que dizia a ordem?

– Isso que eu disse: um corte de cinquenta por cento na minha comissão. Sabe o que isso significa? Uns sessenta mil cruzeiros a menos.

– Mas por que ele fez isso?

– A ordem não explica.

– A firma tem ido mal?

– Mal? Nunca esteve tão bem! O diabo do carcamano deve ter ganho um dinheirão este mês.

Irene já previa isso.

– O que você pretende fazer?

– Meu primeiro impulso foi o de procurar Ângelo e exigir uma explicação. Mas não vou fazer isso. Vou é me mexer para procurar outra colocação. Aí então terei com ele uma conversazinha. Dir-lhe-ei na cara algumas verdades.

– Acha que conseguirá outra colocação?

Ricardo riu, lançando-lhe um olhar irônico:

– Entendendo de vendas como entendo?

Mas ela exigia maior realismo:

– Quero saber se tem alguma promessa.

– Não lhe falei do Penteado? Quer que vá trabalhar com ele.

– Tenho a impressão de que ele fala demais.

– Quem? O Penteado?

– O Penteado.

Ricardo honestamente não via dificuldade em passar para outra firma, fosse ela qual fosse, com salário e comissões maiores do que as que recebia atualmente. Não fizera, era verdade, nenhuma sondagem nas empresas que conhecia, mas depositava uma cega confiança nas suas qualidades. Qual seria o capitalista que desprezaria um funcionário capaz de multiplicar os seus lucros? O que mais o aborrecia no momento era a lembrança da cínica tristeza com que Plínio lhe dera a má notícia do corte das comissões. Prendia-se nesse detalhe. O homem, que devia estar feliz no íntimo, comunicara-lhe a decisão do patrão como quem anuncia o falecimento de um parente próximo. Era odioso.

– Tive vontade de esganar aquele cara. Bem sei que namora o meu posto.

– O principal é você ir para outra firma.

Ricardo sentou-se e segurou a cabeça entre as mãos.

– Cortar as comissões bem quando eu ia pedir que as aumentasse. Parece que esqueceu tudo que fiz pela empresa.

– Vocês nunca assinaram nada, uma espécie de contrato?

Ele riu, nervosamente. Acendeu um cigarro.

– O funcionário mais esperto sempre acredita no patrão mais do que deve. Espera um dia ser sócio. Toma atitudes nobres como se tivesse nojo de papéis assinados. E é aí que ele arma a sua própria arapuca. – Ergueu-se, como se tivesse molas em suas pernas. – Confiava em Ângelo porque via nele um homem simples e igual. Mas o dinheiro modifica as pessoas. Agora que está cheio do ouro, não age mais com a humildade de quem precisa. O dinheiro passa uma esponja na memória.

Irene ouvia-o muda, não acostumada àquela insistência com que Ricardo falava de dinheiro, ele que gostava de fazer crer ser esse um problema já superado.

– Você está muito aborrecido. Não gosto de vê-lo assim.

Ele tentou sorrir.

– O golpe me apanhou desprevenido.

– De um casca-grossa como Ângelo tudo se pode esperar.

– Confiei demais nele.

– Mas agora já sabe quem ele é.

– Um refinado canalha.

Irene que conhecia Ricardo bem, fez um convite que na certa o distrairia:

– Vamos sair esta noite.

– Olhe que a ideia não é má. Quero engolir algumas doses.

Minutos depois, no confortável carro de Ricardo, o casal se dirigia para a cidade, pensando nos seus problemas. Ela, apesar de tudo, disposta a não lhe falar da visita de Ângelo e da sua insolente proposta; ele, antevendo o dia em que daria um chute no abominável patrão.

– Paremos naquele bar. Há lá um pianista excelente e o uísque ainda é legítimo porque a casa é nova.

A noite teve muitas etapas. Passaram pelo Captain's Bar e pelo Michel. Ricardo bebia mais do que habitualmente, desejoso de acalmar-se. A princípio mudo, começou, depois, a falar de seu passado, cheio de agruras e de lutas para conquistar uma posição. Afinal conseguira quase tudo o que pretendera, mas encontrou Ângelo pela frente. O álcool lhe sugeria universalizar o seu problema.

– No fundo, sabe do que se trata?

Irene, muito paciente quando ele bebia, perguntou-lhe seriamente:

– Do que se trata? Você sabe que só entendo as coisas superficialmente.

– Trata-se nem mais nem menos da chamada luta de classes. A questão só não está bem caracterizada porque não uso macacão, como os operários, nem bato relógio de ponto. Também não moro em um cortiço nem ando de bonde. Mas sou um operário retocado, um operário maquiado.

Uma risada de Irene interrompeu o discurso.

– Maquiado é muito boa.

– O álcool me faz espirituoso.

– Mas, continue.

– O que eu dizia?

– Você parou no operário maquiado. Pode dizer que é uma espécie de operário de fita norte-americana, que tem tudo que a vida moderna pode dar, inclusive automóvel e apartamento de luxo.

– Para completar, lembremos das belas esposas desses operários, bonitas como você, e que cozinham, esportivamente, em *shorts*. Mas o que eu dizia? Acho que perdi o fio. Ah, eu me comparava a um operário. Quem me atrapalhou falando dos filmes americanos foi você. Sim, vivo com todo o conforto ao redor, tenho toda a liberdade com o patrão, sem precisar chamá-lo de senhor, porém é tudo falso. Com uma penada só ele pode me aniquilar. É que eu, como empregado, comecei a ficar importante demais. Independente demais, embora sempre útil a ele.

– Ricardo, o melhor é mudarmos de assunto – quase que implorou Irene, vendo que, apesar de suas maneiras, ele estava realmente indignado. – Vamos ouvir música.

– Meu único defeito – prosseguiu Ricardo – é não ter tido forças, em certo momento, para me tornar um líder revolucionário. Já lhe contei que foi esse o meu sonho, no passado? Mas quando a gente arranja dinheiro para comprar um corte de tropical inglês brilhante e para tomar umas doses de Queen Ann, pensa que já passou para o lado de lá. Que estamos no caminho da fortuna. O capitalismo, naturalmente, suborna os mais capazes.

Ela tomou-lhe as mãos, com o carinho dos primeiros dias em que viviam juntos.

– Não se torture tanto. Se você não conseguir nada com os outros, mudemos de vida. Podemos vender o carro, viver em um apartamento pequeno e cortar todos os luxos.

Sacudindo a cabeça, um pouco tonto, ele reagia.

– Dar um passo para trás é horrível. Isso não será preciso. Amanhã mesmo estarei visitando meus amigos endinheirados. Eles me darão a mão e poderei me livrar do maldito carcamano.

– Já que tem certeza disso, não se inquiete tanto.

– Estou apenas com vontade de falar.

– Pois então fale.

Se no dia seguinte alguém desse um prêmio a Ricardo para lembrar-se de tudo o que dissera a Irene, não se lembraria além de uma pequena porcentagem. Fez um discurso longo, ora dramático, ora agudamente irônico contra todos os ricos do mundo, tentando, em alguns instantes, dar lições elementares de marxismo. A maior parte das coisas que dizia não tinha sentido algum.

– Gostaria de mudar-me para a Bolívia ou para o Equador. Para algum lugar onde poucos homens reunidos podem derrubar um governo e começar tudo outra vez. Entendeu?

Irene, embora Ricardo lhe exigisse atenção, apertando-lhe as mãos, lembrava-se do desespero com que Ângelo a procurara. Não era um desespero menos comovente que o de Ricardo. Por isso achava infantil que ele desejasse pôr fim a todos os problemas ateando fogo a uma revolução. Mas era preciso ir para casa porque ele estava bebendo demais.

Ao chegarem ao apartamento, Ricardo perdeu a vontade de falar. Porém, deitando-se, vestido, sobre a cama, disse em voz baixa:

– Fiz muito mal em tirá-la de Rudolf. Por que não volta para ele?

XXIV

Ricardo tinha grande poder de recuperação e o seu fígado não era dos piores. Na tarde seguinte, após o banho, bem barbeado, vestindo um dos seus elegantes ternos, em nada revelava os excessos da noite anterior. Também não parecia ter problemas sérios. Irene gostou de vê-lo disposto à luta. Ia procurar algumas firmas cujos proprietários conhecia e oferecer seus préstimos.

– Mas não vai ao escritório?

– Passarei por lá como se nada tivesse acontecido.

– Boa ideia!

– Ele vai ficar desconfiado ao ver-me alegre. Com a pulga atrás da orelha.

Quando Ricardo saiu, Irene teve a impressão de que todos os problemas tinham sido exagerados. Não havia drama algum. O único fato era um patrão malandro que queria conquistar a amante do seu gerente e, não sabendo como agir, cortava a comissão deste para forçá-la a tomar uma atitude. Imaginou que não era esse um caso único no mundo. Muitos deviam estar acontecendo naquele instante. Até achou graça.

Um toque de campainha tirou Irene dos seus pensamentos, Foi atender a porta.

– É só entregar – disse um garoto fardado.

Irene fechou a porta com uma braçada de rosas envolta em papel celofane. Procurou por algum cartão. Não havia cartão algum. Seu primeiro impulso foi o de jogá-las fora, mas o seu amor às rosas era antigo. Não precisava ser adivinha para saber quem as mandara. O diabo do carcamano, certamente. Aí o telefone tocou. Atendeu-o com um pressentimento correto. A voz era de Ângelo.

– Recebeu as flores? – ele perguntou, como se tivesse trêmulo.

– Acabo de receber neste momento. Obrigada.

– É a primeira vez que mando flores a alguém – ele acrescentou, em um sorriso curto.

– Muito obrigada – ela repetiu, interrompendo a ligação.

Minutos depois, o telefone soou de novo, porém ela ficou de longe, sem atender. Somente quando os chamados cessaram é que se sentiu mais tranquila. Teve então vontade de rezar para que Ricardo tivesse sorte na procura de outro emprego. Porém, rezar era coisa que não fazia há muitos anos, embora resistisse em incluir-se entre os incrédulos. É que não podia imaginar como Deus a julgava. Também não estava certa de já ter cometido pecado sério. Teria sido pecado deixar Álvaro esperando em um bar da galeria enquanto ela procurava a segurança de sua vida, fugindo dele, por outra porta? Por acaso cometera algum crime ao abandonar Rudolf, que, erroneamente, já não acreditava nela, e que tinha dinheiro suficiente para viver em paz? Honestamente, não sabia se errara alguma vez. A verdade é que sempre vivera movida por forças superiores e que, apesar de sua aparente personalidade, que fazia tremer um homem como Ângelo, e que obrigava Ricardo exigir o máximo de si mesmo, tinha medo do que lhe podia acontecer. Talvez Ricardo tivesse razão quando afirmava que a divisão irregular do dinheiro tornava as pessoas mesquinhas, agressivas, covardes e perigosas. Sem essa insegurança que prejudicava a maioria, o próprio Álvaro teria sido alguém, ao invés de um farrapo humano. Nada agora lhe parecia mais terrível do que viver ao sabor das circunstâncias, sem quase nenhum controle sobre os acontecimentos, incapaz de tomar atitudes lógicas e razoáveis.

À hora do almoço, Ricardo telefonou a Irene. Não podiam almoçar juntos. Disse que estava resolvendo seus casos e que talvez no fim da tarde já tivesse uma boa solução. O seu tom de voz era alegre e pôde transmitir a Irene um mundo de esperanças. Mais animada, outra vez, ela se pôs a esperar por sua volta. Não devia entregar-se ao pessimismo. Ricardo era um vitorioso na vida. Se lhe faltasse o dinheiro de Ângelo, arranjaria, com facilidade, outra fonte de renda. Logo mais estariam rindo do ridículo patrão, que embora tanto devesse a Ricardo, queria agora liquidá-

-lo. Com um começo de sorriso, dirigiu-se ao bar e saboreou uma dose de *cherry*. Se tudo fosse bem para Ricardo, talvez dedicassem aquela noite a uma comemoração que se estenderia até às tantas. Pensou inclusive no vestido que usaria para a noite. Precisava mais uma vez usar o último colar que ele lhe dera, muito mais caro do que aqueles que recebera de Rudolf. A noite poderia ser de festa.

Lá pelas oito, Irene teve de improvisar um lanche e comê-lo sozinha pois Ricardo não voltava. Para que o tempo passasse mais depressa, atirou-se em um dos divãs com um romance nas mãos. Ultimamente não conseguia ler mais do que algumas páginas de um livro. Largava um para começar outro, dando preferência às releituras. Era mais agradável reler alguns capítulos do *Vitória*, de Conrad, ou do *Ratos e Homens*, de Steinbeck, a aventurar-se em um romance desconhecido. De qualquer forma, ler estava sempre entre as melhores coisas que fazia, prazer que não poderia desfrutar se tivesse continuado na companhia de Álvaro. Se um dia Ricardo perdesse sua boa posição, teria que trabalhar também, e então só leria quando apanhasse uma gripe forte. Uma porção de pequenas satisfações fugiriam caso a maré de sorte de Ricardo não prosseguisse.

Irene já estava cansada de esperar, às onze, quando Ricardo chegou. Sua demora em girar a chave da porta significava que antes de voltar para casa visitara os bares. Logo em seguida, o seu aspecto também provava isso.

— Como você demorou! Quer me dizer onde esteve? – pilheriou.

Ele procurou mostrar-se alegre, sem grande sucesso.

— Hoje precisei de um drinque reforçado.

— Quer comer alguma coisa?

— Engoli alguns sanduíches. Estou sem fome. Apenas a sede não passou.

— Não é melhor fazer uma pausa?

Ricardo pediu-lhe aborrecido:

— Salve-me com um finalô.

— Finalô.

— Duplo. Ou triplo. *For pigs*.

– Então você não está alegre.

– Não – ele respondeu, observando-a se preparava o finalô na dose correta. – Estou naquele estado em que os operários resolvem bater nas mulheres ou nos fedelhos que deram sumiço na *Gazeta Esportiva*.

Ela trouxe-lhe o copo.

– Caprichado.

– Perfeita dona de casa!

Irene sentou-se ao seu lado.

– Então, o que há?

– Quer saber sobre Penteado?

– Antes quero um beijo.

– Não é verdade: você quer saber sobre o Penteado – retrucou Ricardo, levantando-se. Não queria ir a lugar algum, mas se levantava. – O imbecil me prendeu por mais uma hora para me dizer que era meu melhor amigo. Mas, emprego, só no ano que vem. Vai ampliar sua firma e precisará de um gerente, porém não já. Andou perdendo algum dinheiro e não pode gastar mais.

Irene ouviu a história impassível.

– Não confiava nele, mas não é o único que pode ajudá-lo.

– Pensa que fui falar só com ele?

– Sei que você conhece muita gente.

– Muita gente – ele repetiu, amargo –, todas as pessoas importantes do país.

Ela lembrou-se de um nome:

– E o Júlio, aquele que costuma sentar-se à nossa mesa. Não é dono de uma grande casa não sei de quê?

Ricardo começou a mostrar seu abatimento.

– Fui vê-lo, sim. Fez-me esperar um tempão na sala de espera. Quando entrei, em um segundo me desiludiu. Só é generoso quando bêbado.

– Não lhe prometeu nada?

– Nada.

– E o Paulo? O Paulo me parece um sujeito sério.

– Está na Europa. Vai ficar meses lá. Ganhou tanto que dissolverá a firma. Pode viver de rendas.

Irene começava a ficar assombrada.

– Quem mais você procurou?

Ricardo recostou-se ao balcão do bar para terminar o finalô. Já ansioso por outro.

– Procurei vários. Uns se queixam da vida, outros fazem promessas a longo prazo e alguns me convidam para um drinque. Falam dos bancos, criticam a situação do país, confiam nas próximas eleições, mas quando toco em emprego, se calam.

– Que gente! Todos se dizem seus amigos! Vivem lhe propondo negócios!

– Quando sabem que não preciso deles.

– Afinal, ninguém lhe ofereceu nada?

Ricardo repousou o copo no balcão.

– Um ofereceu. E isso foi o pior. O Haroldo. Não sei se você conhece. Foi meu amigo durante muito tempo. Assim que lhe disse que pretendia abandonar o Ângelo, ficou satisfeito e me fez uma proposta. Para começar amanhã.

– Não brinque.

– Mas sabe quanto me ofereceu? Trinta mil cruzeiros por mês. Ouça isto: trinta mil cruzeiros por mês. E uma gratificação no fim do ano. Com esse dinheiro não posso nem ao menos pagar o aluguel do apartamento.

Irene baixou a cabeça, mas ficou com pena dele.

– Você não pode resolver um caso desses em um dia. Seria sorte demais.

– Bastou um dia de procura para me desanimar – confessou Ricardo, vencido. – Se meus amigos mais íntimos, que podem, não me auxiliam, nada posso esperar de estranhos. O padrão de vida que levo é muito alto. E uma grande posição em uma firma não se arranja com facilidade.

– Não se aborreça. Estamos juntos, não estamos?

– Queria livrar-me de Ângelo.

– Ainda não chegou a ocasião.

– Não sei se chegará algum dia.

– Vamos esquecê-lo. Mais um finalô?

– Claro.

– Duplo?

– Claro.

XXV

Ao voltar para o escritório Ricardo achou de boa política não enfrentar Ângelo com sua altivez. Mesmo porque não se sentia com coragem para isso. Um choque direto com o patrão forçaria a sua saída da firma e agora sabia que desastre esse fato representava. De um dia para outro toda a confiança em sua inteligência e na sua capacidade profissional desaparecera. Estava nas mãos de Ângelo como o mais inútil dos empregados. Precisava suportá-lo da melhor forma, não feri-lo nunca, para manter seu nível de vida e, com ele, Irene. Se ela fosse sua companheira dos dias de apertura não haveria essa preocupação. Mas ela era um prêmio pelas vitórias alcançadas. O troféu que simbolizava um êxito incomum entre os rapazes pobres que conhecera. Morar com ela em um quarto de pensão seria caracterizar uma derrota. Precisava tê-la sempre rodeada de conforto.

Nesse dia, Ricardo viu Ângelo no escritório. Bancou o artista. Cumprimentou-o como se nada tivesse havido. Deu-lhe um tapa amigável no ombro e começou a falar sobre um jogo de futebol internacional que estava para se realizar. Ricardo não gostava de futebol, mas queria abordar um assunto que interessava a todos. Um homem que discute futebol não está pensando em outra coisa, não tem problemas sérios na cabeça, e era o que desejava figurar.

– Os uruguaios são uns cavalos no campo – disse Ricardo.

– Mas, desta vez, não adianta.

Ângelo sentiu-se na obrigação do dizer alguma coisa.

– É mais difícil ganhar dos uruguaios e argentinos do que dos europeus. Mesmo dos húngaros.

– Os húngaros não têm mais time. Puskas está na Espanha. Brigou com os comunistas.

– Além de Puskas havia outro bom – lembrou-se Ângelo, estranhando a conversa.

– Havia, sim. Mas não me lembro do nome dele. Esse também deve estar na Espanha. Acho que no Real Madrid.

– Real Madrid. Esse quadro da Espanha é muito bom.

"O desgraçado, filho de uma cadela me cortou a comissão", pensou Ricardo. "Italiano nojento."

– Não é um quadro, é um selecionado – comentou o gerente. – Quase todos os jogadores vieram de fora. Há um argentino, Di Estefano.

– Ouvi falar desse – disse Ângelo, tentando ser natural. Mas pensava em Irene: ele talvez tenha se divertido com Irene esta noite. E agora vem encher a gente com essa conversa sobre futebol. O que me interessa o jogo com os uruguaios?

– Espero assistir ao próximo campeonato mundial no Chile – declarou Ricardo, como se isso tivesse grande importância para ele. Mas só pensava na comissão. Se tivesse um mínimo de oportunidade em outra firma, diria: "Escute aqui, ó carcamano, que história é essa de me cortar a comissão? Não se recorda que fui eu quem deu vida a esta empresa? Se você tem esse escritório novo, com essa decoração infame da qual tanto se orgulha, deve a mim."

Ângelo remexeu papéis sobre a mesa.

– Como vai a praça? – perguntou por perguntar.

– Melhor do que nunca.

– Isso é bom – respondeu Ângelo, sem olhar para ele e desejando que se retirasse da sala.

Ricardo ficou ainda algum tempo lá, mas não tinha o que dizer. Em seguida, como se lembrasse de um serviço que precisava ser feito, saiu às pressas. Foi para a rua. Ficou andando a esmo rumo à avenida São João.

Um conhecido passou por ele. Era um sujeito que fizera algumas exposições de pintura, com algum êxito, quando Ricardo trabalhava em agências de publicidade.

– Folgado, hein?

Ricardo parou.

– Eu? Folgado?

– Sempre o vejo passeando. Você é uma figura fácil na cidade. Aposto que vai para o Pileque ou para o Términus beber alguma coisa.

– Quem lhe disse isso? – indagou Ricardo, meio ofendido.

– Você vive a vida.

– Eu que sei o duro que dou.

– Não acredito. Você ganha dinheiro fácil.

– Vá tomar banho.

O pintor olhava-o com indisfarçável inveja.

– Sabe que eu gostaria de ser você? Como fez bem em largar a pintura. É um troço que não dá camisa. Faz seis meses que não vendo um quadro.

Ricardo riu.

– Não foi Sérgio Milliet que disse que você era um gênio?

– Pode ser, muitos disseram isso. Eu acho que sou mesmo. Mas não vendo.

– É o diabo.

Ricardo tinha pressa, ou fingia que tinha, mas o outro não.

– E você, continua a espremer aquele italiano?

– Que italiano?

– O das esponjas. Continua?

– Não espremo ninguém.

– Então, de onde sai o seu dinheiro?

Ricardo não achou graça desta vez. Era ofensivo. Espremer o italiano.

– Tenho o que fazer. Ciau.

– Um dia apareço no Museu pra você me pagar um uísque.

– Pago.

Afastando-se do importuno, Ricardo começou a pensar se ele dissera alguma verdade. Estaria explorando Ângelo? Há uns dois anos não mexia uma palha, pois os vendedores não precisavam dele, mas e o que fizera no passado? Parou em uma esquina, pensativo. Aquele pintor era um despeitado! Não vendia um quadro há seis meses. Voltou a andar. Lá estava o Términus. O pintor acertara. Apesar da hora imprópria, ia beber alguma coisa.

"Por que não reajo?" Indagou-se, quase ferozmente, duas horas depois, quando já punha fim ao terceiro finalô. Ricardo estava sentado só em uma mesa do bar comendo amendoins e bebendo sem noção do tempo que passava. Lembrava-se que, muitas vezes, estivera no mesmo bar, talvez na mesma mesa, em outro estado de espírito. Já acontecera de reunir-se lá com amigos que lhe gabavam a sorte. Artistas como o pintor mal-sucedido que encontrara na avenida. Ser invejado é uma coisa que dá satisfação aos homens, prazer que Ricardo já desfrutara. Naquela ocasião, não poderia imaginar que voltaria ao bar, sozinho, diante de uma encruzilhada. Era um desses problemas que apenas entendem as pessoas que o sentem na carne. A situação era clara: precisava de dinheiro, de muito dinheiro, para continuar com a vida que levava, e Ângelo, por despeito ou por desejar-lhe a mulher, tirava-lhe. Isto significava voltar para o marco zero. Ter que começar tudo de novo. Desfazer sonhos. Era doloroso. Tomou uma decisão: entender-se com o carcamano. Falaria com ele às claras, reclamando sua comissão devida, e ainda mais, pois bem merecia.

– Garçom, outro finalô.

Durante alguns momentos Ricardo manteve a resolução tomada. Devia ser um tanto infantil a cara que fazia, tragando, sofregamente os seus finalôs, como se quisesse arremessar o copo contra uma figura imaginária. Resolvera ter uma conversa séria com Ângelo. No seu monólogo mudo repetia a expressão: uma conversa séria. Olhou a bebida e viu o fundo do copo. Era o quarto. Não beberia mais ali, precisava ver Irene. Mesmo quando tudo corria bem costumava ser acometido pelo desejo furioso de ver Irene, e sempre cedia a esse impulso.

Pagou a conta, deixando sua habitual gorjeta generosa, e tomou o rumo de casa. Não era capaz de decidir alguma coisa sem antes consultar Irene. Reconhecia nela maior equilíbrio que o seu. Depois, o problema dizia respeito mais a ela do que a ele. Se vivesse só, não lhe amargariam tanto as questões com um patrão imbecil. Podendo viver com a terça parte do que vivia, ou ainda menos, não teria necessidade de um emprego excepcional. Precisava consultá-la.

Ricardo entrou no apartamento com passadas firmes. Observando seu passo militar, ela sorriu:

– Como você está enérgico, Ricardo!

– Quer me arranjar um finalô?

– O que houve? Você bateu em alguém ou vai bater?

Era bom para Ricardo encontrar-se no conforto do seu apartamento. Os móveis caros, os tapetes e cortinas davam-lhe a impressão de uma fortaleza. Mas o que havia de mais precioso lá dentro era mesmo Irene. Como era delicioso vê-la preparar, em movimentos rítmicos e eficientes, o seu finalô! Se perdesse tudo, e não a perdesse deveria considerar-se um homem feliz.

– Usou o Fundador?

– E naquela dose que você gosta.

– Ótimo! Nada como beber na casa da gente.

Ela sentou-se no divã, com as pernas cruzadas. Era uma bela capa de revista que estava ali.

– Vamos, conte.

Ricardo começou com uma desculpa:

– As ideias da gente mudam a todo instante, mas o fato é que estou resolvido a falar com o homem.

– Ângelo?

– Ângelo.

Ela acendeu um cigarro. Era uma das raras pessoas que, quando nervosas, podem acender um cigarro sem revelar a menor inquietação.

– Falar o quê?

Com o copo na mão, Ricardo disse o que planejara.

– Acho humilhante demais continuar na posição em que estou atualmente. Tenho os meus brios. Ele me cortou a metade da comissão. Logo mais, cortará a outra metade. Preciso tomar uma atitude. E é o que vou fazer. Por acaso tenho medo dele? Vamos ter uma conversa séria.

– Muito bem, Ricardo – ela aplaudiu, animando-o a continuar. Sabia que ele necessitava de um incentivo.

– Chegarei a ele e direi... Sem preâmbulos, entendeu? Direi que quero ganhar o que ganhava, o que já considerava pouco. A vida dia a dia está mais cara. Não há razão para tal corte, ainda mais que a firma vai de vento em popa.

– Quando, isso?

– Amanhã mesmo.

– Está resolvido?

– É o que me cabe fazer. Qualquer outro, em meu lugar, faria o mesmo.

Ficaram os dois mudos, pensando nas dívidas que possuíam.

– E se ele não quiser conversa?

– Nesse caso, peço minha demissão.

– Pede mesmo?

– Claro que peço – afirmou Ricardo.

Novo silêncio entre os dois. Ouvia-se apenas o ruído do gelo no copo de Ricardo.

– Mas você não disse que vai ser difícil arranjar emprego igual?

Ele custou a responder, mas era necessário.

– Isso eu sei. Provavelmente, nem conseguirei.

– E o que fará, então?

Ricardo voltou-se para ela, após pôr o copo quase vazio sobre o suporte de um bibelô.

– Você não leu as *Cenas da vida boêmia*?

– Li, parece que li.

– Minha filha, o único jeito é a gente se adaptar. Vivemos alguns anos com dinheiro e viveremos outros, ou o resto da vida, sem nada. Vendo o carro. Entregamos o apartamento. Anunciamos as mobílias e iremos para um apartamento de uma só peça ou mesmo para uma pensão. Há outro caminho?

Ela refletiu um pouco, não na resposta que teria de dar, mas no futuro negro que Ricardo previa.

– Você tem razão. É o que devemos fazer.

– Garanto-lhe que não morreremos de fome.

– Disso eu tenho a certeza.

Ricardo olhava o copo. Não tinha muita disposição para encará-la. Sabia que a ambos assustava a perspectiva de uma vida pobre e vazia. Os dois tinham vindo de uma assim. Que graça teriam suas dissertações artísticas em um quarto de pensão? Como poderiam passear sem o carro? Irene seria a mesma lavando e passando roupa? A miséria enfeiaria tudo. E o pior de tudo seria uma miséria disfarçada com roupas feitas, cinema aos domingos e licores feitos em casa. Os horríveis licores feitos em casa quando havia tantos uísques e conhaques para serem bebidos. Minutos atrás, tudo lhe parecera mais simples. Quem não é volúvel? Abandonaria todo o conforto conquistado e se mudaria para um hotelzinho ou pensão "para pessoas de tratamento". Mas já se via anunciando no jornal a venda do carro. Com que tristeza Irene se despediria dos seus móveis e quadros! Falar era fácil, mas pôr a ideia em prática, admitir a derrota, colocar seu lar em liquidação era muito mais difícil.

– Fui muito melodramático? – indagou, com um sincero receio.

– Claro que não. Você apontou um caminho.

– Teria coragem de se separar de tudo que é nosso?

– Não me pergunte isso.

Ele sorriu, nervoso:

– Curioso: se você fosse minha esposa legítima eu não teria tantos cuidados assim. Mas eu a tirei de um camarada que tinha mais dinheiro do que um banco. Um sujeito que não era avarento e que a amava muito. Nisso que eu penso.

Irene tentou acalmá-lo:

– Você não me forçou a abandonar Rudolf.

– Forcei-a, sim. Pus tudo em jogo para conseguir isso.

– Não o culpo de nada.

– Devia culpar.

Ela lembrou-se que, durante anos, raras vezes Ricardo se referira a Rudolf. Tinha pudor de fazê-lo. Sabia que a induzira a trocar o certo pelo incerto. Depois de conhecer seu passado, quase que dramático, crescera sua responsabilidade por ela. Não queria arrastá-la à miséria.

– Eu não a censuraria se você voltasse para Rudolf – ele disse, fazendo apenas uma confissão, sem que nisso houvesse uma intenção definida.

– Você está brincando.

– O mundo é dos que vencem e eu estou na iminência de ser derrotado.

– Ainda há pouco me convidava a viver em uma pensão e eu concordava.

Uma risada forçada estourou nos lábios de Ricardo.

– Quando era bem moço conheci em uma pensão um cara que tinha perdido um braço...

– O que há de engraçado nisso?

– Eu explico: ele havia sido campeão de natação. Guardava um troféu em um armário. Eu seria como aquele cara se vivesse como você em um ambiente igual. E sei como são odiosas as pessoas que vivem do passado. Já me vejo em uma roda de inquilinos, dizendo: "Quando eu trabalhava para o 'seu' Ângelo...". Você seria uma espécie de *souvenir* dos bons tempos.

– Estamos falando muitas bobagens – condenou Irene, já irritada. – Afinal, o que você vai fazer? Falará mesmo com Ângelo?

– Não há outra coisa a fazer.

– Fale, sim. Mas não pense mais nisso. Não pense no que vai acontecer depois. E nem se preocupe tanto comigo. Diga-lhe que quer sua comissão integral. Se ele a negar, peça demissão.

Ricardo balançou a cabeça, concordando. Deixaria que o destino resolvesse.

XXVI

Quando soube que Ricardo queria falar-lhe, Ângelo mandou dizer que esperasse. Não havia nada urgente a fazer, mas queria pensar um pouco. Se amolecesse, o empertigado gerente ganharia a parada. Ele era um mestre para envolver os outros, para conseguir vantagens, um vencedor de paradas. Precisava estar bem prevenido para repeli-lo. Não acreditava que pudesse conquistar Irene, despedindo Ricardo da firma. Mas simplesmente não queria vê-lo mais. Tinha direito a ter suas implicâncias. O que adiantava ser o único dono de uma empresa como aquela se não podia admitir e demitir funcionários? Se não podia mudá-los de posto como marionetes? Julgava ter sofrido demais para respeitar demasiadamente os sentimentos alheios. Ninguém vacilara em humilhá-lo quando era simples operário. Com a idade de Ricardo ainda vestia ternos de brim e não possuía dinheiro para chamar médico em casos de doença. Nem mesmo para a sua Carolina. Levava-a em um médico homeopata que dava consultas grátis. Fora pisado por muitos patrões. Lembrava-se da sua juventude quando ele e alguns rapazes do bairro haviam fundado um clube esportivo. Seu primeiro sonho foi o de ser o diretor esportivo desse clube. Como diretor, queria dar-lhe diretrizes firmes e tratar de alugar uma sede. Mas porque havia rapazes na turma que dispunham de maiores recursos e contavam com as simpatias gerais, Ângelo foi colocado de lado. Outro foi escolhido como diretor esportivo, deixando-o louco de inveja. Não permaneceu no clube porque lhe era dolorosa uma posição de inferioridade. Essa mágoa juvenil arrastou durante muitos anos. Até que se realizou como industrial. Rindo, balbuciou:

– Agora sou eu o diretor esportivo.

Plínio, que entrava no escritório, indagou:

– Posso mandar o Ricardo entrar?

Ângelo sabia que Plínio adivinhava o que estava para acontecer. Notava a sua ansiedade e divertia-se com ela. Se Ricardo deixasse a firma já decidira, à maneira de um imprevisível diretor esportivo: não seria Plínio o seu sucessor. Uma piada. Poria em seu lugar outro rapaz do departamento de vendas!

– Mande-o entrar.

Instantes depois, Ricardo entrava no escritório onde, pela primeira vez, sua entrada fora detida. Em sua fisionomia sobressaía-se o sorriso e o constante ar de triunfo. Lançou a Ângelo um olhar amigo e agradável. Não parecia estar ali para questionar e apresentar reivindicações. Nada disso. Viera fazer uma visita de cortesia ao chefe. Estreitar relações.

– Estive bolando uma grande ideia para a campanha publicitária do ano que vem – anunciou Ricardo. – Não vamos repetir nada desta vez. Partiremos para outra.

– Ótimo – disse Ângelo, sem entusiasmo.

– Uma campanha não apenas endereçada às donas de casa, mas às criadas. Pergunto: quem faz as compras? É a patroa? Não, é a negrinha que vai à venda. As criadas também terão o seu prêmio. O revendedor, a dona de casa e as criadinhas.

Ângelo não refletiu na ideia. Viu nela apenas mais uma manobra de Ricardo para arrancar-lhe dinheiro.

– Ainda ninguém fez isso?

– Dar prêmio às criadas é coisa que jamais se fez em publicidade. Vai ser um movimento simpático.

O patrão temia que o entusiasmo de Ricardo o contagiasse.

– Sim, sem dúvida. – murmurou.

Ricardo estava maravilhado com sua habilidade. Ao entrar na sala não tinha ainda nenhuma ideia. Nem ao menos planejara um começo de conversa. A campanha das empregadas fora improvisada. E o interessante é que não era das piores.

– Já estou pensando nos anúncios de jornal e TV, nos *displays* e cartazes. – Apaixonado pelo improviso, prosseguiu: – Quebrei a cabeça, dias a fio, mas já encontrei o *slogan*. Veja se gosta: "Ela também é da família!" Ela é a criadinha, que também terá seu prêmio nos sorteios mensais. Em cada anúncio haverá a careta de uma negrinha simpática, a quem daremos um nome qualquer, um apelido jocoso. Entendeu?

– Entendi, está certo – concordou Ângelo.

– Já pensou em quanto vale uma ideia destas?

Ângelo não havia pensado.

– A ideia é boa – comentou Ângelo, seco.

O gerente deu uns passos pela sala. Sempre se entusiasmava pelos seus planejamentos publicitários.

– Este ano pegaremos um troféu na APP. – Mas já contava com outros detalhes. – E o que me diz de um concurso para a escolha da empregada mais eficiente da cidade? A empregada ganhará uma casa nos arrabaldes. Se tiver filhos, pagaremos os estudos dos meninos. Quero que a campanha tenha o seu lado humanitário. Trata-se da revalorização do serviço doméstico. Arear panelas é tão importante como qualquer outro serviço – bradou Ricardo, batendo o punho fechado na mesa do patrão. – Você já é considerado um grande industrial, Ângelo. Mas já está na hora de virar santo. Você precisa urgentemente de uma auréola.

– Do quê?

– De uma auréola.

Ângelo perguntou-se nesse momento se algum substituto de Ricardo teria a mesma ideia. Aquilo de virar santo era engraçado. O sujeitinho não era burro. Jamais dissera que ele era burro. Pretensioso, sim. Antipático como ninguém. Esbanjador de dinheiro. Um tanto vigarista. Mas não era burro.

– Você já tem alguma coisa feita, já esboçou a campanha? – Quis saber Ângelo.

– Posso fazer isso da noite para o dia.

– Gostaria de ver uns desenhos – declarou Ângelo, não inteiramente convencido, mas já curioso.

– Amanhã, ou depois, se quiser. Vou já à agência tratar disso. Planto-me ao lado do *layoutman* e não saio enquanto ele não tiver feito alguns desenhos.

Ricardo mudara novamente de ideia, deixando de falar no dinheiro. Foi para a agência que atendia a empresa e convocou os desenhistas. Um mundo de esboços inutilizados foram enchendo uma cesta. Ele estava exigente. Com uma bela campanha debaixo do braço, Ângelo lhe restituiria a comissão e ainda lhe daria mais. Muito mais. Voltara a ter confiança em sua cabeça.

Aquela noite, assim que abriu a porta do apartamento, Irene notou que ele estava com alma nova.

– Dobrou o homem? – ela quis saber, cheia de esperanças.

– Estou dobrando.

– Ele vai devolver a comissão?

– Nem falamos de dinheiro – esclareceu Ricardo, como se o assunto não encerrasse um problema. – Arranje-me um finalô. Parece que estou com boa boca para beber.

Irene estava ansiosa.

– Mas o que foi que houve?

– O finalô.

– Sim, mas o que houve?

Ricardo acomodou-se em uma poltrona. Ah, não fora por acaso que conquistara todo aquele conforto! Dera duro na vida. Não podia perder tudo de um momento para outro. O imbecil do Ângelo não o derrotaria. O mundo é dos inteligentes.

– À última hora saquei uma ideia. Fui logo falando dos planos de uma nova campanha. Era saque, mas foi uma das melhores ideias que já tive. Um negócio de dar prêmios às criadas. Até já tem um *slogan*: "Ela também é da família!" Não é nada mau. O carcamano a princípio foi ouvindo a coisa indiferente.

– Para convencer os outros você é o tal.

– Não quero dizer que ele ficou aceso. Nada de exagero. Mas quis detalhes e pediu para ver alguns desenhos.

– Mas era tudo mentira.

– Mentira nada. Tenho desenhos aí na pasta. À noite, farei os textos.

– Você acha que, depois disso, ele mudará?

– Mudará, sim. Sentirá que, sem a minha ajuda, não há segurança para os seus milhões.

– Você está otimista!

– Tenho razões para isso. Quando comecei a falar de meu plano, ele ficou parado, pensando. Uma ideia como a que tive jamais sairia de sua cabeça. Quer ver os desenhos. Ah, falei do sentido humano da campanha! Ele será o industrial que se lembra dos pobrezinhos. Depois disso, haverá uma homenagem, retratos nos jornais, artigos de matéria paga elogiando o seu gesto generoso, e o carcamano continuará a depender de mim.

Irene, mais tranquila, foi colocar-se ao lado dele.

– Que susto nós levamos!

– Verdade – ele confessou. – Quando vi os outros me negarem emprego, fiquei frio.

– Que tristeza deixar esse apartamento.

– Mas continuaremos aqui. Só nos mudaremos para um palacete nosso, quando a gaita grossa vier.

Ela lembrou-se da casa onde vivera com Rudolf. Não parecia verdade que já fora dona de uma residência como aquela. E não há muito tempo. Porém, preferia viver com Ricardo, desde que tivesse um mínimo de segurança.

– Antes quero viajar – disse ela.

– Isso mesmo, em primeiro lugar as viagens.

– Gostaria de ir para a Holanda.

– A Holanda? Que ideia! Mas podemos pôr a Holanda no roteiro.

– Uma noite dessas sonhei com moinhos.

– Ângelo nos levará até os moinhos.

– E Mônaco? Iremos a Mônaco?

– Não gosto de jogo – respondeu Ricardo. – Os jogadores são as pessoas mais sem graça do mundo. Dão-me a impressão de doentes.

– Gostaria de ver o cassino – pediu Irene.

– Nesse caso, vamos.

– Acho que até arriscaria na roleta.

– É um vício perigoso. Acho que não ficaremos lá mais que dois dias. Logo em seguida, iremos à Itália. Veneza me interessa. Dar-me-ia bem lá.

– Tudo isso vai custar um dinheirão.

– O Ângelo paga.

– Ele gostou mesmo da campanha?

– Conheço aquele cara. Não se abriu, mas gostou. Sempre fica assombrado quando me saio com uma nova. É quando sente quanto é inferior a mim.

– Às vezes acho você formidável – confessou Irene.

– Puxa, é a primeira vez que diz isso.

– Acho mesmo: ainda hoje estávamos em perigo e agora, segundo você diz, Ângelo está completamente dominado.

– Cabeça é cabeça.

– Nem sempre o dinheiro resolve tudo.

– Pobre Ângelo, que medo deve ter de perder dinheiro.

– Por muitas razões – disse Ricardo, brincando com os seus cabelos. – Tenho a impressão de que gosta de você.

– Coitado, a mulher dele deve ter sido muito feia. Já viu retratos dela?

– Vi, uma vez. Tinha um jeito da mãe de Al Capone.

Irene riu longamente.

– Vamos a outro finalô.

– Vamos.

XXVII

No dia seguinte, Ricardo entrava no escritório de Ângelo com meia dúzia de desenhos debaixo do braço. Sem uma palavra, espalhou-os sobre a mesa. O desenhista, apertado por Ricardo, acabara encontrando boas soluções. Eram *layouts* vivos, cheios de claros, expressivos.

– O que me diz dessas obras-primas? – indagou o gerente.

A convivência com Ricardo ensinara Ângelo a reconhecer o que era bom e o que não era em matéria de publicidade. Preferia que ele não tivesse tido ideia alguma. Ou que apresentasse uma campanha bem medíocre. Mas não podia dizer isso daquele trabalho. Era realmente promocional. Como estava engraçada aquela negrinha! Estava vendo Ricardo segurar a mão do desenhista para acentuar alguns traços do desenho. Quando ele queria fazer coisa boa, fazia mesmo. Outro, no lugar dele, teria, com certeza, apresentado um plano vulgar e já explorado por todos.

– Acho que está tudo bom – disse Ângelo, sem alegria.

– Ninguém deixará de ler esses anúncios.

– O produto, na verdade, não está precisando de muita propaganda, mas essa campanha lhe dará mais prestígio.

– Olhe, esta é a melhor que já fizemos – declarou Ricardo, tentando associá-lo à ideia. Poderia ter mil iguais àquela, se quisesse. No tocante às suas criações, podia dar-se ao luxo da generosidade. O que lhe importava era o dinheiro. Como é, o que ia dizer sobre o corte da comissão.

– Você pode aprontar tudo imediatamente? – perguntou Ângelo, sem olhá-lo nos olhos.

– Em uma quinzena tudo pronto.

– Ótimo.

Ricardo foi recolhendo os desenhos vagarosamente. O diabo não entrava no assunto?

– Ângelo, afinal, a comissão...

O patrão mudou de cor. Envergonhava-se de ter cortado a comissão daquele funcionário que, contra a sua própria vontade, conseguia entusiasmá-lo com as suas ideias. Porém, o que mais sentia no momento eram saudades de Irene. Há quanto tempo não a via? Semanas. Teve vontade de vê-la novamente.

– Ah, sim – disse Ângelo, como se lembrasse, com dificuldade, de uma coisa de um passado distante.

– Confesso que não entendi – declarou Ricardo, com sorriso ingênuo.

Ângelo sentiu-se incapaz no momento de explicar qualquer coisa. Ainda pensava em Irene.

– Conversemos sobre isso depois – disse ele. – Domingo vai haver uma macarronada especial em minha casa. Vão uns parentes. Dê um pulo até lá com sua mulher.

– Faz tempo que não como uma boa macarronada.

– Haverá muito vinho também. Passe lá, depois do meio-dia.

– Passo – garantiu Ricardo. – Então, conversaremos. Isso do corte me encabulou.

– Domingo – repetiu Ângelo.

O resto do dia Ricardo dedicou ao término dos textos e encaminhou os *layouts* para a arte-final, recomendando aos desenhistas que apressassem o trabalho. Mas estava com a alma leve. A parada fora dura, tivera suas noites maldormidas, abusara como nunca do finalô, porém o problema parecia resolvido. Na casa de Ângelo, entre um copo e outro de vinho, reajustariam sua comissão, e além de recuperar o que perdera, ainda ganharia mais. A vida era boa demais para desperdiçá-la com a falta de dinheiro. Já que não vencera como artista, e que fracassara como revolucionário, o caminho era mesmo viver da melhor forma possível. Para passar mal pintando péssimos quadros e ser perseguido pela polícia por instigar sem convicção as massas populares, faltara-lhe vocação. Mas estava muito inclinado a tornar-se um burguês corrupto se Ângelo continuasse a fornecer o dinheiro. Os velhos amigos poderiam criticá-lo, lamentando o esquerdista que dera uma guinada para a direita. Seria visto como um vendido, um homem sem personalidade, e sem ideais. No íntimo, tudo isso não passaria de inveja. Que falassem mal dele. O principal era viver folgadamente, com todos os seus problemas pessoais já resolvidos, sem atropelos, pagando em dia as suas contas. Talvez, em seus fins de semana, em alguma estância, cansado de ficção, folhearia as obras de Marx, mas com o dedo perfumado do diletante, sem fechar os livros com a disposição de fabricar bombas de dinamite no porão.

Decidiu ir para casa sem antes passar por nenhum dos bares que frequentava. Queria dar logo a Irene a notícia de seu sucesso. Era um assunto íntimo, que não podia comentar com os amigos. Pisava no acelerador. Durante dias vira o perigo de perder Irene ou de humilhá-la em uma situação de inferioridade. Agora tudo estava bem outra vez, e era delicioso voltar a pisar o chão de seu apartamento com segurança.

— Temos passeio para o domingo — disse Ricardo a Irene, assim que entrou.

— Passeio? Onde vamos?

— Adivinhe.

— Adivinhar? Não sei. Onde pode ser?

Ricardo riu:

— O carcamano quer que vamos à sua casa. Vai haver lá uma opulenta macarronada. O que me diz?

— Pelo menos será engraçado.

– Isso eu garanto.

– Mas vamos ao que interessa. Conversou com ele?

– Sobre o milho? Ainda não.

– Então, por que está tão alegre?

Ricardo estava mesmo alegre como nunca. Não apenas por ter vencido, dobrado o patrão, como costumava dizer, mas por tê-lo feito com um lance de talento.

– O homem entregou os pontos. Quando viu os desenhos, caiu o queixo do bicho.

– Gostou da campanha?

– Ele nem saberia dizer se gostou. É que sabe do que a inteligência é capaz. Aprendeu que não basta dar murros para ganhar dinheiro. Por isso me olhou como quem vê um homem do outro mundo. Alguém que tem um segredo qualquer na cabeça.

– Mas não decidiu nada.

– Disse que falaríamos a respeito no domingo. Esse convite, está na cara, foi uma capitulação. Se quisesse manter a palavra, isto é, o corte, não teria feito convite algum.

– Está certo, mas não confie muito nele.

– Não é nele que confio. Confio em mim.

– Vai muita gente nessa macarronada?

– Todos os seus parentes, suponho. Que material para um cronista!

– Não vá caçoar deles.

– Segurar o riso será difícil.

– Trate a todos bem. Você gosta demais de gozar os outros.

Não saíram aquela noite. Ficaram no apartamento bebendo e ouvindo músicas, empolgados por um otimismo delicioso. Em certo momento, só deixaram a luz da eletrola iluminando o ambiente. Adormeceram sobre o tapete, embriagados e tranquilos.

XXVIII

No domingo, depois de passarem parte da manhã folheando preguiçosamente algumas revistas, Irene e Ricardo aprontaram-se para a prometida visita à casa do patrão. Em seu sobradão, este não se mostrava tão calmo. Tomava algumas providências para que nada faltasse ao almoço, porém com o pensamento nervoso e fragmentado. Estava, era verdade, ansioso por rever Irene, não nas reuniões noturnas que Ricardo fazia, e nas quais não se integrava, mas em sua própria casa. Seria uma emoção nova. Que bom se Ricardo não existisse. Mas não podia esquecê-lo. Sabia que ele usaria aquela visita para firmar seu pé na empresa e reconquistar a parte da comissão perdida. E o pior é que não sabia se teria forças para resisti-lo. Depois da apresentação de sua nova campanha publicitária ele voltara a impressioná-lo com seu talento. Já não tinha certeza se Ricardo era dispensável ou não. Não sabia o que decidir.

— Seus amigos são de cerimônia? — quis saber a mãe.

— Ele é meu empregado — explicou Ângelo.

— Não é aquele que bebe muito?

— Bebe, sim, às vezes. Vem com a mulher dele. É boa gente. Só espero que Luciano não comece a contar anedotas sujas durante o almoço.

Luciano era um primo de Ângelo, comerciante miúdo, casado com Assunta, uma mulher extremamente gorda, mãe de quatro meninos robustos e mal-educados. Afundado em um mundo de trabalho e privações, Luciano descarregava os nervos contando piadas pornográficas de um repertório minguado e envelhecido. Não tinha, era verdade, nenhum sucesso como humorista, mas ainda não descobrira isso.

— Luciano é um bravo moço — disse a mãe de Ângelo. — Ganhando o pouco que ganha ainda consegue guardar dinheiro.

— Ele vem com a criançada? — preocupou-se Ângelo.

— De certo que vem. Com quem iria largar os meninos?

"Com o diabo", Ângelo gostaria de ter dito, lembrando com mau humor da barulheira que os meninos costumavam fazer. Teve pena dos ouvidos de Irene. Não sabia se fizera bem em convidá-la. Nem sabia exatamente por que a convidara e a Ricardo. Mais simples teria sido um encontro marcado em um daqueles bares elegantes que frequentavam. Por que quisera arrastá-la ao seu ambiente, que nem a ele seduzia? Teria desejado impressioná-la com o retrato de uma vida estável e familiar?

— Essa gente que vem é pontual?

Quem perguntava era a irmã de Ângelo, solteirona. Vestia-se sempre de preto, como uma viúva. Talvez fosse viúva de algum namorado que em sua juventude a trocara por outra mais cheia de carne e simpatia. Magra, de uma feiura gótica em ângulos agudos, com todos os traços repuxados para cima, tinha em seu todo a rigidez das catedrais alemãs e também a sua frieza. Nunca sorria, e sofria de um mal indiagnosticável que era seu único assunto, a ponte pela qual se comunicava com o mundo exterior. Não se podia dizer que era pura como uma vestal porque isso seria prejudicar um dos patrimônios poéticos da Roma antiga. Era assexuada e antipática, orgulhosa e tola, intransigente nas questões mais corriqueiras. Chamava-se Francisca.

– Não sei se é pontual – respondeu Ângelo.

– Mas se ele é seu empregado não poderá chegar tarde – replicou Francisca.

Uma vastíssima mesa estava sendo arrumada no quintal da residência. A família tinha por hábito almoçar ao ar livre, especialmente aos domingos quando acontecia de receber a visita de parentes. Amigos de Ângelo nunca eram convidados, o que justificava aquele dia uma correria maior na cozinha. A mãe, a irmã de Ângelo, além de duas criadas, iam de um lado a outro com pratos e caçarolas que desprendiam um aroma atraente. Boa comida era o que nunca faltava naquela casa.

Sentado, preocupadamente, diante da mesa, ainda vazia, Ângelo ia bebendo uma garrafa de vinho. Nem notara que em menos de meia hora a garrafa estava no fim. Pensava em Irene e na forma como a receberia. Sempre que estava na iminência de vê-la, sofria uma excitação que não sabia controlar. Teria assuntos desta vez? Perto dela nunca encontrava o que falar. Chegava a puxar pela imaginação, mas os assuntos lhe fugiam. Na presença de seus parentes, todos ruidosos e comilões, essa sensação talvez se tornasse ainda mais desagradável. Mas estava bom aquele vinho. Acabou com o que restava da garrafa. Irene logo veria que em sua casa só se bebiam vinhos estrangeiros.

Uma gritaria se ouviu na extremidade do comprido corredor da casa. Ângelo, contrafeito, lembrou-se dos quatro filhos de Luciano. Eram eles que vinham com chocalhos nas mãos, que o pai tivera de comprar, naquele instante, pois os quatro haviam ameaçado rasgarem-se as vestes, como contaria mais tarde. A Ângelo, os chocalhos pareciam tridentes diabólicos. A criançada punha-o em pânico.

– Titio está aqui! – berrou o diabo mais velho.

Incontinente Ângelo viu quatro chocalhos se agitarem perto de seus ouvidos. Os meninos puxaram-lhe os braços, os cabelos, o nariz e as orelhas. Nem à chegada de Luciano, o pai, interromperam o ataque.

– Deixem o tio em paz! – pediu Luciano.

O mais velho tentou uma chantagem:

– Só se ele der dinheiro pra gente.

Ângelo já começava a achar que na vida era barato o que o dinheiro podia comprar. Tirou umas notas velhas do bolso e comprou o silêncio parcial dos garotos, que investiram para o interior da casa.

– Tubo bem, Ângelo? – perguntou Luciano.

– E a Assunta?

– Entrou por outra porta. Vai ter festa aqui?

– Que festa! Uns conhecidos.

A presença de Luciano e da filharada encabulou Ângelo. Antes seria mais fácil suportá-los. Houve tempo em que até os apreciava. Mas quando conhecera Irene e seu grupo, descobrira que seus parentes não passavam de pobres diabos. Com ar paciente, porém falso, ouvia agora Luciano falar de seu Prefect e de uma aventurosa viagem que fizera com a família a Bauru. "É pequeno um mundo que acaba em Bauru", pensou o dono da casa. "Por um triz que eu também me afundava em uma vida igual. Ainda bem que abri os olhos." Vendo Luciano era como se visse no espelho, como ele próprio era há algum tempo atrás.

– Ah, o primo está aí! Como é que está?

Era Assunta, a esposa de Luciano, ainda mais gorda. Achara-a bonita há não muito tempo. Bonita, não, mas bonitona. Já não a via assim. Ricardo certamente a chamaria de "bucho", ele que não perdoava a feiura nas mulheres. Tinha razão: era um "bucho".

– Vou assim, assim – respondeu Ângelo.

– Chorando de barriga cheia – censurou Assunta. – Com o dinheiro que tem ainda chora.

"Só pensam no meu dinheiro", lembrou Ângelo. De fato, seus parentes viam nele um cifrão. Era alguém que podia ajudá-los em um momento difícil. Em qualquer apuro, corriam à sua casa. Emprestava-lhes dinheiro ao juro irrisório de meio por cento, o que era prejuízo em tempos de inflação. Tudo faziam para agradá-lo ou bajulá-lo, porém grosseiramente e sem classe. E tornavam-se ridículos quando levavam muito a sério qualquer coisa que ele dissesse sobre um assunto qualquer. Nas ocasiões de festa, como no Natal, por exemplo, faziam cara feia se ele esquecesse de mandar caríssimos presentes. Mas nunca lhe haviam dado nada.

– Como vão os negócios? – indagou Luciano, que jamais perdoara Ângelo por não lhe ter dado um cargo de mando em sua empresa.

– Correm normalmente – ele respondeu para abreviar a conversa. Sua mãe e Francisca também queriam que entregasse um departamento a Luciano. E não entendiam a sua resistência. Mas nisso não cedia.

Logo mais outros parentes chegaram. Um deles era o Carlo, um primo solteirão, considerado a ovelha negra da família devido a algumas aventuras amorosas e a um número ainda maior de porres que despertaram a atenção da polícia. Usava, ainda, costeleta, o que a seu ver, dizia, dava-lhe sorte com as mulheres. Via nas costeletas também uma mostra de virilidade. Era um Don Juan e ao mesmo tempo o valentão de seu bairro. Apertava com incrível força a mão das pessoas, tocava pessimamente violão e cantava tangos de uma forma agressiva e soturna. Depois dos primeiros copos de vinho ou de qualquer outra bebida, perdia a compostura e dizia obscenidades. Luciano compunha com ele uma excelente dupla.

– Primo, um dia desses a gente precisa conversar – disse Carlo a Ângelo.

Ângelo já sabia do que se tratava. Carlo queria arrastá-lo para uma noitada a fim de divertir-se com seu dinheiro. A pretexto de ensinar o primo a gozar a vida, de mostrar-lhe algumas mulheres, pretendia comer e beber sem pagar. Seu maior sonho era ter Ângelo como companheiro de farras. Por isso, sempre que o encontrava, pintava com cores muito atraentes os ambientes que frequentava. Era-lhe doloroso ter um parente rico e não aproveitar um pouco de sua fortuna. Que sucesso faria se aparecesse entre seus amigos acomodado em seu Buick. Aí é que não lhe faltariam mulheres.

– Em um dia desses – confirmou Ângelo.

Mas ele não dava a Carlo esse prazer. Quando Carolina era viva, acompanhou-o em uma noite. Porém, que decepção! As mulheres a que se referia eram umas pobres coitadas. E entre os seus amigos, o que mais se distinguira era um jogador de futebol que tivera a felicidade de jogar meio tempo no quadro do Corinthians na tarde mais memorável de sua vida. Carlo distinguia--se dos outros porque falava mais alto e principalmente porque cantava, quase o rei de um pequeno grupo que se localizava nas esquinas de seu bairro proletário.

Afinal chegou o Matheus com a esposa, a Gina. Durante muito tempo Ângelo considerava o Matheus uma exceção na família, uma inteligência acima das outras. Este não tinha o porte abrutalhado de Luciano e Carlo. Pelo contrário: era magro, mas elegante, e usava óculos.

– Vejam quem vem aí, o doutor! – exclamou Carlo.

Os outros, com exceção de Ângelo, abraçaram-no ruidosamente. Tinham por ele algum respeito. Mas não era doutor. Era guarda-livros, formado, como a esposa gostava de frisar. Algumas casas do Brás entregavam-lhe o serviço de contabilidade, e o fato de ser conhecedor de certos segredos dessas firmas comerciais dava-lhe um ar de superioridade e mistério. Quando se falava em leis trabalhistas, ajeitava os óculos e começava a dizer o que sabia. Seu ouvinte mais atento era invariavelmente a esposa que se envaidecia por ter um marido formado. Não ganhava muito, era verdade, mas tinha um diploma conseguido com o suor do rosto. Matheus costumava também fugir um pouco de sua especialidade nas conversas. Fora leitor apaixonado de Humberto de Campos e não perdia uma oportunidade ou a inventava para citar os seus livros. Lera uma infinidade de vezes o *Sombras que sofrem* e *Os párias*. Esse conhecimento das coisas da literatura aumentara o cartaz de Matheus na família e cercara-o de franca admiração.

Mesmo o Carlo, que não tinha respeito por ninguém, via em Matheus um rapaz letrado. Quando ele aniversariou, certo ano, Francisca teve a luminosa ideia de lhe dar um livro. Isso criou um problema na família. Que livro deveria ser comprado para um rapaz tão entendido e talentoso! Durante semanas Francisca, a mãe e Ângelo tiveram essa preocupação. Chegaram até a consultar Luciano e Carlo, mas esses não ajudaram em nada na escolha do livro. A conselho de um balconista de uma livraria, a quem preveniram que o aniversariante era muito inteligente, compraram a *Crítica da razão pura*, que mandaram encadernar.

Matheus viu no presente uma homenagem às suas qualidades, mas Gina, que esperava algo mais útil, fez cara feia. Ele não lhe deu atenção e durante muito tempo andou com o livro debaixo do braço, e mesmo quando visitava os parentes, levava-o para folheá-lo em um ou em outro momento. Deve ter apreciado muitíssimo o presente porque a esposa, depois, conformada, comentou:

– Matheus diz que é um livro muito bom. Melhor do que *A cabana do Pai Tomás*.

Minutos depois, a turma toda trazia cadeiras do interior da casa e as colocava ao redor da mesa. O cheiro forte e apetitoso da comida já se sentia. As crianças foram as primeiras a tomarem os seus lugares. Pareciam dispostas a devorar o mundo. Carlo bebia uma cerveja pelo gargalo, enquanto Luciano lhe contava uma de suas anedotas pornográficas. Gina e Assunta conversavam sobre um filme de cinema. Francisca e a mãe já traziam os primeiros pratos.

– Seu empregado não vem? – perguntou Francisca, impaciente.

– Já deve estar chegando – respondeu Ângelo.

– Que tipo de gente é? – quis saber Matheus. – O que ele faz na sua firma?

– É uma espécie de gerente, e faz anúncios.

– Ganha bem?

Nesse momento, soou a campainha. Ângelo ergueu-se para receber Irene e Ricardo, que chegavam. Ela vestia calças compridas toda a esporte, e parecia brilhar ao sol forte da manhã. Ricardo a acompanhava com ar tranquilo.

– Vocês chegaram bem na hora – disse Ângelo apertando a mão dos dois. Vendo-a de perto, perdeu a naturalidade, como sempre acontecia. Mas era preciso apresentá-la aos parentes.

Quando Ângelo surgiu com Irene e Ricardo, a turma toda, até as crianças, imobilizou-se. Houve um silêncio completo e perturbador. Os visitantes eram examinados de alto a baixo. Irene sorria, calma, mas sabia que estava sendo agudamente observada. Suas calças compridas escandalizavam um pouco, assim como seus braços nus. Carlo mexia-se em sua cadeira, querendo vê-la por vários ângulos. Francisca tinha no rosto uma expressão severa.

– Apresento-lhes Irene e Ricardo – começou Ângelo, um tanto constrangido. E foi nomeando as pessoas presentes, em uma tarefa penosa para ele.

Irene continuava a sorrir, o único meio de tornar tudo mais fácil diante do embaraço geral.

Um dos filhos de Luciano foi o primeiro que abriu a boca:

– A moça está de calças compridas!

Alguns sorriram, menos Ângelo que se pôs muito sério e lançou à criança um olhar terrível. A mãe fez uma careta para o menino e lhe ameaçou dar um pescoção. Ricardo assistia à cena com um sorriso superior e brincalhão.

– Vamos sentar – disse Ângelo.

Irene e Ricardo acomodaram-se e teve início então uma formal conversa sobre o clima, que só o talento do gerente pôde prolongar por mais tempo.

A mãe do dono da casa e Francisca passaram a servir o almoço, enquanto Ângelo abria mais uma garrafa de vinho, que serviu aos visitantes.

– Sei que preferem uísque – disse Ângelo. – Mas este vinho é do bom.

– Uísque? – admirou-se Carlo, querendo puxar conversa com o casal, e de preferência com Irene. – Não troco o melhor uísque por uma cerveja.

"Como ele faz questão de mostrar que é um cafajeste", pensou Ângelo.

Luciano solidarizou-se com Carlo na preferência. E Gina interveio para dizer que já provara uísque, e que não gostara, pois parecia iodo.

"Basta um teste de paladar para se saber a que classe social uma pessoa pertence", disse Ricardo para si mesmo. E lembrou: "E eu que quase arrisco a liberdade e a vida por essa gente, quando era da esquerda. Que sacrifício vale uma criatura que prefere cerveja a uísque?"

O tempo passava e Irene continuava despertando dos presentes a mesma curiosidade. As mulheres achavam-na escandalosa: usava calças compridas, pintava-se muito e bebia como um homem. Apostavam que também fumava. Francisca olhava-a com desprezo. Não sabia que o mano andava com gente assim. Carlo, porém, era o mais interessado em Irene. Olhava-a com malícia e alimentava esperanças de uma conquista.

– A comida está excelente! – louvou Irene, que em nenhum momento ainda revelara o menor embaraço.

– Nada como macarrão feito em casa – concordou Assunta.

– Detesto comida de restaurantes.

Era mais um assunto que surgia à baila. Ângelo teve medo. "Daqui a pouco Ricardo começa a falar dos bons restaurantes que conhece e a louvar a cozinha francesa. Ele é assim. Deve estar achando ridícula essa minha parentada."

Ricardo, depois dos primeiros copos de vinho que tragou com rapidez, sentiu-se mais à vontade. Procurou intimidade com os outros. Queria divertir-se. A conversa agora era sobre futebol e ele, muito sério, tecia vagas considerações em torno do hipismo. Para ele só dois esportes agradavam: o hipismo e o golfe. Ah, também apreciava o polo. Perguntou ao Carlo se ele já praticara o polo.

Bebendo em excesso aquele dia, Ângelo logo esqueceu os familiares. Fixava os olhos congestionados em Irene. Como ela estava linda! Não era possível dar atenção aos outros, tendo-a perto. Parecia hipnotizado.

Francisca, sempre atenta a tudo observava o interesse do irmão pela visitante. Vendo-a, adivinhava por que ele andava tão preocupado nos últimos tempos.

Matheus, que sempre fora tido como um marido exemplar, esquecia um pouco a sua esposa para dedicar a Irene uma atenção concentrada, como se disputasse, entre os parentes, os sorrisos e olhares da bela mulher. Sentia-se o mais dotado para interessá-la. Percebendo que ela era inteligente, começou a falar dos poucos livros que lera com um ar professoral muito de seu estilo. Luciano policiava o seu vocabulário, mas procurava mostrar-se picante nas conversas. Carlo permanecia maior tempo de perfil, para dar realce à sua costeleta. Irene conversava com todos, mas sem trocar palavra com as mulheres. Divertia-a aquela situação em que, sem fazer a menor força, se tornava o centro do interesse geral.

Quanto às mulheres, não tinham de Irene a mesma boa impressão. Gina, cujo marido jamais flertara com outra mulher, estava aflitamente enciumada. Sentada junto de seu Matheus, apertava-lhe as mãos, fortemente, para lembrá-lo de sua presença. Isso não dava resultado, porém. O guarda-livros estava assanhado. Ia bebendo o vinho e fazendo-se tagarela. Caprichava o mais que podia para ganhar o favoritismo da visitante. Nunca alguém o ouvira falar tanto e empregar tantos termos difíceis. Com notável insistência remexia o baú de seus conhecimentos à procura de ideias que lhe parecessem atraentes e curiosas. Se Gina não estivesse ao lado, e tão vigilante, seria capaz de, pela primeira vez na vida, perder a linha.

Assunta também estava irritada com o procedimento do marido. Ele procurava concorrer com Matheus na conquista disfarçada da moça. Falava muito, também, e recorria a seu repertório de anedotas, escolhendo as mais inocentes. Mas estava com ódio de Matheus que o atrapalhava.

A mãe de Ângelo e Francisca rondavam pelo quintal fazendo com Assunta e Gina uma frente única. Também não gostavam da visitante. Pensavam coisas horríveis do seu marido que assistia àquela disputa com ar cínico e divertido. Com que gente Ângelo andava metido! Em certo momento em que Assunta foi para o interior da casa, teve uma conversa rápida com Francisca.

– Essa moça não deve ser coisa boa!

Francisca concordou:

– Isso de modernismo não é comigo.

– Afinal que tipo é esse marido dela?

– Sei lá! O que sei é que Ângelo lhe paga um dinheirão. Quase duzentos contos!

– Duzentos?

Assunta lembrou-se que Luciano nunca ia além dos trinta mil cruzeiros por mês. Não entendia um empregado de Ângelo ganhando tanto. Fez um veneno:

– Será que Ângelo não lhe paga isso por causa da moça?

– Isso não sei.

– Pra mim, aí tem coisa.

Na mesa, o vinho corria. Entre os homens, o que menos falava era Ângelo. Mas observava. Não era apenas em relação a ele que Irene exercia um fascínio incrível. Aqueles três homens estavam todos interessados nela. Até o Matheus, com sua cara de santo! Haviam esquecido as esposas. Dava até pena olhar para a Gina, humilhada e nervosa. Decerto: perto de Irene não passava de uma cozinheira. Se estivessem em seu lugar, nenhum dos três deixaria Irene escapar. Usariam de qualquer truque para apanhá-la.

Em certo momento, quando Ângelo foi apanhar mais uma garrafa de vinho, Carlo foi atrás.

– Que mulheraço, Ângelo!

– Quem? Irene?

– Então de quem estou falando? Conte o caso direito. Você tem qualquer coisa com ela.

Ângelo defendeu-se:

– Ela é esposa do meu gerente!

– Isso é conversa! Você tem troço com ela.

– Não tenho.

– Se não tem é um banana! Afinal, você paga um dinheirão pra ele por quê? Você tem direito, homem.

– Que direito? A mulher não é minha.

– Não é porque você não quer. Ponha o homem pra rua e verá como ela corre atrás de você.

Era justamente no que Ângelo sempre pensava. Mas, essa ideia, exposta por outro, tinha um sentido maior de eficiência. Era isso que os outros fariam em seu lugar.

– Ora, Carlo, isso é sujeira.

– Que sujeira, nada! Uma mulher dessas não se pode perder.

– Ela gosta do marido.

– Gosta de araque. Quer é dinheiro, e quem tem o dinheiro é você e não ele.

Ângelo teve a impressão de estar ouvindo o grilo do Pinocchio. Carlo pusera as coisas em termos mais simples. Ia matutar no caso. O rapaz tinha razão.

Bebendo, ainda, Luciano e Matheus reclamavam a atenção de Irene. O assunto versava agora sobre as delícias da vida moderna. Luciano condenava os costumes antigos. Matheus, libertando-se das mãos de Gina, dizia que os preconceitos estragavam os homens. A família era outra meleca – palavra que em sua boca dava a ideia correta de coisa pegajosa e repulsiva.

– Sou favorável ao divórcio – confessou Luciano em tom soturno.

– Luciano! – protestou Assunta, envolvendo seus filhos com os braços.

– Sou mesmo! – ele confirmou.

Assunta fechou a cara.

– Eu sempre fui favorável! – disse Matheus, por sua vez.

As esposas entreolhavam-se. Um pouco de vinho e a presença de uma mulher bonita viraram a cabeça dos maridos. E elas que confiavam tanto neles! Com voz lamuriosa, ambos vomitavam os seus ressentimentos. Ansiavam por liberdade. Queriam prazeres. Não havia nenhuma compensação para tantas preocupações familiares.

Ângelo não ouvia ninguém. Lembrava-se do que Carlo lhe dissera. Gostara de ouvi-lo. Bom conselho.

– E o pior é quando se tem filhos! – lamentou Luciano.

– Aí é que a vida fica ainda mais besta.

– Se minha mulher tiver um, eu sumo – disse Matheus.

Francisca olhou para Gina com piedade. Esta, com a mão no rosto, foi para dentro. Chorava.

Como a situação podia se tornar mais crítica, Irene e Ricardo viram que chegara o momento da retirada. Ele consultou o relógio, como se lembrando de um compromisso, e ergueu-se. As despedidas foram rápidas, mas Ângelo e os outros homens acompanharam o casal até o portão. Aí, a pedido insistente de Matheus, bastante embriagado, Ricardo forneceu seu endereço. Marcaram uma visita para dali a uns dias.

Quando o casal se retirou, e os homens voltavam para a mesa, Gina surgiu no quintal com um pé descalço e segurando na mão o sapato. Com gritos histéricos investiu contra o marido, dando-lhe sapatadas.

– Vá embora com aquela sem-vergonha! Vá com ela!

O guarda-livros atingido, sangrou na testa.

– Você me machucou, cadelona! – exclamou avançando sobre a esposa e cobrindo-a de tapas.

Ângelo, surpreso, correu para defender a moça. Mas não pôde salvá-la das taponas que o marido lhe endereçava.

– Vá com ela! – bradava Gina, furiosa.

Foi então que outro escândalo estourou na cozinha: Assunta deu uma garrafada na cabeça de Luciano, que braqueou. A criançada começou a chorar, ruidosamente, e a correr pela casa. A mãe de Ângelo também chorava, com as mãos na cabeça.

– Que gente que o meu filho traz em casa!

Ângelo não sabia se socorria Gina, que ainda apanhava do marido, ou Luciano, que se largara em uma cadeira, na véspera do desmaio. O ruído ensurdecedor da criançada o confundia ainda mais. Nervoso, deu um forte tapa no filho mais velho de Luciano, para que parasse de chorar. O resultado foi inverso. O menino abriu ainda mais a boca e os outros o acompanharam.

– Por que bateu no menino? – indagou Francisca, possessa.

– Esse menino é um demônio! – berrou Ângelo.

– Em vez de bater na criança, segure esse monstro – disse Francisca, com raiva do irmão.

Ângelo tentou apaziguar Matheus que ainda esbofeteava a esposa, que, desesperada, atirou-se no chão.

Na cozinha, Luciano voltava a si e tirava a forra com Assunta. Metia-lhe a mão na cara.

– Quase me matou, desgraçada!

– Você me humilhou na frente daquela depravada!

– Ah, bancando a santinha? Quer que eu conte o que fazíamos quando a gente namorava? – ameaçou o marido.

Carlo, o mais feliz de todos, porque não tinha esposa que o acusasse de qualquer coisa, se pôs na defesa de Luciano e de Matheus.

– Eles não fizeram nada de mais!

Francisca olhou para Carlo com um rancor concentrado. Parecia mais alta, mais gótica, mais feia:

– Você é um indecente!

A ovelha negra da família ficou indignada. Há muito detestava Francisca, o que agora se revelava. Teve vontade de rasgar-lhe as vestes e socar-lhe o rosto. Só não ia ao extremo porque costumava "filar boia" em sua casa. Mas não ficou quieto:

– Ninguém está falando com você, sua...

– Sua o quê? – bradou Francisca, em desafio. – Fale, seu morto de fome.

– Quem é morto de fome? – inquiriu Carlo, atingido. Era assim que todos o chamavam, em sua ausência. Sabia disso. Que prazer sentiria em massacrar aquela mulher.

– Você! – respondeu ela. – Morto de fome, sim! Rufião!

A mãe, com medo que a confusão se estendesse, gritava para Francisca:

– Não fale com esse daí!

– Não se meta nisso! – protestou a filha. – Falo o que quero desse cara de pau.

A velhota caiu em uma cadeira, chorando:

– Tudo por que trouxeram aquela vagabunda aqui em casa! Ângelo, já fora de si, perguntava-lhe:

– Mas o que foi que ela fez? É uma moça distinta, mãe!

– É uma chivetona!

– Vocês é que são uns atrasados – defendeu-a Ângelo. – Não sabem conviver com gente fina.

Agredida pelo marido, Assunta desmaiava na cozinha, sob o choro geral das crianças. Francisca e a mãe correram para lá. Gina, para se livrar do marido, também. No quintal ficaram apenas Ângelo e Carlo. Este começava a rir.

– Aquela mulher vale uma pancadaria! É um estouro! Você que é feliz, Ângelo.

– Arrependo-me de ter trazido ela aqui.

– Não ligue. As outras são umas despeitadas. Elas sabem que perto de Irene não passam de uns bofes.

– Você está exagerando – disse Ângelo, sentando e enchendo mais um copo de vinho. – Acha que ela é tão bonita assim?

Carlo esquecera tudo para lembrar-se de Irene:

– Bonito sou eu. Ela é um espetáculo.

Ângelo riu:

– Um espetáculo, você disse?

– Disse.

Apesar da briga toda, Ângelo como Carlo, não esquecia Irene. Há alguns minutos ela estivera lá, sentada naquela cadeira, como uma princesa. Que diferença havia entre Irene e as outras mulheres que conhecera.

– Então, você, em meu lugar... – provocou Ângelo.

– Punha o marido para rua – disse Carlo.

– Sem mais nem menos?

– Sem mais nem menos.

– E você acha que ela viria me procurar?

– Aposto quanto você quiser.

– Olhe que eu faço isso mesmo.

– Se não fizer é burro.

A paz já fora restabelecida na cozinha. Apenas as crianças choravam baixinho. Assunta respirara amoníaco, recuperando os sentidos. Luciano mantinha um lenço na testa. Fora um cortezinho de nada, mas queria dramatizar. Matheus, embriagado, escorava-se na esposa. Gina sorria, com o rosto corado, para mostrar que tudo estava bem outra vez.

XXIX

Ângelo lançou mais uma vez os olhos na campanha que Ricardo fizera e fechou-a na gaveta. Não podia permitir que aqueles papéis o impressionassem. Dinheiro já deixara de ser o seu problema. Uma campanha publicitária que lhe rendesse mais alguns milhões não lhe significava mais nada. Resolvera ser prático. O imbecil do Carlo tinha razão. Andava agindo com excessivos cuidados. Ia dar sua cartada.

A porta se abriu e Plínio entrou.

– Soube que Ricardo aprontou mais uma campanha. É boa? – perguntou.

– Não sei se é boa – respondeu Ângelo.

– O senhor ainda não a viu?

– Superficialmente.

Plínio queria saber mais. Era a malícia em pessoa.

– Não é uma repetição das outras campanhas? É o que os publicitários sempre fazem. Vivem se repetindo.

– E você, seria capaz de arranjar uma ideia nova? – indagou Ângelo.

– Nunca tentei.

– Então, cale a boca! – disse Ângelo, em tom baixo, mas sério. Rindo por dentro, viu o secretário atrapalhar-se todo, empalidecer e depois sair do escritório levando uma pasta que não deveria ter nenhuma utilidade no momento.

"Não preciso de aliado", pensou o patrão. "Esse imbecil está querendo influir sobre mim. Eu sei o que faço." Mas, na verdade, tinha algum receio de enfrentar Ricardo e não conseguia esconder de si próprio certo nervosismo.

Foi somente no fim da tarde que Ricardo apareceu no escritório. Empurrou a porta e entrou alegremente. Tinha sempre os ares de quem acabou de receber uma boa notícia. Sentou-se diante do patrão e se pôs a comentar o delicioso almoço do domingo.

– Muito simpática a sua irmã – disse Ricardo, insincero. – Gostei também do Matheus. É um rapaz que pode ir longe. Olhe, me convide sempre para esses almoços. A Irene distraiu-se bastante. Que gente agradável!

Ângelo não acreditava em uma só palavra do que ouvia, mas ouvia. Sabia aonde o outro queria chegar.

– Ah, viu a campanha? – perguntou como se lembrasse justamente naquele momento de fazer a pergunta.

– Vi, sim.

– Gostou?

– Gostei.

– Vamos produzi-la?

Ângelo custou a responder. Disse, por fim, olhando-o firmemente.

– Só se você concordar com o corte da comissão. Do contrário, pode levar a sua campanha.

Ricardo tremeu todo e tirou, às pressas, um cigarro da carteira. Era a primeira vez que falavam sobre o assunto e o desfecho poderia ser mau para ele.

– Creio que mereço o que ganhava – respondeu. – Não havia nenhum exagero na comissão. Sei de outros chefes de venda que ganham muito mais.

– Eu não o prendo aqui – foi a resposta. – Os impostos estão crescendo. O governo dia a dia mais me rouba. Preciso ir fazendo certos cortes. Só eu sei dos meus interesses.

O que um homem orgulhoso como Ricardo poderia responder em uma situação dessas? Se concordasse, passaria a ser um capacho do carcamano. E o que ele pretendia era injusto demais para quem organiza e dera consistência àquela firma. Não podia se acovardar.

– Neste caso eu me retiro da empresa – disse Ricardo, aparentando calma. – Fico até o fim do mês para acertar tudo.

Ângelo receou ser envolvido novamente.

– Não é preciso, Ricardo. Você receberá os seus dias ainda hoje.

– Então, não há mais o que fazer aqui.

– Acho que não há.

Ricardo levantou-se. Foi até à porta, em sua linha de homem elegante. Parou à porta:

– Minhas recomendações à sua excelentíssima progenitora.

Ao chegar à rua, Ricardo olhou para o alto, fixando o prédio onde trabalhara e prosperara durante alguns anos. Antes de entrar ali pela primeira vez, era apenas um moço cheio de sonhos vagos. Lá, sentira os primeiros prazeres que o dinheiro pode dar. Agora, sua vida entraria em outra fase, certamente muito menos feliz. Teria de começar tudo de novo. Diria à Irene que voltasse para Rudolf. Já se via morando em uma pensão do Largo Arouche, dessas que possuem pia no quarto, e por isso mesmo são muito mais caras. Seria amigo da senhoria para que lhe perdoasse os atrasos no pagamento da pensão. Foi andando pela rua, lembrando-se de sua mocidade boêmia. Aquilo era bom quando não conhecera a sensação do dinheiro no bolso. Agora preferia a vida burguesa. Ia custar a acostumar-se novamente com as privações do passado. Parou diante de um bar. Ainda tinha dinheiro para alguns finalôs.

Muitas horas depois, ao chegar em casa, Ricardo largou-se nos braços de Irene. Estava embriagado e com um sorriso idiota nos lábios.

– Finalmente estou livre! – disse. – Saí de dentro da garrafa! – Entrou no apartamento bradando: – Livre! Livre!

– Você esteve bebendo? – perguntou Irene.

– Bebendo, não. Festejando.

– Sente no divã, você está tonto.

Ricardo obedeceu.

– Mas me prepare um finalô.

– Parece que já bebeu demais.

– Mera impressão sua, querida Irene.

Ela olhava-o apreensiva. Sabia que algo de anormal acontecera.

– Conte-me o que aconteceu.

– Quanto será que dão por um Oldsmobile modelo 59? – indagou Ricardo, aéreo.

Irene sentou-se a seu lado. Segurou-lhe as mãos.

– Vamos. Fale. Não me deixe aflita.

– Vendo também o *smoking* – disse ele. – Algum estudante pobre me agradecerá.

Ela já tremia toda. Sentia que ele não bebera apenas pelo prazer de beber.

– Brigou com Ângelo.

– Mais do que isso: estou na rua.

– Por quê?

– Não sei por quê. Está tudo acabado. Saí da firma.

Irene estava espantada.

– E agora?

Ele levantou-se, com um sorriso amargo.

– Começarei tudo de novo.

Pondo-se de pé ele percebeu que estava mais tonto do que supunha. Sentou-se novamente, largou o corpo e logo em seguida dormia.

XXX

Aquela semana Ricardo passou o tempo todo na rua, a procura de uma nova colocação. Alguns conhecidos prometeram-lhe bons empregos, mas para um futuro distante. Ao cair da noite, voltava para casa desanimado, e bebia. Nos primeiros dias procurou mostrar a Irene certo otimismo, que logo desapareceu quando começaram a aparecer as primeiras contas a pagar. E ela sabia, tão bem como ele, que Ricardo jamais guardara dinheiro no banco. Nunca fora capaz disso. Sempre zombara dos que faziam isso.

– E agora, José? – ele se perguntava, ainda tentando rir, mas andando impaciente pelo apartamento.

– Você disse que ia ver o Moura...

– Está na Europa.

– Quando volta?

– Só daqui a três meses.

– Pensou no Toledo?

– Não perco tempo em pensar nele. Promete, mas não cumpre. Vive de papagaios.

Logo Ricardo perdeu o resto de otimismo. Começou a ficar assombrado com a situação. E para esconder o assombro, bebia ainda mais. Ficava horas, largado em uma poltrona, sem saber o que fazer. No fim daquele mês havia uma enorme conta, que vencia. O único remédio era a venda de um dos quadros. O que estava no *hall* lhe forneceria o dinheiro, um surrealista que Ricardo comprara de um pintor então anônimo, mas agora no princípio da fama.

– Vamos ver se vendemos isso.

Irene lamentou:

– É um quadro tão bom!

– Cansei-me dele.

– Você o elogiou muitas vezes.

Ele não disse nada, mas tirou o quadro da parede. Sabia que outras coisas teria que vender. De qualquer forma, o quadro estava condenado. Cantando a "Valsa do Adeus", Ricardo levou-o para a despensa. Irene ficou no *living*, chorando.

Somente quando recebeu o dinheiro da venda do quadro é que Ricardo sentiu-se perdido. Precisava acomodar-se à nova situação e começar a vender tudo. O carro, inclusive. Os móveis, sim. E também mudar de apartamento. Até então apenas sondara o que podia haver de pitoresco em voltar ao passado modesto. Agora precisava mexer-se para pôr em leilão todos os objetos de seu conforto. Curioso como a sensação de riqueza é oriunda da posse de algumas coisas. Aquela poltrona vermelha, por exemplo. Quando se largava nela, imaginava-se um ricaço. Era desagradável pensar na poltrona examinando o seu estado, detendo-se no envelhecimento do seu molejo e nos riscos de madeira. Apesar do uso de alguns anos, sempre lhe parecera nova. Na véspera da venda, verificava que não era mais. "Sou um homem em liquidação", pensou. Tudo volta à terra, ao pó, é verdade, mas antes há um estágio na mão dos judeus que compram coisas usadas".

No mesmo dia, Ricardo sentou-se à mesa do *living* para redigir o anúncio da venda do carro. Era um anúncio fácil para um publicitário. Mas o carro era seu e ele ficou com rancor das palavras. "Oldsmobile QUASE NOVO." Era amargo ler o seu fracasso em caixa alta. "Já vai comprar um Mercedes-Benz", pensariam os amigos que reconhecessem o seu endereço. Escreveu mais algumas palavras e cada uma delas tornava-o mais pobre. Rasgou o papel.

– Um finalô, Irene. Bem forte.

– Como você tem bebido!

Ricardo ergueu-se. Já lera romances em que o personagem perde tudo. Mas eram histórias. Agora o fato era seu. Que trabalhão vender tudo aquilo! Ter que arranjar outro emprego e perder mais alguns anos para se firmar novamente, se disso fosse capaz. Estava desanimado, isso, sim. A um passo do desespero.

– Maré de azar, Irene.

– Não faça essa cara.

Ele disse em tom de confidência:

– Estou quebrado, *lost. I am lost, my dear* – disse em inglês em uma última tentativa de manter o bom humor. – O melhor que você tem a fazer, e eu não levarei a mal, é voltar para o seu Rudolf. Ele a aceitará.

Irene olhou-o, ofendida.

– O que está dizendo?

– Volte para o seu Rudolf. A fortuna dele é algo sólido. Ser rico e bancar rico não são a mesma coisa.

– Não fale assim.

– Se você fizer isso, estará no seu direito. O que virá daqui por diante não será nada bom, eu sei.

Ela continuava magoada.

– Você está brincando!

Ricardo voltou a sentar-se e escondeu o rosto entre as mãos:

– Não, não e não.

A mão de Irene tocou o seu ombro.

– Não perca a coragem...

– Já a perdi.

Ele teve que fazer força para não chorar.

– Por favor, Ricardo...

– O carcamano me arrasou – disse ele, para bradar, em seguida: – Volte para Rudolf! Estou lhe pedindo isso!

– Ricardo!

– Volte! Volte! Volte!

XXXI

Na manhã seguinte, Irene levantou-se com uma ideia já amadurecida e que quase não a deixava dormir, durante a noite. Ia falar com Ângelo. Falar o quê? Não sabia, mas qualquer sacrifício faria para salvar Ricardo e assim se salvar. A resolução não lhe boliu com os nervos. Pelo contrário: acalmou-a. Permaneceu tranquila a tarde toda, e com o semblante sereno sentou-se ao toucador depois de pôr o seu melhor vestido. Viu-se no espelho e apreciou a sua calma. Começou a maquiagem com segurança. A mão não tremia. A maior preocupação era dar bom realce aos olhos. Seus lábios saltaram ao contato do batom. Nunca se maquiara com uma finalidade tão definida. Nenhuma profissional do teatro poderia ter maior êxito do que ela na distribuição das cores. Melhorava aquilo em que a natureza lhe fora tão pródiga. Mas pensava antes de cada lance da pintura. Operava como um arquiteto seguro do seu ofício. Em alguns minutos os olhos, a boca, a pele isoladamente poderiam servir como peças publicitárias. "Os mais belos olhos da cidade", diria Ricardo, se estivesse perto e ocupado em uma campanha de colírio. Da boca, diria, "as mentiras mais belas do mundo nos lábios das que usam Batom (um nome qualquer)". Da pele, Ricardo diria para enriquecer um fabricante de produtos de beleza: "ELLA descobriu o segredo da eterna juventude". Ella, a feiticeira. Ergueu-se. Olhou-se no espelho de pé. Sofisticada e elegante parecia ter saído da fôrma aquele instante. Intacta e compacta. Carne e fantasia.

Como uma sonâmbula ela deixou o apartamento. Um táxi levou-a ao edifício onde Ângelo fazia fortuna. Não ensaiava as palavras que diria. Tinha uma arma, e por que não fazer uso dela, já que era para a sua defesa. Só acordou diante da porta do escritório de Ângelo, lendo aquela tabuleta: ENTRE SEM BATER. Não bateu. Ele estava sentado à sua escrivaninha, com os olhos nos papéis. Foi levantando a cabeça aos poucos, como se ela estivesse muito pesada.

– Irene! Você! Meu Deus...

Ela quase riu ao ouvir o "meu Deus".

– Sim.

Ângelo ergueu-se. Contemplou-a a distância.

– Deixe-me vê-la... Você parece um quadro. – Como ela nada dissesse, mostrou-lhe uma poltrona. – Sente-se. É uma poltrona das novas. Veja! Custou uns quarenta contos...

– Muito dinheiro, Ângelo.

– Mas que surpresa! Que bom que você está aqui! O que lhe deu na telha?

– Resolvi vir.

– Foi bom... foi bom...

– Como você está? – ela perguntou.

– Eu? Mais ou menos! Mais mal do que bem... Você sabe.

– Eu sei?

Ele não escondia mais nada.

– Claro que sabe. Andou meio louco. Ah, você sabe!

Irene riu:

– Não sei de nada.

Ele se pôs a andar:

– Eu não podia adivinhar que você viesse... Estou até gaguejando, não estou? É a emoção! Irene, sabe que as mulheres brigaram depois que você foi embora naquele sábado? Mas isso não interessa. Irene, que bom que você veio!

O que ele mais fazia era repetir o seu nome. Irene, Irene Irene. Estava confuso e alegre, mas não sabia como proceder. Se ela se levantasse e fosse embora, ele teria um colapso. Queria prendê-la e lamentou não ter gancho no lugar de mãos como os antigos piratas.

Irene, tranquila, levantou-se e foi à janela. Viu a rua, lá embaixo. Demonstrava não ter pressa. Ele que falasse o que tinha a falar. Qual era a sua proposta? Estava lá para ouvi-la. A porta dizia: Entre Sem Bater. Bem, estava lá dentro.

— Abandonou Ricardo? — ele perguntou, com voz rouca.

— Que ideia! Gosto dele.

— Não vai deixá-lo? Aquele cara...

Ela apenas balançou a cabeça: não.

Ângelo tocou-lhe o braço, acabou segurando-o. Queria certificar-se da presença dela, se não era sonho.

— Irene, eu dou o que você quiser para largá-lo.

A moça sorriu e lhe disse, quase no ouvido:

— Por que largar Ricardo? É preciso? Não é preciso.

Ele entendeu: haveria um segredo entre os dois. Assim seria mais delicioso.

— É verdade... — concordou.

— Não é melhor?

— E ninguém estrilaria lá em casa.

— Isso! — lembrou-lhe Irene, em seu papel. — Ninguém estrilaria.

— Mas o Ricardo... Continuariam juntos?

Ela balançou a cabeça: sim.

— Já arranjou emprego?

Irene fez que não.

— A gente remedeia — sugeriu Ângelo. — Ele pode voltar para cá. Mando chamar o moço! Tem o seu valor. Cada ideia que tira da cabeça! Não é favor, eu quero ele.

— Ganhando quanto?

— O que ganhava — respondeu Ângelo. — Eu tirei a comissão por capricho.

— Ele quer mais. Um por cento a mais.

— Merece.

— Merece?

— Merece.

"Quero comprar de novo aquele quadro!", pensou Irene. "Tudo vai ser bom outra vez!"

Ângelo enlaçou, desajeitado o corpo da moça.

– Faça Ricardo assinar um contrato – lembrou Irene.

– Não se preocupe, ele vai mandar aqui tanto como eu.

O braço de Ângelo passou a apertá-la mais. Ele começou a tremer. Murmurava qualquer coisa. Nunca tivera nos braços uma mulher tão bela. Valera a pena o trabalho daqueles anos. Encostou os lábios no rosto de Irene. Eram beijos curtos, úmidos e rítmicos. Vencera, vencera.

A porta do escritório abriu alguns centímetros. Os corredores eram tão atapetados que nunca se percebia os que se aproximavam. Ricardo ficou pálido. Fora até lá para entregar inteiramente os pontos. Para apresentar sua rendição incondicional. Trabalhar sem comissão, só com o ordenado. Dar expediente completo, assinar o ponto, fazer pequenos serviços. E o que via... Irene nos braços de Ângelo. Ele a mandara para Rudolf e ela fora para Ângelo. Olhou alguns segundos... Viu um beijo. Afoito como estava o carcamano não podia menos notar a aproximação de ninguém. Chocado e acovardado Ricardo afastou-se. Não se sentia mais com direitos sobre Irene. Apertou os passos no corredor. O elevador ainda estava lá. Ponto final.

Quando Ricardo deu por si estava diante do balcão de um bar. Tinha um cálice nas mãos e nem sabia que bebida era aquela. Bebia em goles contínuos. Havia sido covarde? Nunca se sentira um herói, mas seu procedimento, aquele recuo, não era coisa da qual pudesse se orgulhar. E o estranho era que não conseguia odiar Irene, como também não atinava com o porquê de sua presença no escritório. Teria ido lá a chamado de Ângelo? Impossível encontrar a resposta e nem se preocupava muito com isso. O que o chocara fora a surpresa da cena inesperada e, ainda mais, a sua fuga. Sim, fora uma fuga. Via-se fugindo com o cuidado de não fazer ruído. Um verdadeiro farrapo humano, apesar da elegância da roupa. Estava podre por dentro, com mau cheiro na alma. Sem dinheiro perdia a capacidade de reação. Era um veleiro de carne, obedecendo o sopro do vento. E descobria que nutria por Irene um amor verdadeiro, apesar de estar rodeado de coisas falsas. Há muito que não sabia mais o que era autêntico em tudo que fazia e sentia. Estava jogando, tomando posições, dando lances, porque a vida é muito difícil. Muito difícil. Mas o amor por Irene era real. Precisava beber.

Durante algumas horas, Ricardo foi de um bar a outro. Um conhecido encontrou-o e puxou conversa. Ele não disse nada. Queria estar só. Afastou-se. Já não andava com muita firmeza, mas não se preocupava com isso. O que aconteceria quando chegasse em casa? Que diria à Irene? Que a vira com Ângelo? Talvez a matasse. Isso, sim, seria um fim, um ato positivo. Porém, nem sabia imaginar-se com um punhal na mão ou um revólver. Ele nunca matara, sempre fizera acordos. Uns longos, outros, não. Repugnava-lhe a violência e mesmo a luta franca, aberta, embora desarmada, não lhe parecia coisa civilizada. Entrara em uma boate, ainda quase vazia, para dar uma espiada quando lhe bateram no ombro.

— O moço que diz coisas bonitas!

— Glória! Trabalha aqui? Não estava no Savage?

— Estava, mas saí.

Glória era uma mulata que fazia ponto em diversas boates. Era sofisticada e sempre disposta a mostrar-se inteligente. Já fizera pequenos papéis no teatro de revistas e com uma companhia correra alguns países da América do Sul e Central. Voltara dessa viagem impossível, contando um precioso caso de amor com um senador mexicano. Costumava receber cartas desse senador. Tirara um retrato com Pedro Almendariz. Outro com o presidente de uma das repúblicas. Quando pisou o solo de Santos, na volta, só falava em Sartre e Neruda. E passou a cobrar mais de seus fregueses.

— Vamos beber, Glória. Lá, naquela mesa.

Ricardo já se encontrara com Glória muitas vezes. Já haviam se embriagado juntos. Nessas ocasiões conversavam sobre os assuntos mais variados. Ele certa vez lhe prometera arranjar uma bolsa de estudos para a Espanha. Era mentira, mas um cronista da noite registrara a notícia: "Glória de malas prontas para a Espanha".

— E a viagem? Quando vai ser?

– Será em setembro – garantiu Ricardo. – Franco me telegrafou.

– Não diga!

Vieram duas doses de uísque. Logo ele começou a ficar sóbrio.

– Aconteceu-me uma! – contou. – A minha mulher, sabia que tenho uma mulher?, me traiu.

– Quando?

– Hoje.

– E você saiu belo-belo por aí?

– Belo-belo.

A mulata riu e fez umas perguntas sem interesse de conhecer a história. Ricardo quis lhe explicar tudo, porém. Falou de sua carreira de publicitário. Contou detalhes de algumas campanhas. Descreveu Ângelo. Pintou Ângelo em cores diabólicas. Ia chorar.

– Não se aborreça. Você arranja outra – disse Glória, segurando as mãos de Ricardo, sobre a mesa.

– Há duas coisas que me restam fazer – asseverou Ricardo. – Casar-me com você e entrar para o partido comunista.

– Você é comunista?

– Acho que sim.

– Eu conheci, isto é, tive um caso com um moço que era. Sabe que era boa pessoa?

– Eu também sou bom.

– Eu sei que você é.

– Que fim levou o rapaz? O comunista?

– Abriu uma relojoaria. Depois não o vi mais.

– E o comunismo?

– Não sei.

Ricardo terminou sua dose. Pediu outra. Enquanto ela não vinha, bebia do copo de Glória.

– Qual é seu verdadeiro estado civil? – perguntou.

– Solteira.

– Eu também sou solteiro. Podemos casar. Na igreja. Qual é a sua religião?

– Minha mãe era batista.

– Casaremos na batista.

– Você está brincando.

Ricardo beijou-lhe a mão.

– Você é a moça que eu procuro.

– O que eu tenho mais que as outras?

– Mostre-me seu retrato com Pedro Almendariz?

Ela não o trazia na bolsa. Ricardo lamentou. Continuou a falar em casamento. Glória o interrompeu.

– Você está com uma bruta dor de cotovelo, isso, sim.

– Não estou.

– Sei que você está.

No final da terceira dose, Ricardo desapertou a gravata:

– Estou morrendo de calor. O que me diz de uma volta no meu automóvel?

– Você pode guiar?

– Estou OK.

Minutos depois, os dois se instalavam no carro de Ricardo. Ele dirigia com insegurança. Mas precisava mesmo de ar puro. O uísque lhe esquentara demais o sangue. A todo instante olhava para Glória e lhe dizia frases de amor.

– Olhe para a frente!

– Eu guio até no escuro.

– Seu carro é muito bonito. Quanto custou ele?

– Uns dois milhões, acho.

Mais além pararam em outro bar noturno, onde beberam mais uma dose. Aí o par dançou algumas vezes ao som de uma vitrola. Ricardo queria boleros antigos:

– Estou me divertindo – disse a Glória.

– Não parece.

– Não? Então vamos correr mais um pouco.

O Oldsmobile de Ricardo voava. Não obedecia a sinais. Mas ele não parava de falar.

– Atenção!

Não tenha medo, eu conheço a máquina.

– Você me dá cada susto!

Mais tarde, nenhum dos dois soube como foi que a coisa sucedeu. Foi em uma curva e um carro vinha em sentido contrário. A batida foi acompanhada do ruído de vidros quebrados. O Oldsmobile foi em cima de uma calçada, depois de esmagar uma vespa que estava encostada no meio-fio. Ricardo, tendo a impressão muito vaga de que o insultavam, descansou a cabeça sobre o volante, morto de sono. Glória o sacudia aos gritos. É que o dono da vespa e dois passageiros do outro carro queriam que ele pagasse os consertos.

– Isso não fica assim! – bradava o dono da vespa.

Ricardo dormia.

– Acorde! – suplicava Glória.

Um guarda apareceu. Alguns curiosos cercavam o carro que continuava em cima da calçada.

– Este senhor está bêbado – observou o guarda.

Ricardo acordou.

– Não diga bêbedo – censurou. – Diga estado de intoxicação etílica.

– O senhor vai pagar tudo isso...

– Ponha na conta – disse Ricardo.

Um dos passageiros do carro com o qual o Oldsmobile se chocara estava disposto à briga.

– Vamos levar esse sujeito preso.

– Podem levar, eu sou amigo do delegado – retrucou Ricardo, ébrio. – Ele vai ficar contente de me ver. Talvez queira ser padrinho do nosso casamento.

Outro guarda foi chegando. Deu logo sua opinião.

– Bebedeira da grossa.

– Vão tomando nota – disse Ricardo. – Trabalho com Ângelo Santini. Ele paga tudo.

– Vamos dar um pulinho na Central de Polícia – resolveu o guarda.

O dono da vespa e os passageiros do carro achavam que era o certo.

– Posso ir guiando o carro?

– Vou junto do senhor – disse um dos guardas.

– Pode entrar e observe bem o molejo – aconselhou Ricardo. – Sente no meio, porque pode funcionar como copiloto. Glória, deixe o moço entrar. Fale-lhe do senador mexicano.

A pequena caravana dirigiu-se para a polícia. Chegando lá, ao descer do carro, Ricardo cambaleou e quase caiu. Minutos depois, estava diante do delegado, jovem ainda, e bem-humorado. Olhou fixo para Ricardo:

– Parece que o conheço.

– Claro que me conhece.

O dono da vespa continuava possesso:

– Doutor, esse camarada arrebentou minha vespa e o carro desses dois. Está bêbedo.

Ricardo, amparado por um guarda e por Glória, sorriu:

– Não o leve a sério, doutor. Esse homem é comunista.

O delegado achou graça.

– Então, o senhor fez isso mesmo?

– Coisas de estudante! – replicou Ricardo, subitamente envergonhado.

– O senhor é estudante? – admirou-se o delegado.

– Não sou, mas fui, como o senhor... Mas não me formei. Comecei a redigir textos. Não é trabalho para qualquer um. Principalmente quando se trata de uma campanha de tratores e implementos agrícolas. O que se vai dizer sobre um trator? Só existe um adjetivo que vai como uma luva: robusto. Trator robusto, de fácil manejo, feito especialmente para as nossas condições topográficas e climatéricas. O senhor me entende... Quem é que vai comprar um trator? É assunto para extremistas despeitados.

O delegado ouvia o discurso com um sorriso permanente, e os outros, as vítimas, com prazer porque ele provava o estado de embriaguez de Ricardo.

– Não me saí bem na primeira campanha. A segunda foi sobre certas toalhas... aqueles panos com algodão no meio... O senhor sabe perfeitamente do que estou falando e a Glorinha também. Sentei-me à máquina feliz. O tema era excitante e um tanto indecoroso. Estava pra mim. Ao terminar a campanha o diretor da agência me deu os parabéns e a secretária (aí começou a rir) apaixonou-se por mim de uma forma mórbida e persistente. Não sei se essa conversa toda interessa ao senhor, mas são experiências humanas dignas de registro.

Só então que Ricardo percebeu que um escrivão tomava certas notas, provavelmente sobre o desastre.

– Não descuide do estilo – observou Ricardo. – Redija com certa graça, mas há leis que devem ser observadas. Mário de Andrade sabia disso muito bem e toda uma geração aproveitou os seus conselhos.

Ainda sorrindo, o delegado procedeu ao interrogatório. Registrou as queixas.

– O senhor vai ter que pagar por tudo isso – disse a Ricardo.

– Pago, sim. Deixo o meu cartão, pois reconheço que me cabe alguma parcela de culpa no que sucedeu. Mas é com má vontade que conserto a vespa. Esse homem é um imbecil cavalgando uma metralhadora.

O delegado ajudou Ricardo a tirar dois cartões de sua carteira, que entregou aos queixosos.

– Ele pagará – garantiu.

O dono da vespa não estava contente:

– Que castigo ele vai ter?

– Isso é comigo – respondeu o delegado. – Podem se retirar, menos o senhor e a senhora.

Ricardo e Glória ficaram.

– Que dor de cabeça! – Ricardo lamentou.

O delegado censurou-o:

– O senhor não deve dirigir embriagado. Mas parece que o conheço mesmo.

– Eu também o conheço!

– Devia detê-lo – disse o delegado. – Mas pode ir. Pague direito os consertos.

Glória e Ricardo despediram-se do delegado. Ao chegarem à rua, Ricardo lembrou-se de Irene e ficou calado e triste. Entraram no carro:

– Onde quer que a deixe? – perguntou.

– Fique em sua casa. De lá eu pego um carro.

Vagarosamente, Ricardo dirigiu até sua casa. Estacionou o carro na porta.

– Não quer mesmo que a leve?

– Apanho um carro.

– Quer dinheiro? Ah, claro que quer. Eu lhe dou. – Tirando a carteira, entregou-lhe algumas cédulas. – Você merece ainda mais. Não sou muito generoso porque o futuro é incerto.

Glória ajudou Ricardo a fechar o carro. Despediram-se.

No elevador, Ricardo ficou ainda mais tonto. Já não tinha noção de nada. Com dificuldade abriu a porta do apartamento. Chutou uma poltrona, foi tirando o paletó pelo corredor.

Irene ao ouvir ruído acordou e em pijamas, saltou da cama. Amparou Ricardo que entrava no quarto, ébrio e sonolento. E aquilo doía, doía.

– Amanhã você está bom – disse Irene, paciente. – Ainda bem que nunca sente ressaca.

Já despido, Ricardo foi entrando debaixo dos cobertores, com os olhos semicerrados. Irene passou-lhe a mão sobre os cabelos com um sorriso tranquilo. Disse-lhe, em voz baixa:

– Não precisa se preocupar mais, Ricardo. Tudo está bem outra vez. Você vai voltar para a firma. Vai ganhar muito bem. Fui conversar com Santini e consegui convencê-lo. Ele não é mau homem, não é, não.

Ricardo virou-se na cama, enterrando a cabeça no travesseiro. Assim, ela não podia perceber que estava chorando.

São Paulo,
29 de julho de 1961

Bibliografia

LIVROS

CONTOS, NOVELAS E ROMANCES

UM GATO no triângulo (novela). São Paulo: Saraiva, 1953.

_____. 3.ed. São Paulo: Global, 2010.

CAFÉ na cama (romance). São Paulo: Autores Reunidos, 1960.

_____. São Paulo: Companhia das Letras, 2004.

ENTRE sem bater (romance). São Paulo: Autores Reunidos, 1961.

FERRADURA dá sorte? (romance). São Paulo: Edaglit, 1963.

O ENTERRO da cafetina (contos). Rio de Janeiro: Civilização Brasileira, 1967.

_____. 4.ed. São Paulo: Global, 2005.

MEMÓRIAS de um gigolô (romance). São Paulo: Senzala, 1968.

_____. São Paulo: Companhia das Letras, 2003.

O PÊNDULO da noite (contos). Rio de Janeiro: Civilização Brasileira, 1977.

_____. 2.ed. São Paulo: Global, 2005.

SOY loco por ti, América! (contos). Porto Alegre: L&PM Editores, 1978.

_____. 2.ed. São Paulo: Global, 2005.

ÓPERA de sabão (romance). Porto Alegre: L&PM, 1979.

_____. São Paulo: Companhia das Letras, 2003.

MALDITOS paulistas (romance). São Paulo: Ática, 1980.

_____. São Paulo: Companhia das Letras, 2003.

A ÚLTIMA corrida – Ferradura dá sorte?. 2.ed. São Paulo: Ática, 1982.

_____. 3.ed. São Paulo: Global, 2009.

A ARCA dos marechais (romance). São Paulo: Ática, 1985.

ESTA noite ou nunca (romance). São Paulo: Ática, 1988.

_____. 5.ed. São Paulo: Global, 2009.

A SENSAÇÃO de setembro (romance). São Paulo: Ática, 1989.

O ÚLTIMO mamífero do Martinelli (novela). São Paulo: Ática, 1995.

OS CRIMES do Olho de Boi (romance). São Paulo: Ática, 1995.

_____. 2.ed. São Paulo: Global, 2010.

FANTOCHES! (novela). São Paulo: Ática, 1998.

MELHORES contos Marcos Rey (contos). 2. ed. São Paulo: Global, 2001.

O CÃO da meia-noite (contos). 5. ed. São Paulo: Global, 2005.

MANO JUAN (romance). São Paulo: Global, 2005.

MELHORES crônicas Marcos Rey (crônicas). São Paulo: Global. (prelo)

INFANTOJUVENIS

NÃO era uma vez. São Paulo: Scritta, 1980.

O MISTÉRIO do cinco estrelas. São Paulo: Ática, 1981.

_____. 21.ed. São Paulo: Global, 2005.

O RAPTO do garoto de ouro. São Paulo: Ática, 1982.

_____. 12.ed. São Paulo: Global, 2005.

UM CADÁVER ouve rádio. São Paulo: Ática, 1983.

SOZINHA no mundo. São Paulo: Ática, 1984.

_____. 18.ed. São Paulo: Global, 2005.

DINHEIRO do céu. São Paulo: Ática, 1985.

_____. 7.ed. São Paulo: Global, 2005.

ENIGMA na televisão. São Paulo: Ática, 1986.

_____. 9.ed. São Paulo: Global, 2005.

BEM-VINDOS ao Rio. São Paulo: Ática, 1987.

_____. 8.ed. São Paulo: Global, 2006.

GARRA de campeão. São Paulo: Ática, 1988.

CORRIDA infernal. São Paulo: Ática, 1989.

QUEM manda já morreu. São Paulo: Ática, 1990.

NA ROTA do perigo. São Paulo: Ática, 1992.

_____. 5.ed. São Paulo: Global, 2006.

UM ROSTO no computador. São Paulo: Ática, 1993.

12 HORAS de terror. São Paulo: Ática, 1994.

_____. 6.ed. São Paulo: Global, 2006.

O DIABO no porta-malas. São Paulo: Ática, 1995.

_____. 2.ed. São Paulo: Global, 2005.

GINCANA da morte. São Paulo: Ática, 1997.

Outros Títulos

HABITAÇÃO (divulgação). [S.l.]: Donato, 1961.

GRANDES crimes da história (divulgação). São Paulo: Cultrix, 1967.

PROCLAMAÇÃO da República (paradidático). São Paulo: Ática, 1988.

O ROTEIRISTA profissional (ensaio). São Paulo: Ática, 1994.

BRASIL, os fascinantes anos 20 (paradidático). São Paulo: Ática, 1994.

O CORAÇÃO roubado (crônicas). São Paulo: Ática, 1996.

_____. 4. ed. São Paulo: Global, 2007.

O CASO do filho do encadernador (autobiografia). São Paulo: Atual, 1997.

MUITO prazer, livro (divulgação – obra póstuma inacabada). São Paulo: Ática, 2002..

Televisão

Série Infantil

O SÍTIO do Picapau Amarelo. Roteiro: Marcos Rey, Geraldo Casé, Wilson Rocha e Sylvan Paezzo. [S.l.]: TV Globo, 1978-1985.

Minisséries

OS TIGRES. São Paulo: TV Excelsior, 1968.

MEMÓRIAS de um gigolô. Roteiro: Marcos Rey e George Dust. [S.l.]: TV Globo, 1985.

NOVELAS

O GRANDE segredo. São Paulo: TV Excelsior, 1967.

SUPER plá. Roteiro: Marcos Rey e Bráulio Pedroso. São Paulo: TV Tupi, 1969-1970.

MAIS forte que o ódio. São Paulo: TV Excelsior, 1970.

O SIGNO da esperança. São Paulo: TV Tupi, 1972.

O PRÍNCIPE e o mendigo. São Paulo: TV Record, 1972.

CUCA legal. [S.l.]: TV Globo, 1975.

A MORENINHA. [S.l.]: TV Globo, 1975-1976.

TCHAN! A grande sacada. São Paulo: TV Tupi, 1976-1977.

CINEMA

FILMES BASEADOS EM SEUS LIVROS E PEÇAS

MEMÓRIAS de um gigolô. Direção: Alberto Pieralisi. Rio de Janeiro: Magnus Filmes/Paramount, 1970.

O ENTERRO da cafetina. Direção: Alberto Pieralisi. Rio de Janeiro: Magnus Filmes/Ipanema Filmes, 1971.

CAFÉ na cama. Direção: Alberto Pieralisi. Rio de Janeiro: Alberto Pieralisi Filmes/Paulo Duprat Serrano/Atlântida Cinematográfica, 1973.

PATTY, a mulher proibida (baseado no conto "Mustang cor de sangue"). Direção: Luiz Gonzaga dos Santos. São Paulo: Singular Importação, Exportação e Representação/Haway Filmes, 1979.

O QUARTO da viúva (baseado na peça A próxima vítima). Direção: Sebastião de Souza. São Paulo: Misfilmes Produções Cinematográficas, 1976.

AINDA agarro esta vizinha... (baseado na peça Living e w.c.). Direção: Pedro C. Rovai. Rio de Janeiro: Sincrofilmes, 1974.

SEDUÇÃO. Direção: Fauze Mansur. [S.l.], 1974.

TEATRO

EVA, 1942.

A PRÓXIMA vítima, 1967.

LIVING e w.c., 1972.

OS PARCEIROS (Faça uma cara inteligente e depois pode voltar ao normal), 1977.

A NOITE mais quente do ano (inédita).

Biografia

Marcos Rey, pseudônimo de Edmundo Donato, nasceu em São Paulo, 1925, cidade que sempre foi o cenário de seus contos e romances. Estreou em 1953 com a novela *Um gato no triângulo*. Apenas sete anos depois publicaria o romance *Café na cama*, um dos *best-sellers* dos anos 60. Seguiram-se *Entre sem bater, O enterro da cafetina, Memórias de um gigolô, Ópera de sabão, A arca dos marechais, O último mamífero do Martinelli* e outros. Teve inúmeros romances adaptados para o cinema e traduzidos. *Memórias de um gigolô* fez sucesso em inúmeros países, notadamente na Alemanha, e foi também filme e minissérie da TV Globo. Marcos venceu duas vezes o prêmio Jabuti; em 1995, recebeu o Troféu Juca Pato, como o Intelectual do Ano, e ocupava, desde 1986, a cadeira 17 da Academia Paulista de Letras.

Depois de trabalhar muitos anos na TV, onde escreveu novelas para a Excelsior, Globo, Tupi e Record e de redigir 32 roteiros cinematográficos, experiência relatada em seu livro *O roteirista profissional,* a partir de 1980 passou a se dedicar também à literatura juvenil. Desde então, como poucos escritores neste país, viveu exclusivamente das letras. Assinou crônicas na revista *Veja São Paulo*, durante oito anos, parte delas reunidas num livro, *O coração roubado*.

Marcos Rey escreveu a peça *A próxima vítima*, encenada em 1967, pela Companhia de Maria Della Costa; *Os parceiros (Faça uma cara inteligente, depois volte ao normal)*, e *A noite mais quente do ano*. Suas últimas publicações foram *O caso do filho do encadernador*, autobiografia destinada à juventude, e *Fantoches!*, romance.

Marcos Rey faleceu em São Paulo em abril de 1999.

GRÁFICA PAYM
Tel. (011) 4392-3344
paym@terra.com.br